FEDERHERZ
VERLAG

JODY WHITE

SECRETS OF A *Millionaire*

SECRETS OF A MILLIONAIRE

Bildmaterial: Shutterstock, Freepik
Korrektorat: Michelle Giffels

Bestellung und Vertrieb: Nova MD GmbH, Vachendorf

ISBN: 978-3-98595-006-5

Druckerei Smilkov Print Ltd
Pokrovnishko shose
2700, Blagoevgrad

Federherz Verlag
Süntelstraße 70
31848 Bad Münder
www.federherzverlag.de
Instagram: @federherz.verlag

I didn't know that loving you was the happiest I've ever been So I'm just tryna hold on.

– Shawn Mendes

Vorwort

Liebe Leser, aus dramaturgischen Gründen entsprechen manche sehr kleine Dinge im Buch nicht ganz der Realität und sind deshalb fiktiv.

Trotzdem wünsche ich euch viel Spaß beim Lesen,
Alles Liebe, eure Jody

Prolog

Abigail

Seine Lippen streichen sanft über meine. Ich rieche seinen herben Duft nach Leder und Tannen, den ich früher schon so an ihm mochte.

»Oh, Trevor«, hauche ich, während seine Lippen meine verlassen und eine süße, feuchte Spur an meinem Hals hinterlassen.

Mein Körper glüht, alles in meinem Inneren ist so aufgeladen, dass mir schwindelig wird.

Ich werfe meinen Kopf in den Nacken, wölbe meinen Rücken, um ihm näher zu sein. Es soll keinen Zentimeter zwischen uns geben.

Meine Lider flattern. Mein Kopf ist wie leer gefegt. Ich kann nur noch fühlen. Seine Lippen, die mein Dekolleté erreichen. Gott, das ist berauschend.

Ein lautes Geräusch zerschneidet die Erinnerung.

Nein!

Wie Wolken ziehen die Bilder vor meinem inneren

Auge davon, und zurück bleibt eine schwarze Leere und dann ...

»Abigail?«

Mein Kopf pocht. Als würden Millionen kleine Männchen mit einem Hammer gegen meine Schläfe klopfen. Schmerzvoll verziehe ich das Gesicht und versuche zu blinzeln.

»Dasch darf doch nisch wahr sei«, vernehme ich eine laute, raue Stimme. Eben diese, die zuvor auch meinen Namen genannt hat.

»Ich wette um drei Gummischlangen, dass die Caféfrau hier liegt, weil ihr Freund einer anderen einen Ring gegeben hat«, höre ich eine kindlichere Stimme.

»Woher willst du denn das wissen?«, mischt sich eine andere ein.

»Meine Mama hat das gesagt. Und sie sagt auch, dass die Caféfrau jetzt wieder einen neuen Freund hat, der auch blöd zu ihr ist.«

»Du bist ein Klugscheißer!«

»Bin ich nicht!«

»Hey! Hört auf, über mein Privatleben zu quatschen«, würde ich gerne schreien, heraus kommt aber nur ein qualvolles Stöhnen.

»Da, seht ihr, sie lebt auf jeden Fall noch!« Die Kinderstimme ist laut und lässt mich nochmals zusammenzucken.

Erneut versuche ich, die Augen zu öffnen. Leicht verschwommen taucht die Umgebung vor mir auf. Es ist alles blau. Hellblau, und es ist ... Es ist wackelig. Wenn mich nicht alles täuscht, wankt der Boden unter mir.

Hastig drehe ich meinen Kopf.

Oh, keine gute Idee.

Schwindel setzt ein, die Männchen in meinem Kopf hämmern unaufhörlich gegen die Innenwände meines Hirns und gleichzeitig schmecke ich schon die Galle, die sich einen Weg durch meinen Hals nach oben bahnt. Mir ist übel. Alles schmerzt. Jeder Knochen, jeder Muskel, die Nerven an meinem Körper. Es fühlt sich an, als hätte mich ein Bus überrollt, mehrmals, mit einer Tonne Last an Bord.

Ich lasse meinen Kopf wieder zurückfallen auf die Härte, auf der ich liege. Blinzelnd schließe ich die Augen in der Hoffnung, dass dieser Schmerz in meinem Hirn endlich nachlässt.

Gleichzeitig versuche ich, die aufkeimende Übelkeit zu unterdrücken, was schwierig ist, wenn es in deinem Mund schmeckt, als wäre ein Tier darin gestorben.

»Mein Daddy sagt, dass sie überarbeitet ist«, dringen die Stimmen weiter an mein Ohr.

»Das verstehe ich nicht«, meint eins der anderen Kinder.

Ich seufze und versuche die Schmerzen an meinem Körper und die Unterhaltung um mich herum zu ignorieren.

Was ist denn passiert?

In meinem zerschundenen Geist probiere ich, eine Antwort auf diese Frage zu finden, allerdings kann ich mich beim besten Willen nur an ein paar Fetzen erinnern, die mir niemals helfen werden, das Gesamtbild zu verstehen.

Vielleicht sollte ich auch erst einmal herausfinden, wo ich jetzt bin?

Erneut wage ich also den Versuch, meine Augen zu öffnen. Diesmal senden meine Sehnerven ein besseres Bild meiner Umgebung. Meine Sinne scheinen wieder zu funktionierten, denn zu meinem klaren Blick gesellen sich die Klänge von Möwen und Meeresrauschen.

Bin ich etwa auf einem Schiff?

Sofort rapple ich mich auf und ignoriere, dass mein Schädel sich anfühlt, als könnte er jeden Augenblick explodieren.

Oh Gott!

Ich schaue zur Reling, lasse meinen Blick weiter gleiten zu dem Meer, das in der Ferne an den Felsen, der Küste von Darrywood, leckt.

Wie um Himmels willen komme ich denn auf den Ozean?!

Bin ich gestern Nacht etwa auf dem Kutter eingeschlafen?

Mein Blick gleitet weiter zu den drei Kindern, die mich mit schräg gelegten Köpfen skeptisch mustern. Einen Moment starre ich die drei einfach nur an, die aussehen wie gespenstische Wesen aus einem schlechten Horrorfilm, dann gucke ich an meinem Körper hinab, weil die Kälte des Windes sich an mir hoch frisst.

Augenblicklich schlinge ich meine Arme schützend um mich. Das darf doch wirklich nicht wahr sein, oder?

»Kinder, hab'ch euch nicht gesagt, ihr sollt in'd

Kabine wart'n!«, donnert eine Stimme und lenkt meine Aufmerksamkeit nach rechts. Der alte Rutherford eilt über das Deck und wedelt mit einer vielsagenden Geste herum. Die Kinder schrecken hoch, nicken und befolgen seine Anweisung, noch bevor ich überhaupt darüber nachdenken kann.

Schützend ziehe ich den Bademantel noch enger um meinen Körper.

Wie habe ich es geschafft, als blinder Passagier mitten aufs Meer zu kommen? Zudem mit nichts bekleidet außer einem ziemlich kurzen Bademantel.

Der Kapitän schaut den Kindern nach, schüttelt dann den Kopf und wendet sich an mich. Seine dunkelblauen Augen passen zu dem gleichfarbigen Hut auf seinem Kopf. Der weiße Bart und das weiße Haar lassen ihn älter aussehen, als er ist, und die Pfeife zwischen seinen Lippen, die dafür sorgt, dass kein klar verständliches Wort seinen Mund verlässt, unterstreicht sein Seemann-Auftreten. Das ist schon so, seit ich denken kann. Rutherford und seine Pfeife gehören zu Darrywood wie das Wasser zur Küste.

Er mustert mich kritisch. »Wie kommscht im Bademantel hier her?«

Wenn ich das wüsste ...

Ich habe keine Ahnung. Alles, woran ich mich erinnere, sind Trevors große Hände auf meinem Körper. Seine Lippen auf meinem Mund. Und die Klänge ihrer Worte ... und die Überraschung in Trevors Augen.

Trevor Hill, mein bester Freund.

Trevor Hill, der bald heiraten wird. Nicht mich,

sondern eine junge Frau aus New York City, die das komplette Gegenteil von mir ist.

Wie komme ich also im Bademantel hierher?

Ja, das ist eine sehr lange Geschichte.

Alles begann mit der Hochzeit meines Ex-Freundes ...

Kapitel 1

Abigail

3 Wochen vorher

»Ich würde ihn umbringen. Mit Gift, oder Insulin.« Meine beste Freundin legt den Kopf nachdenklich schief, schüttelt ihn dann aber entschlossen. »Aber Insulin wäre in diesem Fall ja dann auch Gift.« Polly zuckt mit den Schultern, wobei sich ein paar dunkle Haarsträhnen aus ihrem Dutt lösen. »Naja, aber ich würde ihn umbringen. Ist doch egal, wie!«

»Aber doch nicht mit Insulin!«, flüstert meine Mutter und beugt sich ein wenig in unsere Richtung. »Ich habe bei *CSI* gesehen, dass die mittlerweile sogar die Zwischenräume von den Zehen untersuchen, nur um sicherzugehen, dass es kein Mord war.«

Polly nickt anerkennend, ich schnaube.

»Mom, bitte.« Mit einem vielsagenden Blick sehe ich sie an. Sie zuckt aber nur mit den Schultern und rollt die Augen. »Man wird doch wohl noch Informationen einwerfen dürfen.«

Ich lehne mich mit dem Oberkörper über meine beste Freundin, zu meiner Mutter und sehe beiden abwechselnd in die Augen.

»Könnt ihr bitte aufhören, darüber zu sprechen, wie ich am besten meinen Ex-Freund unter die Erde bringe?«, sage ich so leise, dass nur die beiden es hören können. Zumindest hoffe ich das, denn die versammelte Kleinstadt hat ohnehin schon einen Narren an mir und meinem Schmerz gefressen. Da muss ich nicht noch Öl ins Feuer gießen und ihnen noch mehr Anlass zu Gerüchten liefern. »Wir sind in einer Kirche, verdammt!«, flüstere ich.

Meine Oma räuspert sich vielsagend und wirft mir einen mahnenden Blick zu. Sie sitzt neben Mom, und obwohl sie sonst nie etwas hört, scheinen ihre Ohren für diesen Moment zumindest tadellos zu funktionieren.

»Da geht dein Gehör ja doch noch!« Verblüfft gleitet der Blick meiner Mutter zu Granny. Diese schnaubt und murmelt: »Euer Krach kann einem ja nicht entgehen! Kannst du deinen Freundinnen nicht sagen, dass sie leiser sein sollen? Das hier ist ein Haus Gottes!«

Offensichtlich ist meine Oma wieder in ihrer eigenen Welt gefangen. Seit ein paar Jahren wird ihre Demenz immer schlimmer. Anfänglich schmerzte es enorm, ihr dabei zuzusehen, wie sehr sie nachlässt. Dass sie selbst die einfachsten Dinge nicht mehr weiß und sich immer mehr in ein Leben zurückzog, das vor meiner Zeit stattgefunden hat. Mittlerweile habe ich mich daran gewöhnt, und wir sind alle umso dankbarer, wenn sie einmal wahrhaftig *hier* ist.

Zum Glück ist das nicht heute. Denn irgendwie habe ich das Gefühl, dass meine Oma einen ziemlichen Tumult veranstalten würde, wenn sie wüsste, dass Jake, mein Verlobter, den sie so mochte, nicht mich heiratet, sondern Kathrin. Die Tochter der Peters-Farmer.

In diesem Moment setzt die Musik ein.

Schon die ersten Takte lassen mich aufhorchen. Mein Herz pumpt wie wild das Blut durch meinen Körper, sodass es sogar in meinen Ohren rauscht. Zittrig lehne ich mich zurück in die Bank.

Die Menschen um mich herum stehen auf. Vermutlich wenden sie ihren Blick in Richtung Eingang, wo Kathrin gleich zum Vorschein kommen wird. Ich bin mir sicher, sie sieht hervorragend aus. Mit ihren langen dunkelbraunen Haaren, der gebräunten Haut und diesem zierlichen Körper.

Mechanisch raffe auch ich mich auf. Schließlich möchte ich nicht, dass die halbe Stadt morgen in unser Café pilgert, um mich weiterhin mit diesen mitleidigen Blicken anzusehen. Sie sollen denken, nein, wissen, dass ich das mit mir und Jake überwunden habe.

Ich schlucke die aufkeimende Übelkeit hinunter und lasse meinen Blick zur Eingangstür gleiten.

Einfach nur durchatmen. Das Ganze ist im Nu vorbei.

Ehrlich, ich versuche, das Lächeln in meinem Gesicht aufrechtzuerhalten, und bemühe mich ja, mir den himmlischen Chor, der *Halleluja* singt, einfach wegzudenken. Doch es geht nicht.

»Sie haben echt deine komplette Hochzeit gestohlen«, murmelt Polly und spricht das aus, was mir die Seele zerreißt. Ich würde ihr gerne antworten und meiner Freundin sagen, dass dieses Lied die wohl größte Ohrfeige für mich darstellt, allerdings zieht Kathrin meine Aufmerksamkeit auf sich.

Sie schreitet in ihrem Haute-Couture-Fummel, was sie schon Wochen zuvor jedem auf die Nase binden musste, durch die Bankreihen der kleinen Kirche am Rande von Darrywood. Sie hat sich bei ihrem Vater, John Peters, eingehakt und lässt sich von ihm zum Altar führen.

Die Menschen der Kleinstadt seufzen, jauchzen, einige tupfen sich mit Taschentüchern die Wangen und Augen, andere schütteln verzückt den Kopf. Ich jedoch stehe starr und mit einem breiten Lächeln, das schon schmerzt, neben Polly, meiner Mom und Granny und versuche, nicht in Tränen auszubrechen.

Es ist albern, dass ich hier bin. Jeder halbwegs normale und nicht masochistisch veranlagte Mensch hätte wahrscheinlich einen großen Bogen um die Kleinstadt und vor allem um diese Kirche gemacht, wenn der Ex-Verlobte eine andere heiratet.

Das kann ich mir aber einfach nicht erlauben. Die halbe Stadt denkt sowieso schon, dass ich ein reines Nervenbündel bin, seit die beiden mich hintergangen haben, da möchte ich ihnen nicht noch einen Grund für mehr Gerede liefern.

Eigentlich gibt es für Schmerz und Trauer ja keine

allgemeingültige Verjährungsfrist. In dieser Kleinstadt setzt man aber irgendwie voraus, dass man nach solch einer Tragödie schnell wieder zu sich kommt. Und es ist wesentlich einfacher, die glückliche, nicht nachtragende Abigail zu spielen und dieser Erwartung nachzukommen, als zuzugeben, dass man völlig am Ende ist.

Ein Jahr ist es jetzt her, und obwohl ich zwischenzeitlich sogar mal auf einem Date war, haben die Leute noch immer kein anderes Thema gefunden. Als wäre ich der Dauerbrenner unter dem Getratsche. Aber so war das eigentlich schon immer. Von klein auf stach ich mit meinen roten Locken und den Sommersprossen eben hervor, und weil ich mich meist nicht so tadellos verhalten habe wie andere Kinder, durfte sich meine Mutter einiges anhören.

Quälende Minuten dauert es, bis Kathrin endlich vorne bei ihrem Verlobten ankommt. Dann beginnt die Trauung. Alle setzen sich wieder, und ich halte meinen Blick starr geradeaus auf das Kreuz hinter dem Altar gerichtet.

Ich kann die beiden nämlich nicht ansehen. Sosehr ich es auch versuche, es raubt mir den Atem. Schließlich könnte ich da oben in meinem selbst genähten Kleid neben Jake stehen, seine Hände halten und glücklich sein, weil mein neues Leben in wenigen Minuten beginnt.

Stattdessen sitze ich aber in der fünften Bankreihe der Kirche. Ausgetauscht und abgelehnt, weggeworfen und ersetzt. Mitleidig schauen mich die Menschen immer wieder an, und ich muss ihnen mit diesem schmerzenden Lächeln in meinem Gesicht die Lüge präsentieren, die ich seit Jahren aufrechterhalte und die signalisieren soll: »Mir geht es gut.«

»Alles okay?«, fragt mich Polly und reißt mich damit aus meinen Gedanken. Sie drückt meine Hand und sieht mich kurz von der Seite an.

»Er heiratet tatsächlich eine andere«, murmle ich zwischen schmerzenden Mundwinkeln hervor und blicke starr in ihre braunen Augen, die aussehen wie zwei Bernsteine.

»Er ist ein Arsch«, flüstert meine beste Freundin. »Dass er diese Hochzeit überhaupt in einer Kirche durchführen darf. Pah!«

Meine Augen brennen, aber ich muss standhaft bleiben. Also amte ich wieder tief durch.

Wenn ich so darüber nachdenke, ist Jake vielleicht gar nicht der Bösewicht in diesem ganzen Schlamassel. Vermutlich hätte ich vor ein paar Jahren schon die herannahende Katastrophe sehen sollen. Aber ich war zu geblendet von diesem großartigen Mann, der Medizin studierte und aus einem gehobenen Elternhaus kam. Mein Herz und mein Kopf waren so voll mit ihm, dass kein Platz mehr für Rationalität war. So ist das bei mir übrigens immer. Peinlich, aber ich gebe es zu. Verliebt bin ich nutzlos.

Und eigentlich ging es ja auch drei Jahre gut. Drei Jahre, in denen ich in der Kleinstadt wohnte und Mom und Granny im Café half, um an wenigen Tagen in der Woche in die Großstadt fahren zu können, um ihn in seiner Wohnung zu besuchen. Ich sparte, um aufs College zu gehen, und er befand sich am Ende seines Studiums.

An einem Abend im August, vor circa anderthalb Jahren, machte er mir sogar einen Antrag. Er hatte gerade seinen Abschluss in der Tasche, stand vor der Spezialisierung, und ich dachte, dass wir seine Karriere feiern würden. Stattdessen aber hielt er mir eine kleine Schachtel mit einem Ring unter die Nase.

Nur eine Woche später planten wir schon die Hochzeit in der Kleinstadt, ohne eigentlich jemals darüber gesprochen zu haben, ob ich danach zu ihm in die Stadt ziehe oder in Darrywood wohnen bleibe.

Und wer weiß, wäre ich vor einem Jahr, an diesem Donnerstag, nicht auf die beknackte Idee gekommen, Jake in Providence zu überraschen, hätte ich ihn wohl nie mit meiner guten Freundin Kathrin erwischt. Wir wären nun glücklich miteinander, und ich hätte vielleicht endlich das Geld zusammen, um an der Brown zu studieren. Aber ich bin froh, dass es nicht so gekommen ist.

Egal ob ich eine gewisse Mitschuld habe. Im Grunde sollte es verboten sein, dass Jake und Kathrin in einer Kirche heiraten. Aber wer weiß, vielleicht mussten sie ja Hunderte Ave Maria ablegen, um da vorn zu stehen.

Das Klatschen um mich herum reißt mich aus meinen Gedanken. Ich schüttle mich und bemerke, dass die Hochzeitsgesellschaft aufgesprungen ist und das Brautpaar bejubelt.

»So, wir haben unser Soll erfüllt. Jetzt sollten wir an die Bar gehen!«, flüstert mir Polly ins Ohr und stößt mit ihrer Schulter an meine. Sie war von Anfang an nicht begeistert davon, dass wir alle zusammen in die Kirche gehen, um Kathrin und Jake zu feiern. Aber in der Kleinstadt macht man das eben so. Alle sind eingeladen, und die, die nicht erscheinen, sind das nächste Kleinstadtgespräch. »Du musst sturzbesoffen sein, wenn die Tischreden und Spiele beginnen«, schiebt meine Freundin noch hinterher.

Sie hat recht. Die nächsten Stunden werden der absolute Horror, da ist es wohl okay, wenn ich ein bisschen mehr Alkohol trinke, um das zu ertragen.

Nein. Selbst die vielen Bowle- und Champagnergläser können das hier nicht erträglicher machen.

»Es tut mir so leid«, haucht Tiffany, eine alte Klassenkameradin, nochmals und legt ihre manikürten Finger auf meinen Arm.

Ich schenke ihr ein völlig übertriebenes, glückliches Lächeln und winke ab. »Tiff, es ist wirklich alles in Ordnung«, versichere ich ihr erneut, aber sie schüttelt nur den Kopf.

»Ach, das kannst du jedem erzählen, aber doch nicht mir!« Ein paar hellblonde Haarsträhnen kringeln sich elegant um ihr Gesicht, die restlichen hat sie zu einem festlichen Dutt drapiert. Genauso eine Frisur hätte ich mir für den heutigen Tag auch gewünscht, allerdings machten meine Haare wieder alles, was sie nicht sollten. Letztlich habe ich ein paar Strähnen von vorne genommen und sie hinten mit einer Klammer befestigt, damit die Locken nicht ganz so wild aussehen. Mehr war leider nicht drin.

»Erst haut dein Dad ab, dann stirbt dein Bruder, Trevor verlässt die Stadt, Cory gibt dir nach dem College den Laufpass und nun wirst du auch noch als Braut ausgetauscht?«, zählt Tiffany auf, die ihre vollen Lippen mitleidig kräuselt. »Das kann kein Mensch einfach so verkraften.«

Ich führe mit zittrigen Fingern das Sektglas an meinen Mund.

Wow. Wenn man meine Lebensgeschichte ganz objektiv betrachtet, wird einem erst einmal klar, wie erbärmlich sie eigentlich ist. Da sollte ich den Einwohnern von Darrywood vielleicht gar keinen Vorwurf machen, dass ich seit Jahren das einzige Gesprächsthema bin.

»Und dann zwängst du dich auch noch in diese Spanx.« Tiffanys spöttischer Blick gleitet über das Kleid, das ich trage. »Das hast du doch gar nicht nötig.« Sie rollt mit den Augen und lehnt sich neben mich an die Bar. »Wenn Jake nicht auf üppige Frauen steht, dann ist das doch nicht dein Problem!«

Durchatmen.

»Naja, ich geh dann mal weiter. Hab noch einen schönen Abend«, verabschiedet sie sich und gibt mir ein Küsschen links und rechts, bevor sie sich umdreht und verschwindet.

Erleichtert atme ich die angestaute Luft aus und trinke das Sektglas aus.

Tränen brennen hinter meinen Augen. Ich

schlucke sie weg, doch lange werde ich sie nicht mehr verdrängen können.

Tiffany ist letztlich nicht die Erste, die mich seither angesprochen hat. Obwohl ich tatsächlich dachte, dass das Fest heute das vorherige Drama wenigstens für diesen einen Tag in den Schatten stellt.

Falsch gedacht, denn seit wir von der Kirche in die Farm der Peters gefahren sind, werde ich unentwegt angesprochen, und das meist so, als wären wir gerade auf einer Beerdigung.

Nach dieser Unterhaltung ist der Bogen aber echt überspannt. Vermutlich trägt auch die romantische Stimmung im Saal dazu bei. Denn so wie ich sie im letzten Jahr noch für meine Hochzeit in Rutherfords Schuppen ausgesucht habe, hängen hier heute überall Lampions von der hohen Holzdecke. Weiße und beigefarbene Stoffe zieren die Balken der ehemaligen Stallungen und auf den Tischen stehen imposante Kronleuchter und Tulpen. In meiner Planung stünden dort jetzt weiße Rosen, meine Lieblingsblumen. Aber sie wurden, genau wie ich, einfach ausgetauscht. Der Rest blieb gleich. Zu meiner Überraschung sogar das Buffet, von dem ich nichts hinunterbekommen habe.

»Hast du dich jetzt lange genug gezeigt?«

Erschrocken blicke ich auf und damit direkt in Pollys Augen.

Ich nicke. »Gerade wollte ich aufbrechen.«

Zufrieden und sichtlich erleichtert lächelt meine Freundin. Sie schnippt dem Barmann hinter mir zu und bestellt zum Abschluss noch ein Glas Champagner.

»Wo sind Mom und Granny?«, möchte ich von ihr wissen und recke mein Kinn, um die beiden zu suchen.

»Vorhin schon gegangen. Deine Oma hat einen Aufstand gemacht, weil die Peters kein Bier dahaben.« Polly lacht. »Ich liebe diese Frau!«

Ich kann mir vorstellen, was für ein Theater Granny gemacht hat und wie geniert meine Mutter sie deshalb vor die Tür bugsierte.

Wieso habe ich das denn nicht mitbekommen? Ach so, ja. Ich wurde ja von zig Menschen belagert, die sich über mein Wohlergehen erkundigen wollten. Pah!

Der Barmann stellt die Gläser klirrend ab. Aus dem Augenwinkel sehe ich, wie er meiner Freundin zulächelt. Weil sie nicht darauf reagiert, dreht er sich aber gleich wieder um.

»Hey, der Typ hat mit dir geflirtet!«, flüstere ich und lehne mich, damit sie mich bei dieser Geräuschkulisse versteht, ein wenig zu ihr vor.

Polly zuckt mit den Schultern und schiebt mir eines der Gläser entgegen. »Nein. Ich hatte mein Glück schon. Du bist jetzt dran.«

Ich seufze. *Das sieht das Universum aber ganz anders.*

»Da sehe ich mich doch eher mit ein paar Katzen auf meiner Terrasse.« Polly nickt entschlossen und grinst breit. Ihre geraden weißen Zähne kommen zum Vorschein.

»Du?«, frage ich nach und schüttle den Kopf.

In diesem Moment gehen erneut zwei alte Klassenkameradinnen tuschelnd an uns vorbei, weshalb ich verstumme. Sie fixeren mich, flüstern angeregt und kichern, als wären wir im Museum und ich ein seltenes Ausstellungsstück.

Am liebsten würde ich im Erdboden verschwinden. Eigentlich hatte ich gehofft, der Phoenix aus der Asche zu sein oder das hässliche Entlein, das mit den Jahren zum schönen Schwan heranwächst und damit allen Gören, die mich früher in der Schule nicht für *cool* hielten, den Mittelfinger zeigt. Allerdings ist daraus nichts geworden. Meinen Babyspeck habe ich immer noch, was mich gerade nach Jakes Betrug in ein ziemliches Loch geworfen hat. Denn Kathrin hat die perfekten Modelmaße, während ich bei einem Meter sechzig Körpergröße keinesfalls Beine habe, die bis in den Himmel reichen. Mein Bauch ist nicht der flachste, weshalb ich mich gerne in Spanx reinquetsche, um so zumindest ansatzweise eine Sanduhrfigur zu bekommen.

»Wollt ihr ein Passbild?«, will Polly wissen und reißt mich damit aus meinem Gedankenstrudel. Die Mädels schütteln lachend den Kopf, verschwinden aber wenigstens.

»Komm, lass uns abhauen.« Polly greift über die Theke.

Ich sehe sie mit großen Augen an. »Du kannst die nicht einfach klauen!«, sage ich, sobald sie nach einer Flasche Schampus gegrapscht hat.

»Sieht so aus, als könnte ich doch«, meint meine Freundin nur und drückt den Champagner an ihre Brust. »Und jetzt gehen wir, als hätten wir den als Entschädigung für diesen furchtbaren Tag erhalten.«

Trevor

Ich schwenke den 1926 Macallan Valerio Adami Whiskey im Tumbler und lasse meinen Blick über die Skyline von New York City schweifen.

Hätte man mir vor zehn Jahren prophezeit, dass ich einmal mit dem reichsten Mann Amerikas an einem Tisch sitze und über die Gelder einer Footballmannschaft verhandle, hätte ich wohl lauthals gelacht. Der Junge von damals hätte es nicht einmal glauben können, wenn man ihm erzählt hätte, dass er es als Programmierer weit bringt.

»Was halten Sie davon, Mr Hill?«, möchte Mr Weiss von mir wissen.

Ich reiße mich von den bodentiefen Fenstern los und drehe mich mit dem Bürostuhl zum Rest der Gesellschaft.

Alle blicken mich an. Mr Hank Weiss sitzt mir an dem langen Tisch gegenüber, mein bester Freund Kyle Rogers hat neben mir Platz genommen, und der Rest der Belegschaft setzt sich aus Anwälten und Beratern zusammen.

Mein Blick gleitet zu dem Vertrag, der noch immer auf dem Mahagonitisch liegt und mich höhnisch anzugrinsen scheint. Und ich spüre auch den drängenden Ausdruck meines besten Freundes neben mir. Alle warten auf eine Entscheidung, die ich treffen muss.

»Es gibt nur wenige Männer, denen ich solch ein Angebot unterbreiten würde, müssen Sie wissen. Schlussendlich steht hier das Wohl meiner Tochter auf dem Spiel«, sagt Hank mit Nachdruck.

Ich nicke und sehe ihn an. »Glauben Sie mir, ich bin auch sehr dankbar für dieses Angebot.«

»Dann unterschreib endlich«, zischt Kyle leise zwischen den gespannten Zügen auf seinem Gesicht.

Er hat gut reden. Denn mein bester Freund müsste nicht vertraglich in eine Hochzeit einwilligen, die ausschließlich des Geschäfts wegen vollzogen werden würde.

Ja, Penelope Weiss, Hanks Tochter, ist eine schöne Frau, nahezu perfekt. Schließlich ist sie ein bekanntes Model. Trotzdem lieben wir uns nicht. Wir haben es versucht, es hat nicht geklappt, jedoch will ihr Vater das nicht wahrhaben.

Stattdessen versucht er mich nun in die richtige Richtung zu ›drängen‹. Würde ich diesem Vertrag nämlich zustimmen, hätten wir ihn endlich als Investor an unserer Seite. Kyle und ich könnten uns von der schlechten Saison erholen und hätten wieder mehr Geld, um bessere Spieler zu kaufen.

Kyle stupst mich mit seinem Fuß unter dem Tisch an. Ich sehe zu ihm auf, und er nickt in Richtung des Blattes, das vor mir liegt. Er hat auch Opfer gebracht, um an diesem Punkt anzukommen. Als wir uns im College kennenlernten und in einer Nacht mit viel billigem Fussel begannen, eine App zu programmieren, hätten wir niemals gedacht, dass wir damit Multimillionäre werden würden.

Erst waren wir total hin und weg von dem Erfolg, dann wurde zumindest Kyle bewusst, dass dieses Geld auch seine Schattenseiten hat. Wegen der vielen Arbeit, die mit neuen Aufträgen auf uns zukam, hatte mein bester Freund keine Zeit mehr für seine Freundin, die er seit dem Anfang des Colleges hatte. Er verlor also seine große Liebe. Wenigstens sah es für mich so aus, denn er stand monatelang total neben sich.

Also, wenn Kyle solch ein Opfer bringen kann, werde ich das doch wohl auch schaffen? Was habe ich denn auch sonst für einen Plan mit meinem Privatleben?

Der Anwalt hat den Vertrag schon abgesegnet. Kyles Unterschrift und die von Hank verweilen schon auf dem Blatt. Also greife ich nach dem Stift, der neben dem Dokument liegt, und unterschreibe.

Kapitel 2

Abigail

»Hast du gesehen, wie armselig sie an der Bar stand und einen Drink nach dem anderen gekippt hat? Die Arme kann einem ja nur leidtun. Wie kann denn ein Mensch auch so viel Pech haben? Als wäre es nicht schon genug, was vor ein paar Jahren ihrem Bruder zugestoßen ist. Oder dass ihr bester Freund einfach weggezogen ist.«

Die Worte treffen mich unvorbereitet, obwohl ich mich inzwischen doch daran gewöhnt haben sollte, dass die Leute reden. Wer rechnet jedoch damit, dass die Leute sogar in aller Öffentlichkeit in Missys Einkaufsladen über mich tratschen?

Ich hätte gedacht, sie hätten so viel Anstand, dies nur bei ihren Kaffeekränzchen in ihren perfekten Häusern zu tun.

»Ja, da wundere ich mich nicht, dass sie diesen ausgefallenen Modegeschmack hat!«, wirft Ayline Strauss ein, die Frau des Bürgermeisters. »Irgendwie muss man das ja verarbeiten.«

»Hm«, schließen die anderen Frauen daran an.

»Vielleicht kommt Trevor in die Stadt zurück? Ich habe gehört, seine Mutter verkauft das Haus«, erzählt Sonja. Sie ist die Vorsitzende des Darrywoods Komitees. »Haben wir nicht damals schon alle gedacht, zwischen den beiden könnte mehr sein als nur eine Freundschaft?«

Ich kann sie nicht sehen und höre nur das Geplapper durch das Gemüseregal, doch es reicht, um mir dieses ekelhafte Gefühl in meine Magengrube zu zaubern. Vor allem, als Trevor Hills Name fällt. Augenblicklich überzieht ein dünner Schweißfilm meine Haut, und mein Puls flippt in die Höhe.

»Hast du alles gefunden?«

Ertappt schrecke ich auf. Mein Herz macht einen Satz und ich springe praktisch von dem Regal weg.

Polly legt ihre Stirn in Falten und sieht zwischen mir und der Gemüseablage hin und her. »Ich weiß ja, dass du verrückt bist und gerne neue Sachen ausprobierst, aber wieso beugst dich zum Gemüse, als würdest du mit ihm sprechen wollen?«

Wäre meine Laune nicht an einem absoluten Tiefpunkt angekommen, würde ich lachen. Ich drücke, statt ihr eine Antwort zu geben, den Einkaufskorb enger an das Sommerkleid und zucke mit den Schultern.

»Was ist denn los?«, fragt Polly. Offenbar merkt sie, dass da etwas nicht stimmt.

Ich werfe einen verstohlenen Blick auf das Regal neben uns und wispere: »Können wir gehen?«

Meine beste Freundin versteht nicht, trotzdem

nickt sie. Ihr Korb wirkt gut gefüllt, während meiner mit den paar Tomaten, Nudeln und etwas Mehl ziemlich dürftig aussieht. Eigentlich bräuchte ich auch viel mehr, aber gerade möchte ich einfach nur hier raus.

Zügig gehen wir durch die Regale und kommen dabei am Alkoholschrank vorbei. Ich halte inne, was Polly verwirrt beäugt.

»Den brauche ich heute.« Ich grapsche nach einem Merlot in den oberen Reihen, da Missy dort, außerhalb jedermanns Reichweite, immer die günstigen Flaschen verstauben lässt. Wir bezahlen unsere Sachen, zum Glück ohne dabei den Lästerschwestern über den Weg zu laufen.

Die meisten Wege kann man in Darrywood zu Fuß oder mit dem Fahrrad zurücklegen. Die Halbinsel ist gerade einmal so groß, dass man sie binnen einer Stunde umrundet hat. Und da Mr Heartbreaker sowieso zweimal am Tag vor die Tür muss, können Einkäufe wie dieser wunderbar damit verbunden werden. Der Berner Sennenhund liegt an einem Hydranten angeleint vor Missys Tante-Emma-Laden. Er wirkt gelassen, obwohl einige Kinder um ihn herumstehen und ihn betrachten.

»Können wir mit Mr Heartbreaker spielen?«, fragt eines da auch schon an mich gewandt, als ich neben dem Hund zum Stehen komme.

»Das geht leider nicht, Vivi.« Lächelnd greife ich nach der Leine und binde den Hund los. Dieser scheint sich dafür gar nicht zu interessieren. Mr Heartbreaker macht seinem Namen immer wieder alle Ehre. Andauernd bricht er mir mein Herz, weil er, entgegen seiner eigentlichen Rassenbeschreibung, kein agiler Schmusehund ist. Viel lieber liegt er irgendwo rum, beschäftigt sich allein mit einem Ball oder frisst. Er ist eigentlich eine viel zu groß geratene Katze. Dabei hätte ich mir nichts sehnlicher als einen *Mann* gewünscht, der mich aufrichtig in seinem Leben haben will.

Ich möchte es noch nicht glauben, aber irgendwie ergibt sich daraus ein kleines Muster. Als wolle jeder Typ, der sich in meinem Umkreis befindet, den größtmöglichen Abstand zu mir gewinnen und ja nichts Ernstes mit mir anfangen.

Die Kinder schmollen. Zum Glück lassen sie mich und Polly sowie Mister Heartbreaker aber davongehen.

Leicht fröstle ich, als wir unseren Weg fortsetzen. In Darrywood ist der Frühling noch nicht so richtig angekommen, obwohl wir schon Mitte Mai haben. Es wirkt so, als würden die Uhren in unserer Kleinstadt einfach anders ticken.

Wir laufen über unseren Marktplatz, indessen Mitte ein großer Springbrunnen steht. Der kleine Park darum mit den spanischen Moosbäumen bildet einen Kreisel, um den einige Autos unterwegs sind. Dahinter befinden sich die Einkaufsgeschäfte, die sich aneinanderreihen, wie in jedem anderen kleinen Städtchen. Dieser Platz ist der zentralste Punkt und wohl auch der Mittelpunkt des Geschehens. Hier spielen sich unsere zahlreichen traditionellen Feste ab. Von hier aus brauchen wir nur dreißig Minuten bis zum abgelegensten Teil der Stadt, an dem wir wohnen.

»Kannst du glauben, dass ich vor ein paar Jahren noch hier gewohnt habe?« Polly nickt in Richtung eines alten Backsteinhauses. Es befindet sich in einer Seitenstraße, die von dem Marktplatz abführt.

Ich lächle, weil mich beim Anblick des Hauses sofort Erinnerungen durchströmen. Durch den ganzen Tumult um meine geplatzte Hochzeit hatte ich sie ganz vergessen. »Das waren noch Zeiten!«

Polly nickt, und ich sehe in ihrem Gesicht die Sehnsucht.

»Wie geht es deinem Dad?«, will ich von ihr wissen und ziehe Mr Heartbreakers Leine enger, damit er nicht ganz so viel Abstand zu uns hält.

Meine beste Freundin zuckt mit den Schultern. »Ganz gut. Ihm gefällt die Arbeit in New York.« Sie hebt den Blick und sieht mich an. »Ich glaube, er hofft noch immer, dass ich irgendwann zu ihm ziehe.«

Als Polly sich in der High School um einen College-Platz an der NYU bewarb und letztlich sogar angenommen wurde, suchte ihr Dad sich dort einen Job. Er wollte unbedingt nah bei seiner Tochter wohnen, da er ja schon seine Frau verloren hatte. Aber es kam alles ganz anders. Denn nachdem mein Bruder, Pollys große Liebe, gestorben war, wollte sie hierbleiben. Und weil ihr zuvor veröffentlichtes Buch ein Bestseller wurde, kaufte sie sich das Haus neben meinem Elternhaus und blieb kurzerhand in der Kleinstadt, während ihr Vater sich dazu entschied, nach New York zu gehen.

»Und, was sagst du?« Neugierig lege ich den Kopf schief. Möchte meine Freundin noch ans College?

Polly grinst. »Wieso sollte ich denn Literatur studieren, wenn ich schon eine Karriere habe?«

Auch wieder wahr, also nicke ich.

Da sie einen Bestseller geschrieben hat, von dem Geld noch immer leben kann und die Agenturen ihr praktisch täglich E-Mails schreiben, noch Jahre nach der Veröffentlichung, um einen Film aus dem Buch zu machen, hat sie keinen Druck. Im Gegensatz zu mir.

Ich bin sechsundzwanzig, wohne in meinem Elternhaus, war nie auf dem College und schaffe es nicht einmal, eine Kekspackung zu öffnen, geschweige denn einen Mann oder Hund an mich zu binden. Mein Leben ist ein Chaos. Absolut.

Eigentlich habe ich nichts. Oh, doch! Geldprobleme.

Wieder fällt mein Blick auf das Haus, das fast schon aus unserem Blickfeld verschwunden ist.

Damals bin ich mit meinem Bruder und Trevor oft hierhergelaufen, um Polly für die Schule abzuholen. Alles war so unheimlich leicht. Wir haben viel gelacht, und unsere einzigen Probleme waren Noten oder die blöden Blicke der anderen in der Klasse.

Wenn ich nur gewusst hätte, *wie* leicht das Leben war.

Trevor

Seit ich den Vertrag unterzeichnet habe, gibt es Unmengen an Arbeit, die erledigt werden muss. Wir hatten bereits einen Termin mit dem Coach, um eine Vorauswahl der Spieler zu treffen, die in der nächsten Saison dabei sein sollen. Wir sahen uns die Angebote der Sponsoren und Werbedeals für die einzelnen Spieler an und besprachen, welche Footballer ausgetauscht werden sollen. Zu den Hochzeitsvorbereitungen, die Penelope eingeleitet hat, bin ich noch gar nicht vorgedrungen, da wir uns in den letzten Tagen kaum gesehen haben. Und wahrscheinlich wird das auch noch länger so bleiben, denn als hätte ich nicht ohnehin schon alle Hände voll zu tun, macht mir meine Mutter jetzt auch noch ein schlechtes Gewissen.

»Trevor, ich habe die letzten Jahre akzeptiert, dass du arbeiten musst und mich deshalb kaum besucht hast. Jetzt möchte ich, dass du mir zumindest diesen einen Gefallen erweist«, sagt sie mit Nachdruck, und ich kann, obgleich wir am Telefon miteinander sprechen, ihren mahnenden Ausdruck im Gesicht sehen. Ich reibe mit meinem Daumen über meinen Nasenrücken und unterdrücke ein Seufzen. Mal davon abgesehen, dass ich seit vierundzwanzig Stunden außer ein paar Kaugummis und Kaffee nichts zu mir genommen habe, könnte ich mir Millionen schönere Dinge vorstellen, als ihr diesen Gefallen zu erweisen. Trotzdem appelliert sie mit ihren Worten an meine sensible Seite.

Fuck.

Mit einem Ruck stoße ich mich mit den Füßen auf dem Boden ab und drehe mich auf dem Bürostuhl in Richtung Skyline. Die Sonne senkt sich zwischen ein paar Wolkenkratzern und spiegelt sich in den Gläsern der Betonbauten. Es ist ein schönes Spiel, dem ich gerne folge, wenn ich mal wieder nicht aus meinem Büro komme.

»Bitte, mein Sohn. Ich habe es vergessen und kann unmöglich, so wie du, in vier Stunden in Rhode Island sein. Florida ist einfach zu weit weg«, schiebt meine Mutter noch nach.

Eigentlich habe ich in fünf Minuten ein Meeting mit Kyle, wegen Drake, unserem Quarterback. Da wir die Befugnis haben, viele Dinge allein zu entscheiden, können wir relativ flexibel unsere Termine machen. Was sich nun aber als Fluch und Segen zugleich herausstellt. Denn so kann ich diesen Termin auch locker um einen Tag verschieben. Er wäre zwar wichtig, denn ich wollte endlich eine Auswertung von Drakes letzten Spielen mit meinem Freund durchgehen. Es sieht nämlich so aus, als müssten wir den Quarterback austauschen, noch bevor die Saison startet. Aber was soll ich gegen das Flehen meiner Mutter schon anrichten? Puh.

»Bitte, du musst nur deinen Schlüssel vor die Tür

legen. Es ist noch Essen im Kühlschrank, und die Möbel werden mitverkauft, also sind auch die noch im Haus. Du könntest sogar dort schlafen. Ich bin erst gestern abgereist, und ich habe es verpeilt, meinen eigenen vom Bund abzumachen. Jetzt steht der Makler morgen vor verschlossener Tür!«

Alles, was ich denke, ist: ›Nein‹. Denn so gern ich es wollte, ich kann nicht zurück nach Darrywood. Ich möchte Abigail Evans nicht über den Weg laufen. Nein, ich kann ihr nicht gegenübertreten. Denn sie würde mich fragen, weshalb ich damals in dem wohl denkbar schlechtesten Moment einfach abgehauen bin. Und ich müsste ihr etwas gestehen, von dem ich nicht weiß, wie sie es aufnehmen würde.

»Kannst du nicht jemand anderen fragen?«, murmle ich und beobachte die Sonne, die hinter dem Horizont verschwindet.

»Nein. Riley ist mit ihrem Mann bei ihren Enkeln in Ohio, und Olivia Evans hat mir ihren Schlüssel schon vor ein paar Jahren zurückgegeben.«

Verdammt.

»Bitte«, fleht meine Mom, und ich spüre, dass mein Herz weicher wird.

Es ist mitten in der Nacht, wenn ich in Darrywood ankomme. Abigail wird wohl kaum zu dieser Zeit noch draußen unterwegs sein. Ich fahre also hin und kehre gleich wieder um.

Meine müden Augen brennen und geben mir gleichzeitig zu verstehen, wie absurd diese Idee ist. Acht Stunden durch die Nacht fahren. Um circa vier Uhr morgens wieder in Manhattan ankommen und eine Stunde schlafen, um dann zum Sport zu fahren und weiterzuarbeiten. Das ist selbst für meine Verhältnisse hart. Also ... Ich muss eine Nacht in Darrywood schlafen, ob ich will oder nicht.

Mein Handy piept. Ich hebe es von meinem Ohr, um zu sehen, ob es etwas Wichtiges ist. Das Display zeigt eine Nachricht von Penelope, die fragt, wann ich nach Hause komme.

›Wahrscheinlich gar nicht‹, denke ich und drücke das Handy zurück an mein Ohr.

»Okay«, höre ich mich sagen.

»Da fällt mir aber ein riesiger Stein vom Herzen!« Erleichtert atmet meine Mutter hörbar aus. »Vielleicht tut dir die Auszeit im Haus sogar gut? Du kannst so lange bleiben, wie du möchtest, Trevor. Der Makler kommt morgen Nachmittag nur, um ein paar Vermessungen durchzuführen.«

Das Angebot von Mom ist nett, allerdings bin ich einfach nur froh, wenn ich wieder zurück in New York City bin und diese gute Tat hinter mich gebracht habe.

~

Den Termin mit Kyle zu verschieben, kam für mich nicht infrage, deshalb ist er nun in der Leitung und seine Stimme hallt durch den Wagen. »Die Hooks haben das Freundschaftsspiel gegen uns gewonnen!« Er knurrt genervt. »Die reißen den New York Fires jedes Mal aufs Neue den Arsch auf.«

»Aus diesem Grund hatte ich das Meeting heute Abend angesetzt«, erkläre ich ihm und konzentriere mich auf die Interstate 87, die durch ihre kurvenlose Straße ziemlich ermüdend auf mich wirkt. Allein deshalb ist es gut, dass Kyle schon seit über einer Stunde mit mir telefoniert.

»Gut, wieso bist du dann nicht hier? Diese Sache ist verdammt wichtig. Wir dürfen die Investoren jetzt nicht enttäuschen!«, donnert Kyles Stimme durch die Lautsprecher.

Ich umklammere das Lenkrad fester. Wut überkommt mich, wahrscheinlich, da ich schon seit einer gefühlten Ewigkeit nicht mehr richtig geschlafen habe.

»Hör auf, so zu tun, als würden mir unsere Geschäfte nichts bedeuten«, grummle ich. Schlussendlich sind achtzig Prozent der Gelder unserer Unternehmen von mir. Mein bester Freund vergisst manchmal, dass ich die meisten Anteile besitze und damit eigentlich auch das absolute Bestimmungsrecht habe. Ich dulde ihn mehr oder weniger als meinen Partner. Das ist alles.

Fuck, wieso bin ich denn so wütend auf ihn? Eigentlich würde ich ihm niemals vorhalten, dass er vor Jahren einen Haufen versoffen hat, statt ihn richtig zu investieren. Doch nun scheint in meinem Gehirn eine Sicherung durchgebrannt zu sein.

Liegt sicherlich daran, dass ich ausgehungert bin wie Penelope, die des Öfteren für ihre Modenshows hungert. Jetzt verstehe ich, wieso sie immer so schlecht gelaunt ist.

Wenn sie kaum schläft und selten isst, immer nur Sport macht und diese hohen Hacken trägt, kann man doch nur mies drauf sein, oder?

»Sorry, ich bin einfach nur angespannt«, scheint sich Kyle zu besinnen. »Morgen habe ich noch einen Termin mit dem Coach reingeschoben. Er wäre gegen acht Uhr morgens im Büro. Wir könnten mit ihm über die Zahlen sprechen?«

Mein Kopf schmerzt. Nach knapp fünf Stunden Fahrt, weil ich nicht eher durch den New Yorker Dauerverkehr gefunden habe, biege ich auf den Highway in Richtung der Halbinsel. Es dürfte noch knapp eine halbe Stunde dauern, dann bin ich endlich dort.

»Natürlich. Du hast die Auswertungen vorliegen?«, frage ich.

»Jap.« Ich höre das Rascheln von Blättern. »Selbst wenn ich das Spiel heute nicht mit eigenen Augen im Stadion verfolgt hätte, könnte ich dir sagen, dass es Drake, unser Quarterback, einfach nicht mehr bringt.«

Ich nicke, auch wenn Kyle mich nicht sehen kann. »Ja, die Zahlen sind weitaus schlechter als erwartet. Sein Index ist Müll, deshalb möchte ihn derzeit aber auch niemand für einen angemessenen Preis haben«, sage ich. »Wir sollten ihn uns warmhalten für die nächsten Saisons. Wir müssen mit ihm sprechen, und vielleicht willigt er ein, auf die Bank zu gehen?«

»Du willst was?« Mein Partner klingt geschockt.

»Du hast richtig gehört. Ich will …«

»Nein, Trevor. Wir werden ihn ganz los und investieren in einen neuen. Wir wissen beide, dass Drake Probleme hat, und wir haben keine Ahnung, ob er diese so schnell wieder in den Griff bekommt.«

Wo er recht hat … verdammt.

»Nein. Er bleibt.« Ich habe mich entschieden.

Ich kenne Kyle seit dem College. Er war mein Mitbewohner und ein ziemlicher Frauenmagnet. Ständig hüpften irgendwelche Weiber durch unser Zimmer, was für einen jungen Mann wie mich, der es zuvor nur auf die zweite Base geschafft hat, sehr amüsant war. Kyle lenkte mich ab von allem, was zuvor in Darrywood passiert war. Er half mir, den Schmerz und die Schuldgefühle zu verdrängen.

Eines Abends berichtete er mir dann noch von seinem Dad, der gedient und bei einem Einsatz ums Leben gekommen war. Er sagte, er könne sich nicht mehr an seine Stimme erinnern, obwohl er sie so sehr geliebt hat. Da kam uns beiden eine Idee. Wir programmierten locker ein Jahr lang Tag und Nacht, um danach eine App in den Händen zu halten, die uns beide zutiefst berührte.

Regentropfen reißen mich zurück in die Realität. Sie landen auf der Fensterscheibe des Bentleys, der darauf sofort mit dem Anspringen der Scheibenwischer reagiert.

Vielleicht will mir das Wetter ein Zeichen geben und irgendeine Macht möchte mir mit Nachdruck sagen, dass es eine schlechte Idee ist, nach Darrywood zurückzukehren.

»Klingt, als würdest du durch einen Monsun fahren«, murmelt Kyle.

»Fühlt sich auch so an«, sage ich und blinzle, da die Sicht auf die Hauptstraße des Kaffs von dem vielen Regen verschwimmt.

Die Häuser reihen sich rechts und links von der Straße in der Nacht, spärliche Beleuchtung spenden die wenigen Laternen auf dem Gehweg. Es ist fast schon gespenstisch, hier entlangzufahren. Früher war es das nie.

Ich umfahre den Kreisel des Marktplatzes und biege in eine Seitenstraße ab, in der Polly einst gewohnt hat. Dann biege ich in meine alte Straße.

Hier liegen Luft und vorwiegend Bäume zwischen den Gemäuern, weshalb ich zwischen dem Wald einen Blick auf den kleinen Hafen werfen kann, an dem ich wenige Schiffe auf dem rauen Meer ausmache. Nur noch ein paar Meter und ich bin an meinem Elternhaus. Dies scheint meinem Körper auch klarzuwerden, da augenblicklich wieder ein pochender Schmerz in meiner Schläfe einsetzt.

»Sorry, ich muss Schluss machen. Wir sehen uns morgen Früh im Büro«, grummle ich in den Hörer. »Ach, und sag Natascha bitte, dass sie mir einen starken Kaffee hinstellen soll.«

Er grummelt eine kurze Antwort und wir legen auf.

Ich reduziere meine Geschwindigkeit und konzentriere mich auf die abgelegene, dunkle Straße. In diesem Teil der Stadt gibt es nicht einmal Laternen. Er ist so abgeschieden, dass es nur den Wald und die wenigen Häuser zu geben scheint.

Ich zucke zusammen.

Das Radio knistert.

»Verdammtes Ding.« Ich werfe einen Blick auf den flimmernden Bildschirm im Wagen, und noch bevor ich wieder auf die Straße sehen kann, setzt in ohrenbetäubender Lautstärke ein Pop-Song ein.

»Oh fuck.« Stöhnend verziehe ich das Gesicht. Eine meiner Hände fasst hektisch nach dem Lautstärkeregler, die andere hält den Wagen auf der Straße. »Dieses verdammte Ding!«

Mein Blick gleitet nur kurz zu dem Radio, das weiter in voller Dröhnung Justin Biebers neues Lied performt. Als wäre das nicht ohne Bass und auf angenehmer Lautstärke schon furchtbar.

Ich fummle an den Reglern herum, bis seine Stimme verhallt.

Erleichtert hebe ich meinen Kopf, sehe auf die Straße und ...

»Fuck!«, brülle ich und trete auf die Bremse, gleichzeitig reiße ich das Lenkrad herum.

Kapitel 3

Abigail

Leise wankt der Kutter unter mir. Man könnte meinen, in meinem alkoholisierten Zustand sollten diese Wellenbewegungen mir Übelkeit bereiten. Aber es beruhigt mich wie ein Baby, das in seiner Wiege liegt.

Nachdem Polly und ich von unserem Einkauf zurück waren, gab es viel im Café zu tun. Weil Mom den halben Tag mit Granny beschäftigt ist, bleibt das meiste an mir hängen. Wir können es uns nicht leisten, einen Pfleger oder eine Kellnerin einzustellen. Beides ist einfach zu teuer. Also teilen wir die Aufgaben weitestgehend auf.

Es war nicht so viel los. Man merkt, dass viele Touristen Darrywood wegen des schlechten Wetters einfach durchfahren. Das nasskalte Klima zieht einfach keinen so richtig an. Viel besser sind die Sommer und Winter in der Kleinstadt. Wenn entweder alles mit Schnee bedeckt ist und die Landschaft mehr bietet als nur Schlamm, oder wenn die Sonne die Besucher einlädt, ins Meer zu gehen. Dann kommen einige Surfer, die für mich und Polly meist eine willkommene Abendbeschäftigung sind.

Nachdem ich das Café neben dem Haupthaus abgeschlossen hatte, goss ich mir ein Glas vom Merlot ein und setzte mich mit den Rechnungen an den großen Tisch vor dem Kamin. Nach einer halben Stunde machte sich aber schon ein Kopfschmerz bemerkbar.

Mal abgesehen davon, dass ich Mathe hasse und Zahlen für mich die reinste Folter sind, verursacht das dicke Minus, das auf dem Blatt prangt, noch einen zusätzlichen Druck, dem ich zurzeit nicht standhalten kann.

Deshalb liege ich jetzt auch auf dem Kutter. Die Merlotflasche in meiner Hand hat sich geleert und die Gedanken in meinem Kopf sowie die schmerzenden Gefühle in meinem Herzen lassen nach.

Rutherfords Schiff steht an der Anlegestelle, nur zwei Kilometer von meinem Elternhaus entfernt. Seit ich denken kann, bietet mir dieses Boot einen Rückzugsort. Schon als ich gerade einmal neun war, kletterte ich auf das Dach des Führerhauses und legte mich auf den Rücken, um in den Sternenhimmel zu gucken.

Es beruhigt mich, in dieser absoluten Stille zu liegen, in den Sternenhimmel zu blicken. Zu wissen, dass ich mit meinem Problem nicht allein sein kann. Das Universum ist so riesig, da kann ich schließlich nicht die Einzige sein, die jemals vor einer Hochzeit ausgetauscht wurde. Dass es noch andere Menschen gibt, die mit sechsundzwanzig keinen Collegeabschluss und keine Karriere haben. Das spendet Hoffnung.

Eine Träne kullert über meine Wange. Ich lasse ihr freien Lauf. Hier, an diesem Ort, bin ich allein. Ich muss nicht mehr lächeln, und ich muss auch nicht so tun, als wäre alles in Ordnung. Das ist es nämlich nicht.

Mein Leben ist ganz anders verlaufen, als ich es mir vorgestellt habe. Es ist wunderbar, dass meine beste Freundin nur ein paar Hundert Meter von mir entfernt wohnt und dass sie jeden Tag vorbeikommt und in dem Familiencafé schreibt. Und ich bin dankbar, dass ich meine Granny habe, zumindest zeitweise, und meine Mom, die zwar sehr eigen, aber auch stark wie eine Löwin ist. Trotzdem schmerzt es, dass ich nie auf das College gehen konnte. Dass Jake mich verlassen hat und dass ich in dem Café jeden Tag dem blöden Gerede der Kleinstadt ausgesetzt bin.

Ich lege die Stirn in Falten. War das gerade ein Regentropfen?

Vorsichtig setze ich mich auf, denn das Wanken des Bootes und der Schwindel in meinem Kopf werden stärker, sobald ich mich bewege.

Ich erschrecke, da mich erneut ein kühler Tropfen auf der Stirn trifft.

Verdammt, wenn es regnet, dann stürmt es in Darrywood meist auch. Ich sollte besser den Heimweg antreten, bevor ich in diesem Zustand nicht mehr von dem Boot runterkomme.

Eilig rutsche ich von dem Dach des Kutters und muss mich dabei sehr auf meinen Körper konzentrieren, der wegen des Alkohols nicht mehr ganz unter meiner Kontrolle steht.

Es war wahrscheinlich auch ein klein wenig verantwortungslos von mir, auf das Boot zu klettern. Betrunken. In der Nacht. Ohne dass jemand weiß, wo ich bin.

Die Sache mit Jake hat mich so aus der Bahn geworfen, dass dieser Mensch, den ich nach dem Verlust meines Bruders aus mir gemacht habe, Risse bekommt. Und das ist scheiße!

Nachdem George gestorben war, dachte ich, es sei das Beste, wenn ich für meine Familie stark bin. Dass ich nicht aufs College gehe und aufhöre, die abenteuerlustige, chaotische Abigail zu sein, die selbst ihre Kleider schneidert und es liebt, dabei komische Designs auszuprobieren.

Ich wollte normal sein. Einfach nur ein Mädchen, wie jedes andere auch. Schließlich schien die eigentliche Abigail, die ich nun mal war, nicht in diese Welt zu passen. Sonst hätte sich mein Dad wohl kaum von uns abgewandt, mein Bruder wäre nicht gestorben und Trevor wäre niemals gegangen.

Deshalb wollte ich doch erst heiraten. Für mehr Normalität in meinem Leben, für ein Vorankommen, damit ich endlich etwas vorweisen kann.

Der Regen nimmt zu. Der Wind treibt die Wellen an. Das Boot unter meinen Füßen gibt ordentlich nach.

»Ah!« Ich rutsche an die Reling und halte mich gerade noch fest, bevor ich vom Deck rutsche. Dabei fällt der Merlot platschend in die dunkelblauen Wellen unter mir. Die leichte Beleuchtung des Kutters und der Anlegestelle spenden nur spärlich Licht, trotzdem erkenne ich den Weg über das Deck. So oft, wie ich schon hier war, ist das aber auch kein Wunder.

Ich wanke über den Kutter, bis ich endlich am Steg ankomme. Erleichtert atme ich auf.

Der kleine Hafen grenzt direkt an den Garten von Trevors Elternhaus. Früher haben wir uns immer durch die Büsche geschlichen und sind die zwei Kilometer bis zu meinem Elternhaus nie über die Straße gegangen.

Ich möchte aber nicht riskieren, dass mich Trevors Mom dabei erwischt. Polly muss mich auch nicht unbedingt angetrunken in ihrem Garten erwischen. Und, oh Gott, wenn ich an meine Mutter denke und an die Predigt, die sie mir halten würde, wenn ich in diesem Zustand und einer leichten Jacke zurückkäme, möchte ich mir gar nicht erst ausmalen.

Also gehe ich lieber den gepflasterten Weg an der Straße, der ein wenig länger ist. So kann ich zumindest versuchen, an Mom vorbeizuschleichen, die eventuell auf dem Sofa eingeschlafen ist und gar nicht mitbekommt, dass ich durch den Flur in mein Zimmer gehe.

Der Regen prasselt nun schon stärker auf meine Jacke und ich ziehe die Kapuze tiefer in mein Gesicht. Der Wind ist kalt und kriecht in jede Ecke des dünnen Stoffs, weshalb ich fröstle.

Die Kirchblütenbäume, die leider noch keine rosa Blüten haben, wanken über mir, während ich endlich auf der Bay-Street ankomme. Sie ist die abgelegenste Straße von Darrywood und endet an einem kleinen

Leuchtturm. Als Kinder sind wir oft dorthin gelaufen und haben den Tag zwischen den Dünen verbracht.

Ich biege nach rechts und befinde mich damit unmittelbar neben Trevors Elternhaus. Es ist ein typischer Südstaatenbau, den man eigentlich eher an der südlichen Ostküste findet, nicht bei uns in Rhode Island. Aber Trevors Mom Janet liebt den weißen Gartenzaun, die Veranda mit dem Schaukelstuhl darauf und die blauen Fensterläden sowie die Säulen, die auf der vorderen Terrasse die Decke stützen. Umso mehr wundert es mich, dass sie tatsächlich nach Florida ziehen möchte. Sie hat dort einen neuen Freund, den wir schon ein wenig kennenlernen durften.

Ich lege meinen Kopf in den Nacken, betrachte einen Moment das Haus und passe nicht auf, wo ich hintrete. Deshalb verpasse ich den Bordsteinrand und stolpere.

»Ah!« Mein piepsiger Schrei schneidet durch die Nacht, doch geht gleichzeitig zwischen dem ganzen Getöse unter. Aber da ist noch ein anderes Geräusch, das meinen Laut in den Schatten stellt.

Ist das ein Motor?

Was ist das?

Ich hebe meinen Kopf und möchte mich gerne aufsetzen, allerdings schmerzt mein Knöchel.

Verdammt.

Das Motorengeräusch kommt näher.

Mein Herz macht einen Sprung. Ist das ...

Erschrocken weiten sich meine Augen.

Was hat denn ein Auto hier mitten in der Nacht zu

suchen? In Darrywood? Auf der abgelegensten Straße der Kleinstadt?

Die Scheinwerfer kommen näher.

Und wieso bremst es nicht?!

Verdammt, sieht der Fahrer mich denn nicht?!

Das würde mir jetzt echt noch den Rest geben. Erst sitzengelassen vom Verlobten, dann überfahren von einem Fremden, der sich verfahren hat!

Ich möchte mich gerne bewegen und auf den hohen Bordstein robben, allerdings bin ich wie versteinert. Könnte der Alkohol sein, der dafür sorgt, dass meine Glieder ganz schwer werden. Oder auch der Schock.

Im nächsten Moment ertönt ein ohrenbetäubendes Quietschen von Bremsen. Ich schließe die Augen und zucke zusammen.

Heftig schlägt mein Herz gegen die Rippen in meinem Brustkorb. Das Rauschen in meinen Ohren übertüncht die Lautstärke des Regens, der mit jeder Sekunde stärker zu werden scheint.

Offenbar weicht der Wagen mir aus, denn ich spüre keinen Schmerz oder ... boah. Kein Schmerz, aber ein Schlamm-Wasser-Gemisch übergießt mich. Anscheinend ist der Fahrer durch eine Pfütze gefahren, die sich nun in einer kalten Fontäne über mir ergießt.

Das darf doch nicht wahr sein!

Sofort weicht die Nässe den Stoff meiner Kleider ein. Kälte erreicht meine Haut.

»Fuck!« Eine Autotür wird zugeworfen. Eine Männerstimme brüllt über die Geräuschkulisse hinweg, gleich darauf vernehme ich seine schweren Schritte auf dem nassen Asphalt.

»Ist Ihnen klar, dass das ein Bentley ist? Ich hätte ihn fast in einen Baum gefahren, weil Sie auf dieser Straße herumsitzen!«, brummt der Typ.

Ich bin aber so mit der Sauerei auf meinem Körper beschäftigt, dass ich gar nicht zu ihm aufsehen, geschweige denn antworten kann.

Hastig wische ich mir über die Augen. Erneut versuche ich meinen Knöchel zu belasten, doch ein stechender Schmerz macht sich sofort bemerkbar, kaum habe ich ihn aufgestellt.

Verdammt, jetzt kann ich nicht einmal fliehen vor diesem Kerl.

»Scheiße, Sie hätten mich umbringen können, und Sie interessiert nur Ihre Bonzenkarre!«, keife ich und balle die Hände zu Fäusten. Ich bin wütend. Zum einen, weil ich mich nicht vor ihm aufbauen kann, und zum anderen, da sich mein Leben einfach nicht zu fangen scheint. Ganz nach dem Motto: ›Schlimmer geht immer.‹

»Ich, Sie umgebracht?« Der Kerl hört sich entrüstet an. Seine Stimme kommt mir bekannt vor. Vertraut, als hätte ich sie bereits Millionen Male gehört. Aber das kann nicht sein. Ein Typ aus Darrywood würde niemals um fast null Uhr zum Leuchtturm fahren.

»Wer von uns beiden läuft denn mitten in der Nacht auf einer unbeleuchteten Straße rum?«, möchte der Kerl wissen und kommt jetzt neben mir zum Stehen.

Ich kann nicht zu ihm aufsehen, weil der Regen

mir sonst mitten ins Gesicht peitschen würde. Deshalb lege ich meine Hand an meinen Knöchel und schnaube. »Sieht es für Sie etwa so aus, als könnte ich gehen?«

Der Unbekannte atmet hörbar ein. Ich spüre, dass er sich zu mir herunterbeugt. Offenbar geht ihm jetzt ein Licht auf, und er erkennt, dass ich mich verletzt habe.

Der Typ geht in die Hocke. Sehr gut, dann kann ich mir diesen Rowdy ja gleich einmal angucken.

Mein Blick schnellt zu ihm und damit augenblicklich in seine dunklen Augen.

Unwillkürlich schrecke ich ein bisschen zurück.

Mein Herz setzt einen Takt aus, nur um dann davonzugaloppieren. In meinem Magen flattert es wild, ein Schauer läuft an meinem Rücken hinab und mein Kopf formt die wildesten Erinnerungsfetzen.

Oh Gott.

Das kann nicht sein.

Trevor

»Du wirst es nicht bereuen«, hatte Hank Weiss vor ein paar Tagen gesagt und mir auf die Schulter geklopft, nachdem er den Vertrag sicher in einer Mappe verstaut hatte.

Dass ich es nicht bereuen werde, war gelogen. Denn nun knie ich neben Abigail Evans, und das Einzige, was ich denken kann, ist ›Wieso hast du Vollidiot diesen Vertrag unterschrieben?‹

Penelope hatte instant eine ganze Kavallerie angeheuert, die sich mit uns um die Vorbereitungen der Hochzeit kümmern soll, und ich habe es über mich ergehen lassen. Die Tatsache, sie zu heiraten, konnte ich ertragen, wenn dadurch dieses wundervolle Geschäft entsteht. So dachte ich wenigstens. Bis jetzt.

»Trevor«, flüstert Abigail kaum hörbar.

Sie sitzt neben mir. Eine ihrer Hände umgreift ihren Knöchel, die andere verweilt erschrocken an ihren vollen Lippen. Die hellgrauen Augen, die umrandet sind von dichten hellen Wimpern, glitzern. Auf ihrer Stupsnase tanzen die winzigen Sommersprossen, und das rötliche, nasse Haar lugt unter der durchweichten Kapuze hervor.

Fuck, ich habe vergessen, wie wunderschön sie ist.

»Was machst du hier?«, wispert sie, und es wirkt, als würde sie in das Gesicht eines Geistes blicken. Sie schüttelt ungläubig den Kopf. Die Hand an ihren Lippen streckt sich nach mir aus und landet auf meiner Wange.

Sofort kribbelt meine Haut unter ihrer zarten Berührung. Ich schließe die Augen und schmiege mich an ihre Liebkosung. Den Regen um uns herum vergesse ich gänzlich. Als würde es nur uns beide geben. Die Schuldgefühle schmerzen in mir, gleichzeitig keimt eine unfassbare Freude in mir auf.

Eilig öffne ich meine Augen wieder. Ich muss mich zusammenreißen. Ich bin nicht hier, um klärende Gespräche zu führen.

»Das sollte ich dich doch fragen, oder?«, fange ich mich und schaue in den grauen Wirbelsturm in ihren Augen.

Argwöhnisch mustert sie mich, dann schüttelt sie ihren Kopf und deutet auf ihren Knöchel. »Ich bin ausgerutscht.«

»Noch immer so tollpatschig«, murmle ich und grinse.

Von ihrem Gesicht fällt jegliche Kritik ab. Sie boxt mich am Oberarm, weshalb ich gespielt schmerzerfüllt das Gesicht verziehe, bevor ich grinse.

»Und du bist nicht mehr mit dem Motorrad unterwegs, sondern mit einem …« Sie blinzelt in die Dunkelheit und wirft offenbar einen Blick auf meinen Wagen. Als sie die Marke ausmachen kann, werden ihre Augen groß und ihre Kinnlade fällt. »Einem Bentley?«, fragt sie an mich gewandt.

Ich taste ihren Knöchel ab und schaue nur kurz zu ihr auf. »Du solltest den hier kühlen«, nuschle ich.

»Möchtest du mir jetzt mal erklären, was du hier willst? Nachdem ich neun Jahre nichts von dir gehört habe! In einer Bonzenkarre!« Abigail wirkt aufgebracht.

Ich denke gar nicht daran, ihr darauf zu antworten. Stattdessen hebe ich sie auf meine Arme, als wäre sie eine Feder. Japsend und quietschend krallt sie sich an der durchnässten Lederjacke fest.

»Bist du jetzt völlig übergeschnappt, Trevor!«, kreischt sie in die Nacht und schaut panisch umher. Sie riecht nach Rotwein. Hat sie etwa getrunken?

»Du ... das ...«, stammelt sie. »Was, wenn du ein Serienmörder geworden bist und deshalb damals einfach verschwunden bist?«

Sie bringt mich zum Lachen. Fuck, tut das gut. Sie hat diese Fähigkeit also immer noch. Gute Laune zu verbreiten, selbst wenn die Welt untergeht.

»Ab wann ist man denn noch mal ein Serienkiller?«, frage ich ernst und trage sie zur Veranda meines Elternhauses.

Abigails Kopf schnellt zu mir herum. Ihr Gesicht ist meinem so nah, dass nur wenige Zentimeter Platz dazwischen ist. Ihre Augen wandern prüfend über mein Gesicht, dann fällt ihr meine Belustigung auf. »Haha«, macht sie und rollt die Augen.

Mein Herz zieht sich bei ihrem Anblick zusammen. Es ist seltsam, ihr so nah zu sein. Obwohl wir das früher doch ständig waren. Wir haben schließlich alles miteinander geteilt, von klein auf.

Ich platziere Abigail auf der Holztreppe unter dem Dach des Hauses, damit sie nicht noch nasser wird. Skeptisch schaut sie mich an, während ich mich aufrichte. Fuck, das Grinsen stiehlt sich ohne Vorwarnung auf mein Gesicht, während sie mich aus funkelnden Augen mustert.

Wieso sieht sie so verdammt niedlich aus mit diesem Blick?

Ich schlucke hart und drehe mich herum, ehe ich etwas Unüberlegtes machen kann. Wie sie beispielsweise erneut auf meine Arme zu nehmen und sie zu küssen. Ich wende mich ab und kehre zu meinem Wagen um.

»Hey!«, schreit sie mir nach, was durch den Regen gedämpft wird.

Grinsend drehe ich mich im Gehen zu ihr um. »Hey«, rufe ich zurück, weshalb sie verärgert das Gesicht verzieht.

Fuck, sie ist der einzige Mensch, dem ich hier nicht über den Weg laufen wollte. Wieso fühlt es sich dann aber so an, als wäre sie die Person, der ich hatte ganz dringend begegnen müssen?

Ich steige in den Wagen und biege in die Einfahrt des Hauses. Den Bentley sollte ich bei diesem Sturm eigentlich in die Garage fahren, vor allem da die Bäume um das Anwesen schon gefährlich wanken. Leider habe ich dafür aber keinen Schlüssel und jetzt auch sicherlich keine Zeit, im Haus danach zu suchen.

Hastig steige ich aus. Der Regen prasselt schlagartig wieder auf meinen Kopf. Verdammt, ich habe vergessen, wie düster das Wetter in Darrywood sein kann.

Abigail sitzt weiterhin auf der Treppe und begutachtet ihren Fuß. Sie tastet mit ihren Fingern am Knöchel herum und verzieht dabei schmerzerfüllt das Gesicht.

»Mom hat sicher ein wenig Eis, um ihn zu kühlen«, sage ich und gehe an ihr vorbei, um die Haustür aufzusperren.

»Du könntest mich auch einfach zu mir fahren«, höre ich sie sagen.

Stimmt, Trevor. Du wolltest ihr nicht über den Weg laufen, was machst du also hier? Sie zum Kaffeekränzchen einladen, sodass sie dich an die wohl schlimmste Nacht in deinem Leben erinnert?

Ich balle meine Fäuste. Diese innere Stimme hat recht. Ein neues Kapitel hat sich in New York City für mich geöffnet. Ich könnte in wenigen Monaten ein bisschen befreiter sein. Mein Karmakonto würde sich wieder auffüllen. Die Nächte würden vielleicht angenehmer werden.

Trotzdem möchte ein Teil von mir nichts anderes, als Abigail nahe zu sein. Jetzt, da sie nur wenige Meter von mir entfernt sitzt. Ich hatte mir vielleicht in den vergangenen Jahren eingeredet, dass ich sie nicht will. Dass ich mich von ihr fernhalten sollte und dass sie jemand Besseren verdient hat als mich. Allerdings brauchte es nur einen Blick in ihre Augen, um zu verstehen, dass mein Herz diese Botschaft niemals akzeptiert hatte.

Ich stoße die Tür auf. Sofort weht mir das Lanvendelaroma, der Lieblingsduft meiner Mom, entgegen. »Sei nicht albern«, murmle ich, drehe mich zu Abigail um und hebe sie wieder an. Schlagartig krallt sie sich wieder an mir fest.

»Du weißt noch von meiner Höhenangst?«, möchte sie wissen und blickt sich Hilfe suchend um.

Lachend schüttle ich den Kopf und kicke gleichzeitig die Tür mit meinem Fuß zu.

»Du bist eins-neunzig groß, entschieden zu hoch für jemanden, der sich nicht einmal traut, auf eine Leiter zu steigen!«, quiekt sie.

»Wow, Butterfly, bist du immer noch so eine Nervbacke?«, raune ich und lasse sie auf der Couch im Wohnzimmer nieder.

Abigail reißt empört den Mund auf. »Wenn ich du wäre, würde ich so nicht mit mir reden, mein Freund! Schließlich haben wir noch ne Rechnung offen.« Sie verschränkt wie ein trotziges Kind die Arme vor Brust. »Du bist einfach abgehauen, Trevor! Du hast es nicht verdient, dass ich dir zuhöre. Eigentlich sollte ich gehen!«

Eine meiner Augenbrauen wandert automatisch in die Höhe. Zeitgleich versuche ich, nicht allzu sehr auf das Gefühl in meiner Brust zu achten, das sie in mir auslöst.

Abigails Kapuze ist von ihren nassen Haaren gerutscht. Ihre Wangen sind gerötet und die Lippen leicht bläulich.

Ich beuge mich zu ihren Schuhen und ziehe ihr vorsichtig die Moonboots aus, während sie genervt weiter schnaubt. Die Stiefel stelle ich neben das Sofa und gehe dann zum Kamin.

»Wo willst du denn mit deinem Knöchel hin?«, frage ich sie ungeniert. Ich gehe um den hölzernen Couchtisch herum, den meine Mom schon seit meiner Kindheit hat, und greife nach den Holzscheiten, die neben dem Kamin stehen.

Sie knurrt hinter mir und schnaubt. »Unfaires Spiel«, grummelt sie in sich hinein, aber mir entgeht es nicht. »Möchtest du mir dann wenigstens sagen, wieso jeder Mann in meinem Leben verschwindet? Angefangen mit dir.«

Ich lege die Stirn in Falten, was sie nicht sehen kann, da ich das Feuer gerade anzünde.

Was meint sie wohl damit? *Jeder* Mann? Hatte sie eine lange Beziehung, die nicht gehalten hat?

Verdammt, wieso denke ich überhaupt darüber nach? Was ist mit mir los? Es sollte mir vielmehr Angst machen, dass sie eine Erklärung haben möchte. Ich wusste, es ist keine gute Idee, nach Darrywood zurückzukehren.

»Es tut mir leid«, sage ich und wende mich an sie.

Abigail wird die nasse Jacke los, während ich zum Kühlschrank gehe und im Eisfach nach einem Kühlpad suche. Wenn mich nichts irrt, verstaut Mom diese im obersten Regal.

Ha, ja! Das ist einer. Offenbar hat sich nicht viel in meinem Elternhaus verändert. Der loftartige Wohnungsstil, vermischt mit alten Landhausmöbeln und einem Chesterfield-Sofa, das Abigail jetzt belagert, war mein Zufluchtsort. Ich habe es geliebt, mit Mom an dieser Küchenanrichte zu puzzeln, oder dass sie mir Geschichten vorlas, während das Feuer im Kamin knisterte. Ich war ein richtiges Mama-Kind. Gott, ein richtiger Schlappschwanz. Aber was soll ich sagen, wenn dein Vater stirbt, klammerst du dich an jeden Menschen in deinem Leben, mehr, als dir lieb ist. Ich hatte immer Angst, verlassen zu werden. So viel Angst, dass ich letztlich lieber verschwunden bin, bevor es jemand anderes hätte tun können.

Denn ich wusste, würde Abigail herausfinden, was ich getan habe, wäre sie weg gewesen. Und das gilt damals wie heute.

Kapitel 4

Abigail

»Wow, es tut dir leid«, murmle ich und fahre mir durch die nassen Haare. Das ist alles, was er dazu zu sagen hat? Ihm tut es leid? Pah!

Der Kloß in meinem Hals verhärtet sich. Mein Blick gleitet zu dem Feuer, das Wärme spendet. In meinem Kopf herrscht ein Chaos. Selbst der Wein, den ich zuvor getrunken habe, kann dieses Schlamassel nicht betäuben.

Trevor taucht neben mir auf. Er setzt sich auf das Sofa und legt das Kühlpad an meinen Knöchel.

Zischend verziehe ich das Gesicht. Gott, ist das kalt. Aber ... oh, es tut gut.

Vorsichtig hebe ich meinen Kopf. Eigentlich möchte ich ihm nicht in die Augen sehen. Denn ich spürte schon vorhin, dass ich dadurch weich werde.

»Hör zu, Butterfly«, fängt er an, aber ich schüttle den Kopf.

»Nenn mich nicht so«, flüstere ich. Den Klang

seiner Worte, wenn er diesen Namen ausspricht, ertrage ich nicht. Ich blicke nun doch in sein Gesicht und bereue es sofort.

Verdammt. Sofort flattern Millionen Schmetterlinge durch mich hindurch. Wieso löst er immer noch das gleiche Gefühl aus wie im Abschlussjahr? Zuvor waren wir doch einfach nur Freunde. Wir hatten uns tausendmal berührt, zig Male waren wir allein gewesen und nie habe ich etwas gefühlt, doch dann ... An einem unserer letzten, gemeinsamen Abende verspürte ich etwas Neues. Ich wollte ihn küssen.

Durchatmen. Das ist die Vergangenheit, denn offensichtlich ging es ihm nicht so. Er ist schließlich nur wenige Tage danach verschwunden. In der wohl schlimmsten Zeit in meinem Leben.

Trevors dunkle Augen versinken in meinen. Mein Herz pocht hektisch gegen meine Rippen. Der Ärger versiebt. Verdammt, die Wut verblasst einfach in seiner Gegenwart. Seine Finger streicheln über meinen schmerzenden Fuß, was mich nach Luft schnappen lässt.

»Ich habe dich vermisst«, sagt er rau und erhebt sich von dem Sofa. Mit flatterndem Herzen schaue ich ihm dabei zu, wie er die nasse Jacke loswird.

Holla, er hat ordentlich trainiert, oder? Diese muskulösen Arme hatte er damals noch nicht.

»Es war die schwierigste Entscheidung, die ich bisher in meinem Leben getroffen habe«, erklärt er mir weiter. »Denk nicht, dass ich nicht auch darunter gelitten habe, Abi.«

Ich spüre, dass mir eine Träne an der Wange hinabläuft. Schniefend nicke ich. »Du hättest zumindest zur Beerdigung kommen können.«

Er nickt leicht und läuft in die Küche. Flink öffnet er die richtigen Schränke und zaubert Whiskey hervor. Mit zwei Gläsern kehrt er zurück zu mir und setzt sich neben mich.

»Reue ist Verstand, der zu spät kommt«, zitiert er und schenkt, ohne mich zu fragen, den Alkohol in die Gläser.

»Sei nachsichtig mit mir. Ich war ein Kind, Abigail.«

Ich schlucke hart, während er den Whiskey im Trinkgefäß hin und her schwenkt. Er strahlt die gleiche Ruhe aus, wie er es früher immer getan hat. Ich habe mich immer sicher in seiner Nähe gefühlt. Oh verdammt, deshalb werde ich gleich etwas erzählen, das ...

»Ich hätte letztes Jahr fast geheiratet.«

Mann, Abigail. Er könnte dir jetzt deine Antworten liefern. Du könntest ihn fertigmachen dafür, dass er damals nicht für dich da war! Und was machst du?

Trevor sieht verwirrt und etwas geschockt zu mir auf. Offenbar findet auch er den schnellen Themenwechsel ungewöhnlich.

Hastig greife ich nach dem Whiskey und trinke. Es ist mir nicht peinlich, dass ich vor meinem ehemals besten Freund diese Niederlage zugebe, es ist nur ungewöhnlich, dass ich das Gefühl habe, mit ihm da weitermachen zu können, wo wir aufgehört haben.

Er dreht sich ein wenig um und legt seinen muskulösen Oberarm auf die Lehne der Couch. »Er ist ein Arsch.«

»Das weißt du doch gar nicht!«, platzt es aus mir heraus, schließlich gibt es viele Gründe, wieso eine Beziehung in die Brüche geht.

Trevor nickt. Seine dunklen Augen brennen sich in meine. Ich bekomme Schnappatmung. Wieso sieht er mich denn so an? Eilig kippe ich Whiskey nach und reiße mich so von seinem Blick los.

»Ich weiß es, Abigail. Du würdest mir nicht davon erzählen, wenn du die Hochzeit abgeblasen hättest. Also gehe ich davon aus, dass er es war. Und jeder Kerl, der dich sitzenlässt, ist nunmal ein Idiot«, erklärt er mir und zuckt mit den Schultern.

Kichernd schüttle ich den Kopf. »Dann bist du selbst doch auch einer!«

»Ja«, sagt er ernst. Sein Blick sucht wieder meinen. »Ich bin ein absoluter Idiot.«

Zitternd schaue ich ihn an. Oh, ich werde gleich etwas sagen, das ich bereuen werde …

»Wusstest du, dass ich dich damals küssen wollte? In der *Höhle*, an einem unserer letzten Abende?« *Mann, Abigail.* Die Felseinbuchtung am Strand unseres Cafés erinnert heute zwar nicht mehr an die rustikale Grotte, die sie einst war. Doch die Gedächtnisfetzen jener Nacht sind noch so präsent, als wäre es gestern gewesen.

Einen Moment sieht mich Trevor nur an, was schlagartig ein Kribbeln in mir freisetzt. Seine Blicke sind so intensiv, dass ich sogar kurz vergesse zu atmen.

»Hatten wir vielleicht gerade noch mal Glück«, scherze ich und versuche die Situation zu retten. Eilig möchte ich noch mehr Whiskey in mich hineinkippen, allerdings ist das Glas leer.

Aufmerksam greift Trevor nach der Flasche. Er öffnet das Relief und ich halte ihm das Gefäß entgegen.

»Wieso bist du denn jetzt eigentlich hier?«

Okay, jetzt stolpere ich von einem Thema zum anderen. Egal, Hauptsache ich rette mich damit irgendwie.

Trevor stellt die Flasche zurück und lächelt mich an. »Mom möchte das Haus verkaufen und hat vergessen, den Schlüssel für den Makler hierzulassen.«

Ich versuche, mir die Enttäuschung nicht anmerken zu lassen, da er offenbar echt nicht auf die vorherigen Aussagen von mir antworten möchte. Zudem flutet mich ein wenig Ärger, da er wegen eines Schlüssels zurück nach Darrywood kommt, aber nicht für mich. Wow.

»Ich fahre morgen wieder nach Manhattan.«

Von seiner Mom habe ich schon gehört, dass er dort jetzt wohnt. Aber sie war immer sehr einsilbig, wenn es um ihren Sohn ging, schließlich hat die ganze Kleinstadt nicht wirklich ein gutes Haar an Trevor gelassen. Die Einwohner sind der Meinung, dass er sich hätte verabschieden müssen, dass er hätte ab und an zurückkommen sollen, statt sich von uns fernzuhalten. Das übliche Gerede eben, wenn es jemand außerhalb der Kleinstadt schafft. Neid, wenn ihr mich fragt.

»Mit deinem Bentley«, merke ich an. »Du hast also Geld?«

Trevor lacht kehlig. In mir flattert es erneut. »Im

College habe ich eine App programmiert«, erzählt er mir gelassen.

Ich nicke langsam. »Damit kann man Geld verdienen?«

»Klar, wenn man sie verkauft, beispielsweise.« Er trinkt von seinem Whiskey.

»Und davon hast du dir dann einen Bentley gekauft?«, will ich wissen und nippe selbst an meinem Glas. Langsam beflügelt mich der Alkohol wieder.

»Unter anderem«, gibt Trevor preis. »Aber genug von mir, was hat es mit deiner Hochzeit auf sich? Und mit deinem Modelabel?«

Okay, der Alkohol schafft einiges, aber kann nicht die trübenden Gefühle vertreiben, die sich sofort wieder in mir aufbauen, als er nach meinem Leben fragt. Wie gerne würde ich ihm erzählen, dass ich alles geschafft habe, was ich mir als Jugendliche vorgenommen hatte. Aber dem ist nicht so.

Ich zähle mit den Fingern auf. »Drei gescheiterte Beziehungen, eine geplatzte Verlobung, kein Geld für das College, wohne noch im Kinderzimmer meiner Mutter und habe keine Aussichten auf baldige Änderung.« Kurz überlege ich, dann weiten sich meine Augen. »Aber ich habe einen Berner Sennenhund.«

Trevor mustert mich. »Du hast also einen Hund?«

Froh darüber, dass mein alter bester Freund wohl nicht weiter auf meinem erbärmlichen Leben herumhacken will, nicke ich.

»Mr Heartbreaker. Ich habe ihn mir eigentlich geholt, weil ich dachte, er könnte mir helfen, meinen Liebeskummer zu überwinden. Allerdings scheint auch dieser Mann ein Problem mit mir zu haben und keineswegs auf engen Körperkontakt mit mir zu stehen.«

Seufzend kippe ich den Rest des Whiskeys.

Da bemerke ich Trevors eindringlichen Blick. Schlagartig läuft mir ein schöner Schauer über den Rücken.

Was macht er nur mit mir?

Ich schüttle mich, stelle das Glas ab und greife nach meinem Knöchel. Offenbar hat sich der kurze Schmerz wieder gelegt, denn gerade pocht er nicht mehr. Ganz sicher schaffe ich die paar Meter zu mir nach Hause.

Trevor

Wie kann sie nur denken, dass keiner in ihrer Nähe sein will? Das schmerzt, denn zum Teil bin ich dafür verantwortlich. Sie schiebt ihren Fuß vom Sofa und lächelt knapp, während ich näher an sie heranrücke.

Abigail räuspert sich und möchte sich anscheinend verabschieden, doch ich greife zu einer Haarsträhne, die sich in ihrem Gesicht verirrt hat. Vorsichtig streife ich sie hinter ihr Ohr. Sie hebt ihren Blick und trifft damit meinen.

Abigail wirkt erschrocken. Ihre Lider flattern aber, während ich ihre Wange liebkose. Sie scheint das zu genießen.

Mein Herz wummert, das Gefühl von Sodbrennen stellt sich ein. Das sind mit Sicherheit die Schuldgefühle, die ich ihr gegenüber noch immer verspüre. Wie soll ich denn auch jemals wiedergutmachen, was ich getan habe?

Ich möchte mich zurückziehen und den Blick aus ihrem Gesicht nehmen, da greift sie nach meiner Hand, die an ihrer Wange verweilt.

»Tu das nicht«, flüstert sie. Ihre Stimme zittert, und ich kann sehen, dass sich ihr Brustkorb schneller hebt und senkt. »Ich ... das ...«, stammelt sie und atmet durch. »Ich habe immer nur das Richtige getan. Meine Noten waren tadellos, trotzdem bin ich nicht aufs College gegangen, um bei Mom und Granny zu bleiben, nachdem George gestorben ist. Ich habe eine Hochzeit vorbereitet, um letztlich als Braut ausgetauscht zu werden. Lächle, obwohl mich das Gerede in der Kleinstadt zerreißt, und verzichte in letzter Zeit oft auf Schokolade, nur um die gleichen Maße wie Kathrin zu haben. Ich versuche perfekt zu sein. Ich versuche es so sehr. Und damals, in der Höhle, als ich begriff, dass da mehr zwischen uns ist, dachte ich, es sei besser, dem zu widerstehen. Schließlich hatten wir beide schon Plätze in Unis, die uns zig Kilometer voneinander trennten. Weil ich nicht wollte, dass diese eine Sache, die in meinem

Leben so unglaublich gut lief, kaputt geht, habe ich es nicht getan. Ich wollte es einfach nicht verkomplizieren, letztlich wäre es doch sowieso schon schwer genug gewesen, der Ferne zu strotzen. Ich habe dir nicht gestanden, dass ich dich liebe, und dennoch bist du gegangen. Aus irgendeinem Grund habe ich das einzig Gute zerstört.« Eine Träne hat sich auf ihrer Wange verirrt.

Ich schlucke hart bei ihrem traurigen Anblick. Es schmerzt in meiner Brust, dass ich sie damals einfach zurückgelassen habe, und es ist unerträglich, dass sie denkt, es sei ihre Schuld. Mein Blick fällt erneut automatisch auf ihre Lippen.

Sie räuspert sich und schüttelt ihren Kopf. Meine Hand fällt von ihrer Wange, Abigail wischt ihre Tränen davon und sie lacht karg. »Oh Gott, es tut mir leid. Ich sollte ... Ich sollte wohl gehen. Es war zu viel Alkohol.«

Alles in mir schreit ›Nein‹, während sie sich erhebt. Sie stellt das Glas auf den Couchtisch, lächelt mich knapp an und dann wendet sie sich zum Gehen um.

Ich sage nichts. Wie versteinert schaue ich ihr nach, wie sie in den Flur humpelt.

Ich balle die Hände zu Fäusten, ringe mit mir.

Fuck.

Du hast einen Vertrag unterschrieben.

Egal.

Eilig erhebe ich mich von der Couch und haste in die Diele. Überrascht dreht sie sich um.

Mein Blick schweift über ihren Körper, über ihr

Gesicht, das mich fragend ansieht, aber ich kann nichts sagen.

Der Drang in mir ist …

Ich gehe auf sie zu. Abigail weicht zurück und stößt mit dem Rücken gegen die Wand der Diele. Ihr Atem geht schnell, und ich rieche den herben Duft des Whiskeys, vermischt mit ihrer Süße.

Sie duftet noch genauso himmlisch wie früher. Nach Zuhause, nach Ruhe, nach Frieden. Nach all dem, was ich die letzten Jahre in nichts auf dieser Welt finden konnte.

Meine Arme stützen sich neben ihr an der Wand ab. Mein Blick gleitet über ihr wunderschönes Gesicht. Ich sehe die geröteten Wangen, bemerke, dass sie nervös ist.

»Fuck, Butterfly«, raune ich gegen ihre Lippen. »Wie kannst du nur denken, dass ein halbwegs gestandener Mann dich tatsächlich verlassen könnte?«

Verdammt, das ist übel. Ich sollte sie gehen lassen. Ganz dringend sollte ich mich zurückziehen und sie vergessen.

Abigail schenkt mir ihren schönsten Wimpernaufschlag. Es bringt mich um. Dieses Gefühl in meinem Inneren wird mich zerreißen.

Aber ich kann sie nicht küssen. Ich darf *ihr* das nicht antun. Letztlich weiß ich, wie das enden wird. Ich werde ihr das Herz rausreißen, es in Stücke zerteilen. Meine *Geheimnisse* werden sie vermutlich umbringen.

In mir keimt Wut auf. Ich balle die Hände zu Fäusten und presse sie gegen die Wand. Fuck, wie soll ich denn diesem Drang widerstehen, diese weichen, vollen Lippen zu küssen?

Ich schließe die Augen. Gleich darauf spüre ich ihre zarten Finger auf meinem Oberkörper. Sanft fährt sie die einzelnen Kurven meiner Muskeln nach.

Knurrend öffne ich meine Augen.

Einen Moment gucken wir uns nur schweigend an.

Und ich sehe so viel in ihr.

Zu viel.

Fuck.

Ich drücke meine Lippen auf ihre.

Kapitel 5

Abigail

Der Alkohol hat mich so im Griff, dass ich keine Ahnung mehr habe, was ich da eigentlich sage oder tue. Es ist, als kämen die Worte einfach aus mir heraus. Als hätten meine Gliedmaßen einfach ein Eigenleben entwickelt.

Mein Herz pocht gegen meine Rippen. Alles in mir ist seltsam ruhig, gleichzeitig kribbelt es in meinem Bauch. Nie habe ich mich so gefühlt, wenn ich Trevor berührt habe. Nie hatte ich jemals bei einem anderen Mann dieses Gefühl.

Es ist warm, beruhigend, eine Mischung aus Vorfreude und unendlicher Liebe.

Knurrend öffnet er die Augen und sieht mich an. Ein intensives Ziehen breitet sich von meinen Fingerkuppen bis hin zu meiner unteren Mitte aus. Scheiße, war mein Höschen jemals nur beim Anblick eines Mannes derartig nass? War ich überhaupt einmal zuvor so erregt?

Sein Duft umhüllt mich. Diese herbe Mischung

aus Leder, Whiskey und Mann. Gott, hat er früher schon so hervorragend gerochen?

Mein Körper wippt automatisch ein wenig nach vorn, dann landen Trevors Lippen auf meinen.

Wow.

Wie soll ich etwas beschreiben, das sich so himmlisch anfühlt?

Aus den 500.000 Wortkombinationen, die es in meiner Sprache gibt, würde mir nichts einfallen. Gar nichts. Mein Kopf ist wie leer gefegt. Als würden darin nur Trevor und ich existieren.

Der Kuss wird intensiver. Er leckt mir über die Lippen, knabbert genüsslich und zieht mich mit seinen Händen näher an sich heran.

Ich seufze, weil dieses Gefühl mich überall berührt. Jetzt verstehe ich, weshalb Menschen davon reden, den ganzen Tag zu kuscheln und zu knutschen. Früher dachte ich immer, Pärchen bleiben niemals tagelang im Bett. Das kann nur ein Mythos sein. Man kann sich nicht von Luft und Liebe ernähren.

Aber wenn selbst dieser Kuss von Trevor ausreicht, um Wasser, Essen oder gar Schlaf unwichtig erscheinen zu lassen, weiß ich nicht, wie es erst aussehen würde, wenn ich mit ihm schlafen würde.

Ich drücke mich enger an seinen Körper und spüre seine Härte an meinem Bauchnabel. In mir zieht sich freudig etwas zusammen, während ich mich an der Erektion reibe.

Leise stöhnt er an meinen Lippen. Das spornt mich an, meine Finger auf Wanderschaft gehen zu lassen und meinen Mund zu öffnen.

Unser Kuss wird leidenschaftlicher, ungebremster, intimer. Seine Zunge gleitet über meine Lippen, trifft meine und liebkost sie auf eine Art, die ich nicht kenne.

Seine Finger streicheln über meinen Hals. Ich zittere vor Lust. Alles in mir verlangt nach mehr. Nach allem, was Trevor zu bieten hat.

Ich lege eine Hand auf die Beule seiner Hose. Zischend zieht er sich ein bisschen zurück. Es scheint, als würde er mit sich selbst ringen. Nur einen klitzekleinen Moment sehe ich Zweifel in seinen Augen.

»Es ist okay«, versichere ich ihm. »Davon habe ich geträumt, als wir achtzehn waren.«

Er legt seine Stirn an meine und hat die Augen geschlossen. Ich kann nicht anders, als ihn weiter zu berühren. Seine starken Arme, die mich schon früher beschützt haben. Seinen muskulösen Oberkörper, der sich ritterlich vor mich stellt, wann immer ich ihn brauche.

Dann öffnet er die Augen und küsst mich wieder. Wie eine Ertrinkende klammere ich mich an ihn. Ich lege meine Hände um seinen Nacken und schlinge meine Beine um seine Hüfte.

Trevor knurrt in meinen Mund, was mich ihm nur noch unkontrollierter und lustvollere Küsse schenken lässt. Er trägt mich zurück ins Wohnzimmer, als wäre ich eine Feder.

Sofort steigt mir der Duft des Whiskeys und des Kamins in die Nase.

Wenn mir jemand gesagt hätte, dass dieses furchtbare Jahr so grandios enden würde, würde ich all den

Schmerz nochmals durchleben. Ich würde meinen Ex-Verlobten nur zu gerne wieder auf einer meiner Nachbarinnen finden. Es wäre okay, für mich all das Gerede der Kleinstadt zu ertragen, in Ordnung, mir die glücklichen Touristen anzusehen, die auf dem Weg in ihre Flitterwochen in unserem Café hereinschneien. All das würde ich verkraften, weil ich wüsste, dass Trevor zurückkommt, dass er wieder nach Darrywood zurückkehrt, für ein einziges Wochenende, und wir die Chance haben, etwas zu tun, das wir damals versäumt haben.

Behutsam legt er mich auf das Sofa, aber nicht ohne mich weiterhin zu küssen. Seine Lippen streicheln meine, dann meine Wangen, meinen Hals, bis hin zu meinem Dekolleté.

Er hinterlässt eine süße Spur auf mir, die kribbelt und brennt vor Verlangen. Es fühlt sich an wie ein Feuer, das sich in meinem gesamten Körper ausbreitet.

Trevors Finger fahren an meine Taille, zum Saum meines Shirts. Langsam schiebt er es über meine Haut und ich schnappe nach Luft. Das ist so erotisch, dass ich vergesse zu atmen. Er unterbricht unseren Kuss und zieht den Stoff über meinen Kopf. Dann fahren seine Hände zum Saum der Jeans, die ich trage. Behutsam öffnet er sie und schiebt sie von meinen Beinen. Mein gesamter Körper brennt. Eine Mischung aus Vorfreude und heißem Verlangen pulsiert in meinem Bauch und breitet sich überall in meinem Inneren aus.

Trevor zieht sich kurz zurück und lässt seinen Blick über mich schweifen. Schwer atmend liege ich da. Dieser Augenblick ist so intensiv und intim, dass ich hart schlucken muss. Noch nie hat sich ein Mann die Zeit genommen, mich ganz und gar beim Sex zu betrachten.

»Du bist atemberaubend schön«, murmelt er und haucht mir einen leisen Kuss auf meine Lippen. Ich spüre seine Finger, die auf meinen Rücken greifen. Er hebt mich während unseres Kusses ein wenig an und öffnet gekonnt den BH-Verschluss. Zart streift er die Träger von meinen Schultern. Meine schweren und von der Lust schmerzenden Brüste verlieren ihren Halt, als Trevor den BH neben die Couch fallen lässt. Dann küsst er wieder eine Spur von meinem Dekolleté bis zu meiner unteren Mitte, die ich ihm hungrig wimmernd entgegenstrecke.

Er schiebt den Stoff des Slips über meine Beine und löst sich von mir, um mich anzusehen. Verlegen beiße ich mir auf die Lippen, kann mir ein Lächeln aber nicht verkneifen, als ich seinen Blick sehe. Das Glitzern in seinen Augen, wie ein kleines Kind, das ein Geschenk an Weihnachten auspackt. Es ist magisch.

»Fuck, deine Schönheit bringt mich um, Butterfly.« Er knurrt, als würde er sich verteidigen müssen bezüglich meines Anblicks.

»Du musst die Macho-Nummer von früher nicht bei mir abziehen.« Ich kichere und greife nach dem Knopf seiner Jeans.

Trevors Blick gleitet in meine Augen. Er schüttelt lachend den Kopf und küsst mich. »Na dann kann ich mir die ganze romantische Tour ja sparen.«

Zwischen den Küssen streift er sein Shirt über den Kopf. Und bei Gott, wie kann er nur so perfekt sein?!

»Du hast trainiert«, presse ich erregt hervor, weil Trevor sich gerade meinen Brustwarzen nähert. Mittlerweile hat er seine Hose schon ausgezogen, weshalb seine Erregung immer wieder meinen Venushügel streift, während wir uns küssen.

Mein Rücken bäumt sich automatisch, umso näher er den empfindlichen Stellen kommt. Meine Brüste sind schwer und schmerzen vor Lust, als er endlich bei ihnen ankommt und Küsse auf sie haucht.

Ich stöhne zaghaft und kralle meine Finger in sein Haar. Er lacht rau, was diese bäumenden Wellen vor Verlangen in mir noch höher schlagen lassen.

»Weißt du, wie oft ich davon geträumt habe, dich hier zu berühren?« Er streicht mit seinen Lippen über meinen Nippel. Ich wimmere und drücke meine untere Mitte gegen seine Härte, die ich durch die Boxershorts spüren kann. Trevor zischt erregt, lässt sich aber nicht davon abbringen, sich weiter an meinem Körper hinab zu küssen.

»Es war mir manchmal peinlich, dass ich mir auf dich einen runtergeholt habe«, murmelt er und streicht seine Lippen über meinen Bauch bis hin zu meinem Unterleib.

Ich spüre seine Nase, die Kreise über meine Haut zieht, fühle, dass er die Innenseite meiner Oberschenkel leckt.

Verdammt, wenn er so weitermacht, verglühe ich!

Flehend wölbt sich mein Becken in seine Richtung.

»Bitte«, wimmere ich und kralle meine Finger noch

fester in seine Haare. Ich versuche, ihn zu dirigieren, allerdings grinst er nur frech zu mir hoch.

»Du bist echt noch immer so ungeduldig, was?«

»Ich flehe dich an …«, murmle ich und strecke mich ihm mehr entgegen.

Und da erlöst er mich. Seine Zunge findet meine Knospe. Ich stöhne, weil mein gesamter Körper in Flammen steht.

Alle Gedanken sind erloschen, alle Zweifel dahin, die Wut, ihn so lange nicht gesehen zu haben, dass er mich damals sitzen gelassen hat und dass er sich nie gemeldet hat, wie weggeblasen. Alles, was bleibt, ist seine Zunge, seine Finger und mein Stöhnen, das den Raum erfüllt.

Ich winde mich unter seinen Liebkosungen, spüre die Wellen der Lust, die über mich hinwegziehen, mich mitnehmen und förmlich in den Himmel befördern.

»Bitte«, höre ich mich flehen.

Trevor knurrt, und von diesem wundervollen Moment ganz benommen, kriege ich gar nicht richtig mit, dass er seine Boxershorts von seinen Beinen streift und seine Erektion sich gleich darauf an meinen Bauch presst. Kurz zieht er sich zurück. Ich höre das Rascheln von Plastik, danach liegt er wieder auf mir.

»Sieh mich an«, bittet er flüsternd, und ich tue, was er sagt. Trevors dunkle Augen sind tiefschwarz. Ein leichter Schimmer des Feuers spiegelt sich darin, aber ansonsten sehe ich nichts als seine Seele.

Mein Herz zieht sich zusammen.

Vielleicht waren deshalb all diese Kerle nichts für

mich. Weil mein bester Freund Trevor es immer war. Ich meine, wer könnte sich auch mit diesem Mann messen?

Manchmal habe ich stundenlang mit ihm gelacht. An anderen Tagen haben wir nächtelang geredet, und selbst wenn wir stritten, musste einer dem anderen innerhalb der nächsten vierundzwanzig Stunden verzeihen. Bei uns gab es nie wirklich viel Streit.

Trevors Gesicht schwebt über mir, seine Hände stützen sich rechts und links von meinem Kopf auf der Couch ab und er sieht mich an, während er in mich gleitet. Ich sehe in seinen Augen, dass er dieses Gefühl genießt, und kann nicht anders, als ebenfalls vor Lust zu stöhnen.

Er dehnt mich behutsam und vorsichtig. Und als er in mich eingedrungen ist, wartet er einen Moment.

Lächelnd küsst er mich, als wolle er mich darauf vorbereiten, was jetzt folgt. Aber ich bin mir sicher, nichts und niemand kann mich für diese gewaltigen Gefühle wappnen.

Mit vorsichtigen Stößen beginnt er, und ich zerschmelze schon jetzt unter ihm. Ich fühle ein Kribbeln in meinen Fingern, es breitet sich warm und wellenartig aus. Das Ziehen in meiner unteren Mitte verstärkt sich, sodass meine Muskeln sich um seine Erregung zusammenziehen. Ich will ihn enger, näher, fester ...

Unkontrolliert atmen wir, unsere Hände sind überall, wir küssen uns, keuchen, und ich habe das Gefühl, mich vollends fallen zu lassen.

Bis wir mit einem gleichzeitigen Aufstöhnen förmlich lernen zu schweben.

In meinem Bauch scheint ein Feuerwerk zu toben, das meine Mundwinkel zu einem breiten Lächeln verziehen lässt. Gott, ich fühle mich wie ein Teenager, der zum ersten Mal Sex hatte. Und das drei verdammte Male hintereinander.

Ich liege auf Trevors Brust, und obwohl ich müde sein sollte, steigt allein beim Gedanken an ihn, Sehnsucht in mir auf.

Ist es nicht seltsam, dass ich Jahre neben ihm gelegen habe und dieses Gefühl nie hatte? Natürlich fand ich ihn attraktiv, und klar habe ich oft darüber nachgedacht, wie es wohl wäre. Allerdings habe ich nie so empfunden wie jetzt in diesem Moment.

»Was geht in deinem hübschen Köpfchen vor sich, Butterfly?« Trevors Stimme ist rau. Seit wir miteinander geschlafen haben, haben wir nicht mehr gesprochen. Wir haben gefühlt, mehr nicht.

»Ich könnte mir in den Po beißen, dass wir es damals nicht miteinander versucht haben«, spreche ich ehrlich aus, was ich denke. Trevor war, nein, er ist mein bester Freund. Egal wie viele Jahre dazwischen vergangen sind, trotzdem hatte ich das Gefühl, in unserem Gespräch vorhin einfach nur ich sein zu dürfen.

Trevor lacht heiser, und ich spüre seine Finger, die an meiner Stirn ein paar Haare nach hinten streichen. Sein Schweigen bringt mich dazu auch den Moment zu genießen.

Dann recke ich meinen Kopf zu ihm nach oben

und schaue ihn an. Ich lege mein Kinn auf seinen Oberkörper und frage: »Was passiert jetzt?«

In seinem Gesicht verändert sich etwas. Eine kleine Sache, die ich nicht zuordnen kann, die mir aber ein komisches Gefühl in meine Magengrube zaubert.

»Nichts«, erwidert er und beugt sich zu mir, um mir einen zarten Kuss auf die Lippen zu hauchen. »Wir genießen die Zeit, bis die Sonne aufgeht.«

In meinem Magen flattern Tausende Schmetterlinge. Sie verdrängen das leichte Unwohlsein, das sich zuvor gemeldet hat. Lächelnd nicke ich, und im nächsten Moment liegt er wieder auf mir.

Trevor

Ein letztes Mal blicke ich auf die Couch.

Abigail liegt darauf. Ihre Augen sind selig geschlossen, ihr Brustkorb hebt und senkt sich regelmäßig, und sie hat dieses süße Lächeln auf den Lippen, das mir das Herz bricht.

Fuck, wieso habe ich das getan? Warum hatte ich nicht die Kraft, ihr einfach zu erzählen, was ich vor ihr geheim halte?

Ich bin ein verdammtes Arschloch. Ich war es damals, der sie zurückließ, als ihr Bruder gestorben ist, und ich bin es jetzt, der nicht einmal die Eier in der Hose hat, ihr zu erklären, was damals passiert ist, und stattdessen mit ihren Gefühlen spielt. Denn ich bin nicht mehr zu haben.

»Was passiert jetzt?«, hallt ihre zarte Stimme in meiner Erinnerung.

Fuck. Nichts passiert. Das kann es nämlich nicht.

Scheiße! Eilig schnappe ich mir mein Gepäck, das noch immer im Flur steht.

Es geht nicht. Ich kann ihr unmöglich alles erklären. Wenn sie es wüsste, dann ... Alles wäre zerstört. Jetzt hätten meine Geständnisse noch viel größere Auswirkungen auf sie. Und das würde sie nicht überleben. Niemals.

Ich habe gesehen, wie sie mich angeblickt hat. Als wäre ich ihre Hoffnung, ihr Retter, der Mann, der alles wieder gradebiegen kann.

Aber das bin ich nicht. Ich bin das Gegenteil.

Kapitel 6

Abigail

»Wo kommst du denn so früh her?« Meine Mutter steht neben Grandma im Café und sieht mich verdutzt an. Sie legt die Stirn in Falten. »Ist alles in Ordnung?«

Ich lasse die Schultern hängen, schlurfe an den Tisch, den sie zum Frühstücken gedeckt haben, und setze mich auf einen Stuhl.

Nein, ganz sicher ist nicht alles in Ordnung. Mein Knöchel schmerzt zwar nicht mehr, dafür nun aber wieder mein Herz. Denn vor wenigen Stunden bin ich in Trevors Elternhaus allein aufgewacht. Erst habe ich gewartet, da ich dachte, er wäre Kaffee holen gegangen. Doch die Minuten vergingen, und irgendwann beschlich mich das Gefühl, dass Trevor nicht mehr wiederkommt.

»War spazieren«, murmle ich und versuche, den Kloß in meinem Hals hinunterzuschlucken. Denn die Enttäuschung sitzt tief. Wir hatten doch eine wundervolle Nacht miteinander, oder etwa nicht? Musste er vielleicht dringend gehen? Aber wieso hat er mir dann nicht seine Nummer hinterlassen?

Granny lacht und nickt zu den bodentiefen Fenstern, die unserem Café diesen wunderschönen Ausblick aufs Meer bieten. »Bei dem Wetter?« Sie gluckst und sieht zu Mom auf. »Deine Freundin gefällt mir. Spazieren.«

Meine Mutter wirkt noch immer verwirrt. Sie gießt mir Kaffee in die Tasse, die vor mir steht. An Wochentagen frühstücken wir zusammen vor Arbeitsbeginn. Das ist normalerweise ein schönes Ritual. Heute allerdings hätte ich viel lieber mit Trevor den Morgen verbracht.

»Haben wir noch ein bisschen Baileys für da rein?«, fragt Granny und hebt ihre Kaffeetasse an.

Mom schnalzt mit der Zunge. »Wieso brauchst du um diese Uhrzeit schon Alkohol in deinem Getränk?«

»Wir haben doch später den Termin bei diesem jungen Arztfutzie in Providence. Ohne halte ich das nicht aus«, gibt meine Oma von sich.

Wenn ich nicht so schlecht gelaunt wäre, würde ich nun kichern. Aber jegliche Freude ist aus mir gewichen. Waren all seine Worte am gestrigen Abend denn gelogen?

»Ja, und dieser Doktor wird es nicht gerne sehen, dass du schon am frühen Morgen trinkst«, kontert meine Mutter und setzt sich neben Granny Willow.

Diese rollt die grünen Augen. Sie trägt ihr weißes Haar sehr kurz, weshalb sie unheimlich stark aussieht. Man könnte Mom und mich neben sie stellen, um ein Vorher-nachher-Generationenbild zu machen. Wir sehen uns alle drei so ähnlich, dass ich oft das Gefühl habe, in die Zukunft schauen zu können.

»Doktor.« Willow schnauft. »Wo hat er den denn gekauft? Mit seinem ›Machen Sie mehr Dehnungsübungen, Mrs Evans. Schauen Sie sich doch noch mal die Uhr an, Mrs Evans‹«, äfft sie den Arzt nach.

Die Glocke des Cafés läutet und Polly tritt ein. Im Schlepptau hat sie Mr Heartbreaker. Offenbar ist sie mit ihm eine Runde gelaufen. Das macht sie des Öfteren. Polly sagt nämlich, dass es ihrem kreativen Fluss hilft und sie dann besser schreiben kann.

»Da bist du ja!« Mit großen Augen sieht sie mich an und schüttelt den Kopf. »Ich dachte schon, du bist auf dem Kutter gekentert.«

»Gestern Nacht habe ich sogar noch eine Stunde auf dich gewartet«, sagt meine Mutter vorwurfsvoll.

»Und ich habe heute Morgen schon zwei Nachrichten geschrieben, die du nicht beantwortet hast!«

»Könntest du deiner Mutter jetzt Baileys bringen, Olivia?«, jammert meine Oma.

Polly grinst mich an und schüttelt den Kopf, Mom stemmt angestrengt die Hände in die Hüfte und beginnt, wie eigentlich immer, eine Diskussion mit Granny.

Meine beste Freundin entfernt die Leine von Mr Heartbreakers Geschirr und gesellt sich neben mich auf einen Stuhl.

»Ist alles in Ordnung?«, fragt sie so leise, dass nur ich es in dem Krach vernehme.

Der Kloß in meinem Hals wird härter. Meine Augen brennen. Ich schüttle den Kopf.

Polly versteht.

»Och, verdammt«, murmelt sie und hebt die Stimme, damit das Nächste nun alle mitbekommen.

»Abigail, du musst unbedingt mitkommen. Ich habe wegen der ganzen griechischen Tragödie um dich in dieser Kleinstadt ganz vergessen, dir einen wichtigen Brief zu geben, der falsch zugestellt wurde.«

Meine Mutter und Granny sind so vertieft in ihr Geschnatter, dass sie diese Lüge nicht mitbekommen, trotzdem lächle ich meine beste Freundin dankbar an. Dann muss Mom eben heute Morgen ohne mich das Café öffnen. Spätestens wenn Granny ihren Termin hat, bin ich wieder da.

Wir erheben uns und verschwinden aus dem Gasthaus, bevor meine Mutter noch irgendetwas einwenden kann. Sie mag es nicht, wenn sie am Morgen mit all den Vorbereitungen für das Café allein ist. Heute wäre ich ihr allerdings sowieso keine Hilfe.

Polly und ich schlendern über den Rest des Grundstücks, durch das kleine Waldstück mit spanischen Moosbäumen bis hin zu einem Busch, der eine kleine Öffnung hat. Der vorherige Nachbar störte sich nie daran, wenn ich diese Abkürzung nutzte, um meinen besten Freund im danebenliegenden Haus zu besuchen.

Und nachdem Polly es gekauft hatte, wollte sie erst den gesamten Busch abreißen lassen. Meine Mutter war aber der Meinung, dass dies für Cafébesucher verwirrend sein könnte.

»Also, was ist passiert, nachdem ich dich gestern allein gelassen habe?«, fragt sie und sieht mich mit gerunzelter Stirn an, als wir in ihrem Haus angekommen sind. Wir stehen nun in ihrer offenen Landhausküche, die durch die bodentiefen Fenster einen tollen Ausblick auf das Meer gewähren.

»Ich musste ziemlich viel im Café erledigen, dann habe ich wie immer abgeschlossen und mich an die Rechnungen gesetzt«, erzähle ich. Wenn ich nur an die vielen Mahnungen denke, wird mir übel. »Dann bin ich Trevor über den Weg gelaufen.«

Pollys Augen werden groß. Sie schenkt Kaffee in zwei Tassen und sieht mich aufmerksam an. »Schätze irgendwann kommen alle Schäfchen zurück in ihren Stall«, wirft meine Freundin ein. Ich gehe nicht näher darauf ein, sondern berichte weiter.

»Gestern Nacht hat er mich fast umgefahren, nachdem ich umgeknickst bin. Betrunken«, sage ich. »Und obwohl ich ziemlich wütend auf ihn war, habe ich mich von ihm verarzten lassen«, plappere ich und Polly nickt gespannt. Dann reißt sie ihre Augen auf.

»Sprechen wir von verarztet oder von *verarztet*?« Sie wechselt die Betonung des Wortes, und ich verstehe sofort, dass sie mit Letzterem Sex meint.

Zaghaft nicke ich. »Verarztet.«

Polly lässt die Kaffeetasse, die sie eben noch zu ihren Lippen führte, wieder sinken. »Hau raus!«, sagt sie mit Nachdruck und ich beginne.

Die nächste halbe Stunde bin ich damit beschäftigt, ihr alles zu erzählen. Wirklich alles. Inklusive der Schmetterlinge, die sich in der Nacht in meinem Bauch festgesetzt haben, und inklusive des Schmerzes, der mich heute Morgen in ein tiefes Loch gerissen hat, nachdem ich feststellte, dass Trevor nicht wie erwartet neben mir liegt.

»Und du bist dir absolut sicher, Abi?«

Denkt sie echt, ich hätte mir das nur eingebildet? Okay, so abwegig wäre das nicht, schließlich hatte ich getrunken und Trevor ist neun Jahre lang nicht zurückgekommen. Ich habe eine schwierige Zeit hinter mir, und hätte ich es selbst nicht erlebt, würde ich es mir auch nicht glauben.

»Es war der beste Sex meines Lebens, Polly!«, betone ich jedes einzelne Wort.

»Ja, deshalb frage ich ja«, meint Polly und nippt am Kaffee. »Kein Mann kann so gut sein.«

Er war es. Ich habe mich bei Trevor so sicher gefühlt, obwohl ich mich ihm ganz und gar geöffnet habe. Noch kein Mensch auf dieser Welt konnte so klar in meine Seele blicken. In dieses Durcheinander, in diesen Kitsch, in diese naive Hoffnung tief in mir drinnen. Er tat es aber, und er liebte mich trotzdem.

Oh, Abigail. Und wieso ist er dann weg?

Keine Ahnung. Es fällt mir schwer, irgendeinen klaren Gedanken zu fassen.

»Kann es sein, dass mich echt jeder Typ auf diesem Planten verarscht?!« In mir staut sich Wut. Ein Ärger, der seit einem Jahr in meinem Inneren schlummert und den ich immer nur unterdrücke, um in diesem Kaff kein Aufsehen zu erregen. »Ich meine, Polly, wir sprechen hier von meinem besten Freund!«

»Der schon mal abgehauen ist, als wir ... als du ihn gebraucht hättest«, wirft sie ein.

Ich sehe zu ihr auf und begegne ihren dunklen Augen, die mich liebevoll mustern. Sie greift nach meiner Hand und beißt sich verlegen auf die Unterlippe. »Du weißt, dass ich immer für das Gute im Menschen bin. Und dass ich hoffe, dass er einfach nur einen dringenden Notfall hatte und sich noch bei dir meldet, aber …« Sie zögert und drückt meine Hand fester. »Er war schon einmal fies.«

Nickend wische ich mir eine Träne von der Wange. Ich verstehe, was sie meint. Letztlich hat er damals nicht nur mich alleingelassen. Auch für Polly war es hart, als mein Bruder starb. Zuvor waren wir so gute Freunde geworden, ein Quartett, das eigentlich immer gemeinsam unterwegs war, sodass auch sie enttäuscht war, als Trevor einfach verschwand.

»Und du warst gar nicht böse auf ihn?«

Ich atme hörbar verzweifelt Luft aus. »Kurz. Ich bin genauso treudoof und naiv wie Martas Kater.«

Polly lacht. »Nein, ganz so schlimm bist du nicht. Dich könnte man nicht unbedingt mit Fisch dreißig Kilometer von deinem Zuhause weglocken.«

»Aber mit Schokolade.«

Wir lachen, und ich vergesse für einen Augenblick, dass ich eigentlich gerne heulen würde. Mit viel Ben&Jerrys Cookie Dough oder Karamell. Im Bett. Mit Netflix-Filmen, die dafür sorgen, dass ich mich leer weine.

Mein Handy klingelt. Es vibriert an meinem Bauch, da ich es in die Jackentasche gesteckt habe.

Hoffnung keimt in mir auf. Trevor könnte meine Nummer herausgefunden haben und sich nun doch bei mir melden, oder? Das wäre doch möglich!

Hastig greife ich nach dem Smartphone, das hektisch vibriert, und werfe einen Blick auf das Display.

Unbekannte Nummer.

Fragend reckt Polly ihr Kinn und schaut auf meinen Bildschirm. Sie lächelt mich mit großen Augen an und fordert mich mit einem vielsagenden Nicken in Richtung des Handys auf, dranzugehen. »Das ist er vielleicht«, flüstert sie.

Meine Mundwinkel heben sich. Freudig hebe ich ab.

»Ja?«

»Spreche ich mit Abigail Evans, von BakeryEve?«

Ich runzle die Stirn. Diese Stimme ist mir unbekannt. Und eins ist klar: Sie gehört nicht Trevor. »Äh, ja.«

»Hier ist Penelope Weiss, von den Herritates Weiss«, säuselt die junge Frauenstimme am anderen Hörer. »Ich weiß, was Sie jetzt denken.« Sie lacht überheblich. »Wie kommt ein erfolgreiches Model aus gutem Elternhaus dazu, bei Ihnen anzurufen?«

Sie quatscht vor sich hin, obwohl ich nicht einmal danach gefragt habe. Meine Laune verschlechtert sich zunehmend, denn ich hatte so unbedingt gehofft, dass es Trevor ist.

»Mein Verlobter kommt aus dem Kaff Dareswood«, erklärt sie.

»Darrywood«, verbessere ich und versuche, höflich zu bleiben.

»Ist doch völlig egal.« Ihre Worte klingen schnippisch. »Jedenfalls wissen Sie doch sicher, dass Kylie Jenner mit ihrer Hochzeit den Trend für familiäre und intime Locations gesetzt hat. Und eine Modelfreundin von mir, Chrishell Kolles, die Sie sicherlich auch kennen.« Ich weiß, dass man nicht in Schubladen denken sollte, aber meine Laune ist einfach zu schlecht, um heute Morgen über ihre arrogante Stimme hinwegzusehen. Gott, die Tonlage verrät schon so viel über sie, dass ich eigentlich am liebsten laut ›Nein‹ schreien und auflegen möchte. Aber solche Frauen haben Geld, und das ist alles, was unsere Familie braucht.

»Ich habe also Chrishell davon erzählt, dass mein Verlobter aus Darrywood kommt, und sie hat natürlich in Instagram geschaut, wo dieses Kaff überhaupt liegt.«

Dafür nutze ich generell irgendein Map-Programm und nicht Instagram? Wieso habe ich Polly noch mal erlaubt, mir ein Instagram-Profil einzurichten? Ach ja, weil ich wegen sinkender Besucherzahlen in unserem Café gejammert habe. Und wenn ich ehrlich bin, freut mich dieser Anruf sogar. Schließlich könnten wir damit ein bisschen Geld machen. Ich bin einfach nur schlecht gelaunt.

»Und sie ist dabei auf Ihr niedliches Café gestoßen, das sich hervorragend eignen würde für meine Hochzeit.«

In meinem Kopf überschlagen sich die Gedanken. So eine Frau will in unserer Kleinstadt heiraten? Wieso spricht mich ihr Verlobter nicht deshalb an? Hier in der Stadt kennen wir uns schließlich alle. Dennoch klingt das gar nicht schlecht, schließlich war das doch genau das, was ich mir erhofft hatte, als ich die Höhle zu einer festlichen Kulisse umbaute.

Zuvor war sie trostlos und rustikal, inzwischen

wirkt sie mit dem hellen Fliesenboden und den Spots in der Decke sehr romantisch. Als Vorlage diente mir das italienische Restaurant La Grotta Palazzese, was man auch eindeutig erkennen kann. Und trotzdem erinnert sie mich ständig an meine Vergangenheit.

»Ich weiß, was Sie jetzt denken«, fährt die Frau fort. »Wieso fragt der Bräutigam Sie nicht einfach persönlich.« Sie quiekt vergnügt. »Damit möchte ich ihn gerne überraschen! Also, wann kann ich vorbeikommen?«

Ich bin überrumpelt, dass sie mir mit einem Mal eine Frage stellt.»Äh ... also, ich ... ich weiß nicht. Wie viele Gäste haben Sie sich denn vorgestellt?«

»Es soll ganz familiär und klein gehalten werden. Vielleicht fünfzig oder hundert.«

Ich presse das Handy an mein Ohr. Wow. Klein? So viele Gäste habe ich noch nie in unserem Café untergebracht. Aber die Felseinbuchtung sollte genügend Raum messen. Und auch ich stelle es mir sehr romantisch vor, dort eine Hochzeit zu feiern. Über einen relativ schmalen Weg mit Glasgeländer, der vom Strand abgeht, gelangt man zum Höhleneingang. Er liegt etwa zwei Meter über dem Meer und bietet eine herrliche Aussicht. Und die Geräuschkulisse der heranrauchenden Wellen ist wundervoll.

»Natürlich sollten Sie ausreichend Zeit haben, um mit mir alles zu besprechen. Die Erscheinung Ihres Etablissements möchte ich mit Ihnen zusammen gestalten. Dann wird alles eingeflogen, vom Essen bis hin zur Dekoration. Die Gäste schlafen auf Yachten.« Mir bleibt der Mund offen stehen.

Polly sieht mich fragend an, ich winke nur vielsagend ab, da ich ihr jetzt ja wohl kaum antworten kann.

»Ihr Schweigen werte ich als Zustimmung«, vernehme ich die Frauenstimme, die ohne Punkt und Komma redet. »Wir machen einen Festpreis von hunderttausend Dollar. Wäre das für Sie in Ordnung?«

Meine Kinnlade klappt noch ein Stück weiter nach unten. Habe ich sie gerade wirklich richtig verstanden?

»Aber Miss, dieser Preis ist total überzogen …« Mein innerer Gerechtigkeitssinn mischt sich ein, dabei könnte ich doch einfach einmal meine Klappe halten und mich freuen. Das Geld würde Grannys Arztbehandlungen für ein Jahr decken, und es wäre immer noch ein klein wenig da, um die alten Küchengeräte auszutauschen, die ständig Faxen machen.

Die Frau am anderen Ende lacht. »Ihnen ist wirklich nicht klar, was man in den Hamptons dafür zahlen würde, oder?« Es klingt nicht wie eine freundliche, rhetorische Frage, sondern eher arrogant. »Also, wann kann ich mir alles ansehen?«

Mir schwirrt der Kopf. Ich fahre mir über die Stirn und denke eilig nach. »Eh …«

»Ich sehe gerade, morgen fahre ich sowieso nach Boston. Also könnte ich auf dem Weg einen Abstecher bei Ihnen machen?«, fragt Miss Weiss, die mich nicht zu Wort kommen lässt.

»Okay«, sage ich, letztlich bin ich sowieso jeden Tag im Café anwesend, und während ich mich mit Penelope unterhalte, kann zur Not auch Polly für mich einspringen.

Und damit legt sie nach ein paar gehauchten ‚Ciaos' auf.

»Was war das denn?«, fragt Polly und kann sich offenbar nicht entscheiden, ob sie lachen oder kritisch schauen soll.

»Eine Frau, die bei uns im Café heiraten will. Für hunderttausend Dollar?!«

Noch immer ganz hin und weg von der Summe, nehme ich erst einmal ein paar Schluck Kaffee, um diese Nachricht zu verarbeiten. Sie entschädigt mich wirklich ein bisschen für den schrecklichen Morgen.

Meine Freundin schüttelt den Kopf. »Echt jetzt?!«

Ich nicke heftig.

»Das ist doch Wucher!«

»Habe ich auch gesagt«, erkläre ich meiner Freundin. »Aber sie hat irgendetwas über die Hamptons geplappert und dass ihr Verlobter hier aufgewachsen ist.«

Pollys Augen weiten sich. »Da hat sich jemand aber hoch geschlafen.« Nachdenklich legt sie den Kopf schief. »Wer, denkst du, ist es? Patrick Harmsen, der Metzger-Sohn, der vor zwei Jahren einfach verschwunden ist?«

Ich schüttle den Kopf und winke ab. »Der macht doch jetzt was mit Pornos. Zumindest hat Kelly O'Nil das gesagt.«

»Vielleicht ist es auch Zunderbock. Der Typ hatte schon auf der Highschool ständig was mit Mädels aus der Stadt. Und hast du nicht auch die Fotos von seinem Instagram-Profil gesehen?«

Meine Augen werden groß. »Das ist es! Wir sollten

sie googeln. Sie meinte, dass sie ein berühmtes Model sei und …«

Polly hat schon ihren Laptop herangezogen, der auf der Anrichte der Küche steht, und klappt ihn auf. Sie tippt viel zu schnell auf dem Computer herum, und da öffnet sich das Profil einer Penelope Weiss in Instagram.

Das Profilbild zeigt eine blonde Schönheit. Sie sieht aus, als wäre sie locker eins-achtzig, so wie Polly, hat Maße wie Barbie und einen Schmollmund, der geradezu danach verlangt, geküsst zu werden. Sie ist zum Niederknien schön.

»Meine Herren, wer auch immer die klargemacht hat, muss richtig gut im Bett sein«, nuschelt Polly und fährt mit dem Cursor weiter nach unten.

»Das ist sexistisch«, murmle ich und starre gespannt auf den Bildschirm.

Es tauchen mehr Bilder von Penelope auf. Im Bikini, in Abendkleidern – von Mailand nach Saint Barths. Sie war echt schon überall.

Mein Herz macht einen Sprung. Was …

»Geh noch mal hoch!«, kreische ich fast. Mein Puls schießt in die Höhe.

Polly scrollt wieder nach oben und …

»Oh mein Gott«, spricht sie es zuerst aus.

Ich sterbe. Mein Mund ist trocken. In meinem Magen rumort es verdächtig, obwohl ich noch nichts gefrühstückt habe. Alles in mir zieht sich ekelhaft zusammen.

»Ist das …«, dringt dumpf Pollys Stimme an mein Ohr.

Wie in einem Rausch starre ich das Foto an. Diese Penelope strahlt in die Kamera und hält einen riesigen Diamantring hinein, und neben ihr steht ein Mann, der sie freudig auf die Wange küsst.

Er hat das dunkle Haar, in das ich gestern noch meine Finger festgekrallt habe. Die vollen Lippen, die nun ihre Wange küssen statt meine Haut.

Es ist Trevor Hill, der Penelope Weiss in den Armen hält. Beide vor dem Eiffelturm, in der Stadt der Liebe.

Was habe ich nur getan?

Trevor

Fuck, was habe ich getan?

»Da bist du ja.« Kyles Stimme reißt mich aus meinen Gedanken. Er klopft mir auf die Schulter und nimmt dann neben mir am Konferenztisch Platz. Der Raum im fünfundzwanzigsten Stock des Wolkenkratzers hat für mich eigentlich immer etwas Magisches. Die Ruhe hier oben in dem mit Milchglas abgeschotteten Raum, in dem die besten Geschäfte unserer Firmen abgeschlossen werden. Hier haben wir schon so viele Erfolge gefeiert, dass die Energie in diesem beachtlichen Raum nur gut sein kann.

Doch heute möchte mich nicht einmal die Erinnerung an unseren letzten großen Abschluss aufheitern. Denn ich habe Abigail allein zurückgelassen, und das schmerzt.

»Ist alles okay?« Kyle legt die Stirn in Falten und mustert mich kritisch. »Siehst aus, als hättest du nicht geschlafen.«

Ich zucke mit den Schultern und seufze. »Habe ich auch nicht«, antworte ich ehrlich. Obwohl Abigail irgendwann eingepennt ist und ich sicherlich hätte so auch ein wenig Schlaf nachholen können, konnte ich nicht aufhören, sie anzustarren.

Fuck, sie in meinen Armen zu halten. Ihre wundervollen Rundungen zu spüren, die ich so noch an keiner anderen Frau gefühlt habe, war wundervoll. Gott, ich würde ihr gerne sagen, dass sie nicht so hart mit sich selbst sein soll. Sie ist so unglaublich, dass diese Welt nicht auf sie vorbereitet war. Deshalb hat sie solche Probleme. Die Menschen können einfach nicht damit leben, dass sie so perfekt ist.

Scheiße, was denke ich denn da? Ich muss dringend damit aufhören. Diese Nacht darf nämlich nicht passiert sein. Das zwischen uns ist eine Illusion. Wir würden in dieser Welt nicht bestehen. Allein schon, weil ich ihr so viel vorenthalte.

»Der wievielte Kaffee ist das?«, fragt Kyle und wirkt nun besorgt.

»Keine Ahnung. Der sechste?«, motze ich ihn an, weil ich wütend bin. Meine Gefühlswelt ist komplett durcheinander, und nur diese Emotion kann ich ertragen. Wut.

»Scheiße. Möchtest du dich in dein Büro legen?« Kyle meint es nur gut mit mir. Offensichtlich sehe ich wirklich nicht wie das blühende Leben aus und er will mir nur entgegenkommen. Aber ich möchte keineswegs der Schlappschwanz sein, der seine Gefühle nicht im Griff hat. Das hier ist mein Job. Ich habe eingewilligt, diese Firma zu führen und Penelope zu heiraten, egal, was kommt.

»Kyle, wenn ich sage, es ist in Ordnung, ist es das auch.« Ich balle die Hände zu Fäusten und sehe meinen besten Freund an. Er hebt nur beschwichtigend die Hände und nickt.

Erst jetzt fällt mir auf, dass seine Haare durcheinander sind. Wahrscheinlich war er gerade noch bei Tanja, unserer Sekretärin. Ich weiß, dass er mit ihr ein lockeres Verhältnis hat. Das geht mich aber nichts an.

»Ich habe die Zahlen dabei. Der Coach müsste auch gleich kommen«, redet Kyle drauflos, und er behält recht. Nur wenige Minuten später erscheint auch der Trainer der New York Fires, Benedict, im Türrahmen. Er begrüßt uns, dann beginnt das Meeting.

Ich klinke mich gedanklich aus, denn mein Kopf kann dem Gespräch sowieso nicht folgen. Viel zu sehr bin ich damit beschäftigt zu verdrängen, was gestern Nacht passiert ist. Abigails Geruch ist sogar noch in meiner Nase.

Nachdem wir uns vom Coach verabschiedet haben und ich wieder in meinem Büro sitze, denke ich daran, wie meine Finger durch ihre feuchten Haare gefahren sind. Wie sie schmeckte. Fuck, diese Frau ist ...

Meine Finger öffnen von ganz allein den Reißverschluss der Stoffhose, die ich trage. In Gedanken bei Abigails Kurven, knurre ich, während meine Hand nach meinem Schwanz greift.

Hart packe ich mich selbst. Ich befriedige mich wie ein kleiner Hosenscheißer, der im Kinderzimmer seiner Eltern sitzt und an das Mädchen denkt, das er geil findet.

Fuck, was hat diese Frau nur mit mir gemacht?

Kapitel 7

Abigail

»Ist alles okay?«

»Klar, ich habe mit meinem ehemaligen besten Freund geschlafen, und als wäre das nicht genug, ist er offensichtlich verlobt«, murmle ich und sehe zu Polly auf. »Mir geht es hervorragend.« Ohne Sarkasmus ließe sich diese Situation nicht aushalten.

Polly beißt sich verlegen auf die Unterlippe und tritt in mein altes Kinderzimmer, in dem ich noch immer wohne. Denn den Umbau unseres Dachgeschosses kann ich mir einfach nicht leisten. Dabei wäre es schön, wenn ich zumindest etwas das Gefühl hätte, dass ich mich allein versorgen kann.

Die Poster meiner Idole habe ich zwar irgendwann abgenommen, ansonsten hat sich das Kinderzimmer aber kaum verändert. Die Wandfarbe ist noch weiß und an einer Seite gelb. Ein altes Sofa im Blumenmuster steht an dem einen Ende, am anderen ist ein Himmelbett untergebracht, das ich mir zu meinem sechzehnten Geburtstag gewünscht hatte. Dazwischen steht ein kleiner Flachbildschirm, den man drehen kann, je nachdem, wo man gerade fernsehen möchte. Im hinteren Eck ist meine Schneidernische, neben dem Fenster, wo ich gerne auf den Polstern sitze und ein Buch lese. Ein alter Schrank rundet die zusammengewürfelte Einrichtung ab.

Polly tapst mit den Socken über das alte Parkett und kommt näher an die Couch heran, auf der ich mein Lager errichtet habe. Seit wir herausgefunden haben, dass Trevor verlobt ist, stehe ich total neben mir.

Ich schaffte es gerade so, mich heute Morgen von Polly nach Hause bringen zu lassen und letztlich in meiner Wohnung zu versickern. Nicht aber ohne Mom zu erklären, dass ich mir wohl irgendetwas eingefangen haben muss. Natürlich hat sie mir nicht geglaubt. Sicherlich vermutet sie, dass mich Jakes Hochzeit doch etwas mehr mitgenommen hat, als ich es zugeben will. Weil sie mit Granny zum Arzt gefahren ist, hat sich Polly seither um das Café gekümmert. Dafür bin ich ihr sehr dankbar.

Nun liege ich auf den dicken Polstern, schniefe in ein Taschentuch nach dem anderen und habe Kakao sowie Schokolade um mich herum versammelt. Anders lässt sich dieser Schmerz einfach nicht ertragen.

Polly schiebt den Kram ein wenig beiseite und setzt sich neben mich. »Soll ich diese Penelope für dich anrufen, um abzusagen?«, fragt sie liebevoll.

Ach, was weiß ich. Wenn ich über die hunderttausend Dollar nachdenke, ist mir klar, dass ich dieses Angebot mit Sicherheit nicht ausschlagen sollte. Vorwiegend, da die Rechnungen sich stapeln. Mom hat mir die Hand über die Kosten gegeben, da ihr die Betreuung mit Grandma schon genug abverlangt. Also, wenn ich tue, was das Beste für die Familie ist, ziehe ich es einfach durch. Wenn ich an mich selbst denke, dann ... dann lasse ich Polly wohl dieses Telefonat führen, und ich muss Trevor nie wiedersehen.

»Das ist wirklich lieb von dir«, murmle ich und wische ein paar Tränen von meiner Wange.

Meine beste Freundin legt die Stirn in Falten. Ihre dunklen, glatten Haare fallen über ihre Schultern bis zu ihrem Dekolleté. Ihre bernsteinfarbenen Augen mustern mich.

»Aber wir brauchen das Geld. Seit Monaten hoffe ich auf eine große Buchung! Wir können unmöglich allein von den Touristen und den Einheimischen leben. Es ist wichtig, dass so eine Kundin über uns spricht. Sie wird vielleicht einige Freunde haben, die ebenfalls ihre Feiern in unserem Café ausrichten wollen, und dann? Ich könnte vielleicht doch noch zur Uni.«

Polly zieht die Lippen kraus, nickt aber. Natürlich versteht sie meine missliche Lage. Meine beste Freundin war schließlich bei all den Höhen und Tiefen in meinem Leben dabei.

Sie streicht mit ihren Fingern behutsam über meine Hand. »Denkst du echt, du hältst das aus?«

Nein. Nein, ganz sicher werde ich das nicht aushalten. Aber ich muss. Meine beste Freundin versteht ohne, dass ich es aussprechen muss, weshalb sie sanft nickt.

Ich bin dankbar, dass sie mir wirklich in jeder Lebenslage zur Seite steht. Selbst wenn ich mich total irrational verhalten habe und mit jemandem Sex hatte, der mich schon einmal verlassen hat.

Wie konnte ich denn auch so dämlich sein, ihm zu vertrauen? Hätte mir nicht klar sein müssen, dass ein Mann mit seinem Aussehen keinesfalls noch zu haben ist? Er ist schlussendlich nicht mehr der Junge, der stundenlang mit mir durch die Wälder wanderte und mit dem ich über alles reden konnte. Nein. Er ist ein Millionär aus Manhattan, dem eine Footballmannschaft gehört. Und wenn ich etwas aktiver auf Instagram und nicht so engstirnig wie die anderen Einwohner in Darrywood wäre, hätte ich von seinem Glück gewusst.

Ich atme angestaute Luft aus.

»Er war früher mein bester Freund«, murmle ich. Polly streichelt mir über den Rücken und nickt. Es tut weh, dass jemand, der einem einst so vertraut war, einen so hintergeht. Wiederholt.

Schniefend sehe ich sie an. »Ich habe ihm immer vertraut. Und ich hatte mich im Abschlussjahr einfach in ihn verliebt. Vielleicht, nein, ich bin mir sicher, ich dachte, es könnte jetzt etwas aus uns werden, weißt du? Ein unverhofftes Zusammentreffen, eine gemeinsame Nacht und …« Ich schluchze. Verdammt, wieso bin ich so eine hoffnungslose Romantikerin?

Polly verzieht mitleidig das Gesicht. »Du wirst darüber hinwegkommen, Süße.« Sie drückt mich an sich.

»Wir sorgen dafür, dass die nächsten Wochen die schlimmsten in seinem Leben werden, okay?«

Meine beste Freundin zwinkert und lacht. Damit entlockt sie auch mir ein Schmunzeln.

Ja, Trevor wird heiraten. In meinem Café. In unserer Höhle. Also werde ich wohl das Beste daraus machen müssen.

»Hast du vor, es ihr zu sagen?«, fragt Polly vorsichtig.

Es sind erst sieben Stunden vergangen, seit ich weiß, dass Trevor eigentlich verlobt ist und ich die *andere* Frau bin. Um ehrlich zu sein, war ich so mit meinem eigenen Schmerz beschäftigt, dass ich gar nicht über seine Verlobte nachgedacht habe.

Ich schüttle zaghaft den Kopf. »Es ist nicht richtig, und moralisch gesehen sollte ich es ihr wohl sagen, aber irgendwie finde ich, dass ich erst einmal mit ihm reden muss.«

Polly schnappt nach Luft, weil sie mich unterbrechen möchte, aber ich halte eine Hand nach oben.

»Ja. Du willst mir jetzt sagen, dass ich furchtbar naiv bin und Frauen zusammenhalten müssen, womit du recht hast.« Ich atme tief durch. »Aber Trevor war mein bester Freund, und er hat es verdient, sich zu erklären. Auch wenn er Mist gebaut hat.«

Wir hatten beide getrunken, ich habe ihm gestanden, dass ich damals total verliebt in ihn war, und hinzu kamen diese neuen, ungeahnten Gefühle von Vertrautheit und Neugier, sodass ich selbst gar nicht Herr über die Lage war. Sonst hätte ich keinesfalls mit ihm geschlafen. Und vielleicht ging es ihm ähnlich. Eventuell hat er alles vergessen. Sogar seine Verlobte.

Oh, Mann. Abigail, das ist echt nicht in Ordnung! Hör auf, ihn in Schutz zu nehmen. Er hat dein Herz gebrochen, nachdem es gerade wieder angefangen hatte zu heilen.

»Okay«, sagt meine beste Freundin und lässt meine Gedanken verstummen. »Rede mit ihm.« Sie hält mahnend einen Finger vor mein Gesicht und sieht mich eindringlich an. »Aber du warst selbst schon die Betrogene. Deshalb hoffe ich, dass du ihm klarmachst, wie verdammt ekelhaft seine Aktion war!«

Nickend stimme ich ihr zu. »Ich möchte einfach nur, dass wieder etwas Normalität in mein Leben einkehrt«, spreche ich müde aus, was in meinem Inneren schlummert.

Nach Jakes Betrug und seiner Hochzeit, Grannys voranschreitender Krankheit und den vielen Mahnungen, die sich inzwischen stapeln, möchte ich nichts mehr als endlich wieder ein normales, sorgenfreies Leben. Wie damals auf der Highschool. Als mein Bruder noch mit mir wegen des Ausräumens des Geschirrspülers stritt. Als Oma Willow mir und ihm am Abend Wein für eine Party mitgab, obwohl Mom es uns eigentlich nicht erlaubte, zu trinken. Als Polly und ich gute Freunde wurden, weil sie mit meinem Bruder ging, und als Trevor und ich stundenlang in der Höhle saßen und Karten spielten.

Polly atmet schwer. Ohne dass ich mehr dazu sagen muss, weiß sie, was ich meine. Denn auch ihr Leben ist nach Georges Tod völlig aus dem Ruder gelaufen. Sie hat das College abgebrochen, hörte, trotz ihres Erfolges, mit dem Bücherschreiben auf und zog sich in das Häuschen in Darrywood zurück, statt an neuen Manuskripten zu arbeiten. Erst seit Kurzem skizziert sie wieder an einer neuen Idee, zur Freude ihres Agenten, der ihr monatelang in den Ohren lag.

Polly versteht es, wenn ich von Normalität spreche, denn ich bin mir sicher, dass sie sich nichts anderes wünscht.

»Übrigens lege ich mir eine Katze zu«, erklärt sie nach einer Weile. Ich bin froh, dass sie vom Thema ablenkt.

»Eine Katze?«, frage ich nach und lache. »Du schaffst es nicht einmal, deine Pflanzen am Leben zu halten.«

»Ja, weil ich ständig bei dir rumhänge.«

»Auch wieder wahr«, gebe ich meiner besten Freundin recht.

»Und Pflanzen sagen dir nicht, dass sie Hunger haben. Katzen machen sich da schon bemerkbar«, lässt Polly mich wissen und erhebt sich von der Couch.

»Okay, eine Katze also. Und wie nennen wir sie? Miss Lovemaker?«

Polly wirft mir einen vielsagenden Blick zu. »Gar keine schlechte Idee. Nur sollte sie dann in jeglicher Hinsicht das Pendant zu Mr Heartbreaker sein.«

Ich lache, weil ich verstehe, was sie meint. Polly mag kuschelige Tiere, und obwohl mein Hund ein Berner Senne ist, schlägt er völlig aus seiner Rassenbeschreibung. Er ist, anders als erwartet, kein süßer

Schmuser, sondern vielmehr ein zynischer, dauergenervter Hund, der mir am liebsten aus dem Weg geht.

Liegt vielleicht echt daran, dass er ein Mann ist.

Puh, da bin ich mir jetzt noch sicherer als gestern. Hier ergibt sich ein Muster.

Jetzt gibt es echt kein Zurück mehr. Ich sitze vor Penelope Weiss, die zum Glück allein zu unserem ersten Termin erschienen ist. Also ohne Trevor, denn eine Art Bodyguard steht trotzdem rechts von ihr und blickt grimmig auf uns herab.

Ich knete meine Finger, während ich versuche ihr zu folgen. Sie sitzt, fast schon majestätisch, auf dem Holzstuhl. Und anders als alle Gäste, die zuvor zum ersten Mal unser Café betreten haben, ist sie nicht zur Fensterfront gelaufen und hat begeistert auf das Meer geblickt. Sie sah vielmehr skeptisch aus, während sie unsere Möbel begutachtete. Wegen des Nieselregens hat sie auch gleich klargestellt, dass sie die Höhle heute nicht sehen möchte. Stattdessen zählt sie mir jetzt seit einer geschlagenen Stunde auf, was sie für ihre Hochzeit alles braucht. Sie quatscht über Yachten, die am Anlegeplatz stehen sollen, über Hummer, der eingeflogen wird, bis hin zu Versace-Tischdecken, die ich in vier verschiedenen Tönen für die Dekoration abstimmen soll.

Nickend bestätige ich ihr, dass ich ihr folgen kann. Ich hätte wahrscheinlich Notizen machen sollen. Allerdings bin ich zu aufgeregt, um zu schreiben. Schließlich habe ich erst vor zwei Tagen mit ihrem Verlobten geschlafen.

Nein! Abigail, wir denken jetzt nicht an diese Nacht!

Hastig vertreibe ich die Erinnerung und lenke meine Aufmerksamkeit wieder auf Penelope, die sich jetzt richtig in Rage redet. Sie spricht von einer Eisskulptur irgendeines französischen Künstlers, die nach Darrywood gebracht werden soll. »Ich mache mir da schon etwas Sorgen um die Temperaturen. Die Skulptur schmilzt sehr schnell und darf daher keineswegs in der prallen Sonne stehen.«

Ihre babyblauen Augen landen auf mir. Ihr Gesicht wirkt freundlich, doch irgendetwas sagt mir, dass sie nicht so herzlich ist, wie es den Anschein hat. Der Ausdruck in ihrem Gesicht wird kritischer und ich fange mich.

Gott, sie redet mit mir.

»Nein«, sage ich schnell. »Sollte das Wetter im Juni sehr heiß sein, dann sind es in der Höhle trotzdem nur einundzwanzig Grad.« Penelope nickt zufrieden und plappert prompt weiter. Sie gestikuliert dabei mit ihren manikürten Fingern, gegen die meine angeknabberten Nägel furchtbar aussehen. Eilig lasse ich sie unter dem Tisch verschwinden und lege sie auf meinen Schoß. Ich kann meinen Blick einfach nicht kontrollieren, denn automatisch gleitet er über ihre Finger. Der Ringfinger an der linken Hand ist mit einem übergroßen Diamantring besetzt.

Wow. Ich kenne mich zwar nicht damit aus, aber dieses Ding sieht sehr, sehr, sehr teuer aus. An ihrem

Handgelenk folgt eine Uhr, die ebenfalls subtil schreit: »Ich koste mehr, als du jemals in deinem Leben verdient hast.« Und auch ihr Outfit, bestehend aus einem beigefarbenen Blazer, einem bauchfreien Top und einer langen, lockeren Hose, wirkt, als wäre es speziell für sie angefertigt worden. So schön, wie sich der Stoff an ihre Haut schmiegt.

Ihre blonden Haare hat sie mit einer Klammer am Hinterkopf befestigt. Ein paar Strähnen und ihr Pony haben sich daraus gelöst. Ob es wohl so gewollt oder ob die Frisur einfach nur verrutscht ist? Eine Sonnenbrille von Gucci, die auf ihrem Kopf sitzt, rundet das Outfit ab.

Diese Frau ist perfekt. Optisch passt sie sehr gut zu Trevor, der einem GQ-Model Konkurrenz machen könnte. Würde ich sie zusammen auf der Straße sehen, hätte ich keinen Zweifel an ihrem Glück. Aber diese aufgesetzte Freundlichkeit und ihre Arroganz können meinem ehemaligen besten Freund doch nicht entgangen sein, oder? Oder ist sie bei ihm ganz anders? Ich meine, es muss doch einen Grund geben, wieso er sich in sie verliebt hat. *Und auch einen Grund, wieso er sie betrügt!*

Schnell schüttle ich den letzten Gedanken ab und versuche, meine Aufmerksamkeit wieder auf Penelope und ihre Wünsche zu lenken. Es ist unhöflich, ihr nicht zuzuhören, vor allem, da sie meine Kundin ist.

Der Bodyguard, der inzwischen an einem anderen Tisch Platz genommen hat, an dem ich ihm Kaffee und Wasser bereitgestellt habe, blickt hinaus auf das Meer. Ich schmunzle ein wenig, denn offenbar hat wenigstens er die Schönheit unseres kleinen ›Kaffs‹, so wie Penelope es ständig nennt, entdeckt.

»Also.« Die schöne Blondine weckt mich aus meinen Gedanken. »Da ich die nächsten Wochen in Mailand bin, da ich eine Kampagne habe …« Sie rollt verzückt die Augen, ich verkneife mir einen Kommentar. »… wird Ihnen meine Assistentin nochmals alles per Mail zukommen lassen. Mein Verlobter wird in den nächsten Tagen anreisen, mit ihm besprechen Sie dann bitte den Rest.«

Es ist wie eine verbale Ohrfeige, die mich mitten ins Gesicht trifft. Trevor wird mit mir die Vorbereitungen treffen? Aber wieso? Machen so etwas nicht immer die Frauen? Okay, das ist wohl ein veraltetes Stigma … aber, oh Gott, ich kriege Panik.

»Alles in Ordnung?«, fragt Penelope und beäugt mich misstrauisch.

»Eh … ja, ich …«, stammelnd erhebe ich mich von dem Stuhl. Miss Weiss tut es mir nach und lächelt verhalten.

»Keine Sorge, Trevor Hill ist sehr sachlich und keineswegs so fordernd wie ich. Sollten Sie also inkompetent sein, wird er höflicher sein, als ich es bin«, winkt sie ab und deutet meine augenscheinliche Sorge damit falsch.

Wow. Mir schwirrt der Kopf.

Penelope dreht sich herum. Ihr Bodyguard lässt alles stehen und liegen, erhebt sich und ist sofort wieder an ihrer Seite.

»Sie werden von mir hören«, zwitschert die junge

Frau noch, bevor sie endgültig aus dem Café verschwindet.

Hastig ziehe ich Luft in meine Lungen. Offenbar hatte ich meinen Atem angehalten. Ich japse und spüre die aufkeimende Panik.

Was ist denn das für ein Desaster?

Trevor

Die letzten zwei Tage war ich nicht in meinem Apartment, um Penelope aus dem Weg zu gehen. Auch wenn wir eigentlich kein richtiges Paar sind und unsere einjährige Beziehung nur existiert, weil wir unseren Erfolg weiter vorantreiben wollen, fühlt es sich an, als hätte ich sie mit Abigail betrogen. Wir teilen das Bett nicht miteinander und haben auch sonst keine Verbindung, trotzdem war ich im letzten Jahr unserer *Beziehung* durchaus loyal. Auch wenn Penelope des Öfteren mit ihrem Modelagenten im Bett war. Erzählt hat sie mir davon nichts, aber ich bin nicht dämlich.

Heute schrieb sie mir, dass sie eine Überraschung für mich hat, und was für ein Arschloch wäre ich, wenn ich gesagt hätte, dass die Arbeit vorgeht? Zumal wir uns seit einer gefühlten Ewigkeit nicht mehr gesehen haben. Ich werde diese Frau heiraten, also sollten wir uns doch zumindest um ein freundschaftliches Verhältnis bemühen.

Deshalb stehe ich jetzt im Aufzug und halte meine Karte auf den Sensor, um in die oberste Etage zu gelangen. Es gibt nämlich keinen Knopf für das Penthouse.

Kaum ein paar Sekunden später öffnen sich die Türen wieder und der Geruch von Penelopes Parfüm weht mir entgegen. Sofort wird mir übel.

Fuck, als wir uns vor einem Jahr auf einem Event kennenlernten und im Bett landeten, hätte ich nicht geahnt, dass wir hier enden würden. Aber bei der nächsten Veranstaltung liefen wir uns wieder über den Weg, und sie fand heraus, dass ich eigentlich nur an ihrem Vater statt an ihr interessiert war. Sie war nicht sauer, sondern begeistert, denn auch sie suchte einen reichen, gut aussehenden Kerl, den sie ihren Followern auf Instagram präsentieren konnte. Ich willigte ein, ohne zu wissen, dass ich sie letztlich heiraten muss.

»Hast du es endlich auch mal geschafft?« Die hohen Absätze hallen auf dem Marmor, während Penelope mit verschränkten Armen auf mich zukommt. »Die Köche halten schon seit einer halben Stunde alles warm.«

»Ich wurde aufgehalten«, murmle ich und lege meine Jacke auf die Kommode im Flur.

»Das hier ist ebenso ein Meeting wie jedes andere auch«, erinnert sie mich daran, dass ich vertraglich daran gebunden bin, ihr Verlobter zu sein. Bald auch ihr Ehemann.

Ein merkwürdiges Gefühl macht sich in mir breit.

Sie dreht sich um und geht voran. Ich folge ihr. Das Apartment über den Wolken habe ich mir gekauft, nachdem ich meine App für ein paar Millionen verhökert hatte. Es ist und bleibt mein ganzer Stolz, auch wenn Penelope nun ihren ganzen Kram hier untergebracht hat.

Meine gemütliche, riesige Wohnlandschaft in der Wohn-Ess-Küche ist einem Plüschsofa in Weiß gewichen. Darauf liegen Zierkissen in Cremefarben, davor ein Fransenteppich, und der betonfarbene Couchtisch wurde gegen einen aus Holz ausgetauscht. Man nennt dies laut Penelope Boho-Stil. Keine Ahnung, was das ist, aber ich fühle mich wie ein Hippie und nicht wie ein Geschäftsmann, wenn ich diese Wohnung betrete. Es sieht schön aus, keine Frage, aber es ist eben nicht ganz mein Geschmack.

Wir setzen uns an den großen Esstisch, der direkt vor den bodentiefen Fenstern steht. Er ist mit Blumengestecken und goldenem Besteck, etwas zu dick aufgetragen, eingedeckt. Liam, die gute Seele und unser Helfer im Haus, tritt an den Tisch und begrüßt mich höflich. »Guten Abend, Sir. Macallan?«

Ich nicke ihn lächelnd an, während meine Verlobte beginnt zu erzählen. »Also, da du bisher noch keine Zeit hattest, um mit mir einen Termin oder …«

»Du kannst das Datum frei wählen«, murmle ich und nehme einen Schluck vom Whiskey, den Liam gebracht hat.

Penelope nickt und legt dieses Fake-Lächeln auf, das

ich so hasse. Sie ist eine hübsche Frau, arbeitet als Model, und wären ihre zeitweiligen Ausraster und dieses Cheerleader-Gehabe nicht so kräftezehrend, wäre dieses Arrangement, das wir für unsere Karrieren getroffen haben, gar nicht so schlimm. *Und wenn Abigail nicht wäre.*

Ich schüttle den Gedanken ab. Doch es stimmt. Vor dieser Nacht wäre es okay gewesen, Penelope zu heiraten. Wie gesagt, sie ist eine hübsche Frau, und Kinder mit ihr zu zeugen, wäre klargegangen. Aber ich bin nicht in sie verliebt. Das war ich nie. Sie war einfach nur ein Mittel zum Zweck, ebenso, wie ich es für sie bin.

»Also, wenn ich das Datum wählen kann, dann ja auch sicher die Location.« Ihr Lächeln wird breiter und ehrlicher. Sie klatscht in die Hände. »Also, ich habe eine Überraschung.«

Die Suppe wird serviert und vor mir abgestellt. Eilig greife ich nach dem Löffel, um sie hinunterzuwürgen. Ich möchte so schnell wie möglich wieder hinter meinen Schreibtisch, einfach nur, um Penelope nicht in die Augen sehen zu müssen. Die nächsten Tage ist sie, soweit ich weiß, wieder in Mailand, und bis dahin habe ich mit Sicherheit verdaut, was passiert ist.

»Wir werden in Darrywood feiern.« Grinsend sieht Penelope mich an.

Was?

Ich verschlucke mich an dem Löffel Suppe, den ich gerade noch in meinen Mund befördert habe.

Fuck! Das geht nicht!

Heftig schüttle ich den Kopf und versuche, mich wieder einzukriegen.

»Man, Trevor, kannst du nicht normal essen?« Penelope rollt die Augen. »Ich sagte, ich war heute bei Miss Evans, um mit ihr über unsere Location zu sprechen, und du …«

Ich schalte ab. Sie war was? Bei Abigail? Und nun? Weiß sie von der Hochzeit? Natürlich! Fuck!

Mein Herz macht einen Purzelbaum.

»Wir können da nicht heiraten«, krächze ich und greife nach dem Wasser, das auf dem Tisch steht.

Penelope scheint verwirrt. »Wieso nicht? Ich dachte, du würdest dich darüber freuen, und außerdem …«

»Es geht nicht!«, sage ich härter.

Das Gesicht meiner Verlobten wird ausdruckslos. Sie lässt den Löffel zurück in die Suppe fallen, wobei ein paar Spritzer davon auf ihrem rosa Kleid landen.

»Wieso nicht?«, fragt sie stur.

»Weil es nicht geht.«

Sie schnaubt und greift nach ihrem Rotweinglas. »Diese Sache zwischen uns ist vielleicht gespielt, aber mein Wille ist es ganz sicher nicht. Wir werden in Darrywood heiraten, sonst erzähle ich meinem Dad, dass du sein kleines Mädchen unglücklich machst.« Sie verzieht ihre Lippen zu einem Schmollmund.

Wut keimt in mir auf.

Mein Blick ist starr und meine Fäuste sind geballt, während ich sie ansehe. »Überall. Ich gehe überall auf dieser Welt mit dir den Bund der Ehe ein, nur nicht in meiner Heimat.«

Sie lehnt sich in dem Stuhl zurück. Der Ausdruck in ihrem Gesicht ist überheblich. Sie verschränkt die Arme vor der Brust und zuckt mit den Schultern. »Ich will aber nur dort heiraten.«

Verdammt. Ich fühle diesen Druck in meinem Inneren. Am liebsten würde ich sie anbrüllen und dafür sorgen, dass sie nur ein einziges Mal auf mich hört. Allerdings weiß ich, dass ich das Firmengeld dann schneller wieder los wäre, als ich ›Halt‹ sagen kann. Also muss ich mich zusammenreißen.

»Und außerdem wirst du allein nach Darrywood fahren müssen«, murmelt sie amüsiert weiter, da ich ihr kein Kontra geben kann. Sie greift nach ihrem Wein und nippt an dem Glas. »Ich werde die nächsten Tage in Mailand sein. So eine eintönige Kampagne über nachhaltige Produkte. Was weiß ich, aber es wird mir ein paar neue Follower zusichern. Also wirst du dich um den Hochzeitskram kümmern.«

Das ist nicht ihr Ernst?

Die Wut in meinem Inneren kocht.

»Ist dir klar, dass auch ich arbeiten muss, Liebling?«, spucke ich.

Penelope lacht spitz. »Aber Baby, du hättest doch gar keinen Job, wenn mein Vater dich nicht finanzieren würde?«

Knurrend saust meine Faust auf den Tisch. Das Geschirr klirrt und ein paar Spritzer Suppe landen erneut auf Penelopes Kleid.

»Du vergisst, dass auch ich einen Haufen Geld habe, Prinzessin«, spotte ich.

Sie lächelt und nickt. Ihr Oberkörper rückt näher

an mich heran, und sie beugt sich zu mir vor, sodass ich ihr teures Parfüm riechen kann. Ihre babyblauen Augen suchen mein Gesicht ab, dann landen sie auf meinen Lippen. Sie küsst mich zart und zieht sich dann mit diesem ekelhaften Kichern wieder zurück. »Nicht genug Geld, Trevor.« Sie zuckt mit den Schultern und greift nach ihrem Löffel, um weiter zu essen.

Fuck. Sie hat recht, verdammt!

Kapitel 8

Abigail

Ich wuschle durch Mr Heartbreakers unbändiges Fell, was er nur mit einem Schnauben kommentiert. Offensichtlich will er heute mal wieder nicht von mir gekrault werden.

Genervt ziehe ich meine Hand zurück. »Dann eben nicht, du Miesepeter«, murmle ich vor mich hin. »Ich muss sowieso ins Café.«

Der Hund liegt auf dem Vorleger meines Bettes und hebt nicht einmal den Kopf, während ich zur Tür laufe. Es ist ihm augenscheinlich egal, dass ich ihn allein im Haus zurücklasse. Ich weiß auch, wieso. Spätestens wenn ich im Café bin, wird Granny in mein Kinderzimmer kommen und dem Hund ein Leckerli nach dem anderen geben. Deshalb ist er wahrscheinlich auch so vernarrt in sie.

Ich gehe durch den Flur des Obergeschosses und höre Mom und Granny schon hier oben miteinander diskutieren. Vermutlich geht es, wie jeden Morgen, um den Schuss Alkohol, den Oma Willow gerne in ihrem Kaffee hätte.

»Nein! Es reicht jetzt, Mom«, höre ich meine Mutter motzen.

Ich lege die Stirn in Falten. Es ist komisch, dass sie nicht im Café drüben sind, das unseren privaten Bereich im Flur des Erdgeschosses mit einer Tür verbindet. Ein Blick auf meine Uhr sagt mir, dass ich nicht zu spät bin. Wieso aber sind Mom und Granny dann hier statt an unserem üblichen Frühstückstisch?

»Das ist doch albern!«, ruft meine Oma aus, die an dem Esstisch in der Landhausküche sitzt und meiner Mutter einen genervten Blick schenkt.

»Guten Morgen«, unterbreche ich ihre Diskussion.

Beide sehen zu mir auf. Willow schnaubt, wahrscheinlich, weil sie denkt, ich sei irgendeine Freundin von Mom, die schon wieder in ihrem Haus geschlafen hat. Meine Mutter aber lächelt zart und nickt zu einem freien Stuhl.

»Wieso frühstücken wir heute hier?«, frage ich und bequeme mich auf den Platz gegenüber von Granny. Diese beschmiert gerade ihr Brot mit einem Löffel statt mit einem Messer.

»Katie hat angerufen«, berichtet Mom, die hektisch durch die Küche läuft und eine Schublade nach der anderen aufzieht.

»Die Plastikmesser sind im letzten Regal, hinten links«, helfe ich ihr. Da ich eigentlich alles aufräume, hat meine Mutter meist keine Ahnung, nach welcher Ordnung ich alles sortiere. Dankbar folgt sie meiner Anweisung und zieht das Plastikmesser hervor, das eigentlich für Kleinkinder gedacht ist. Dann geht sie zu Willow und tauscht den Löffel mit dem Kinderbesteck aus.

Sie nimmt erneut am Tisch Platz und atmet durch.

Ich greife nach einem der Bagel auf dem Tisch, die ich gestern gebacken habe. »Was ist mit Katie?«

»Ach ja, also ...« Mom schüttelt den Kopf und nippt an ihrem Kaffee. »Sie hat angerufen, weil sie gestern Abend hingefallen ist.«

Ich stocke, während ich den Bagel aufschneide. Erschrocken schaue ich meine Mutter an, aber diese winkt nur ab. »Deiner Tante ist nichts passiert. Sie hat sich den Knöchel verstaucht, das war's, und wären da nicht ihre vier kleinen Kinder und die Farm, würde sie sicherlich auch allein zurechtkommen.« Sie hilft Oma, die sich schon mit Marmelade einsaut. »Deshalb wollen wir uns heute Morgen auch beeilen, damit wir ihr ein wenig unter die Arme greifen können.«

Ich lege die Stirn in Falten. »Du willst zu deiner Schwester nach Missouri fahren? Mit Grandma?«

»Ja, ich hab's ja schon immer gesagt. Katie braucht einen Mann. Genau wie du, Liebes. Ihr könnt euch nicht immer von den Kerlen veräppeln lassen«, schimpft Willow und mahnt meine Mutter mit erhobenem Finger.

»Okay«, sagt diese, sichtlich ermüdet von dem Chaos, das meine Oma anrichtet.

»Für diese Weisheit bekomme ich sicher einen Schluck Whiskey in den Kaffee, oder?« Spitzbübisch grinst Willow meine Mutter an, diese schnaubt und legt den Kopf in den Nacken.

»Wann seid ihr wieder zurück?«, will ich von ihr wissen.

»Spätestens nächste Woche«, grummelt Mom und gibt sich geschlagen. Sie schiebt den Stuhl zurück, der auf den Dielen knarrt, und läuft zum Küchenschrank, um eine Alkoholflasche zu holen.

»Denkst du, du schaffst das bis dato allein?« Sie sieht mich entschuldigend, gleichzeitig aber auch hoffnungsvoll an.

Natürlich geht das irgendwie. Wenn Moms Schwester Hilfe benötigt, verstehe ich das. Vor allem habe ich noch Polly, die mir unter die Arme greifen kann.

Irgendwie bin ich sogar froh, wenn meine Mutter und Granny nicht da sind. So bekommen sie das Gerede um Trevors Zurückkommen und seine Hochzeit gar nicht erst mit. Wenigstens vorerst. Es reicht, dass mir die anderen Stadtbewohner im Nacken sitzen werden mit Fragen und Mitleid, das ich doch eigentlich gerade erst überwunden hatte. Und es ist genug, dass ich mit Trevor noch diese Sache klären muss.

Augenblicklich habe ich keinen Hunger mehr und schiebe den Teller samt dem Bagel von mir weg.

Wann immer ich an meinen ehemaligen besten Freund denke, mit dem ich wohl den besten Sex meines Lebens hatte, keimt Übelkeit in mir auf. Zum einen, weil Penelope vielleicht nicht unbedingt die herzlichste Person ist, die ich kenne, aber eben seine Verlobte, und zum anderen, da ich es so genossen habe, mit ihm zu reden ... an diesem Abend habe ich mich so … so wie damals gefühlt. Nein, es war besser. Es war wunderbar.

Verdammt, warum kann ich nicht einfach nur wütend sein? Wieso fällt es mir so schwer, Trevor zu hassen? Ich bin einfältig und naiv, ganz sicher.

»Danke, Liebes.« Mom greift mit ihrer Hand über den Tisch nach meiner und drückt sie sanft.

Ich ringe mir ein Lächeln ab und versuche, die Gedanken an Trevor und die bevorstehenden Tage zu vertreiben. Ich muss stark bleiben und an das Geld denken. Das ist alles, was jetzt zählt.

»Abigail.«

Meinen Kopf reckend blicke ich zu der Stimme, die an mein Ohr dringt. Ich lege die Stirn in Falten und suche das Café ab, das heute gut besucht ist. Das Wetter ist heute ein wenig angenehmer. Die Sonne scheint, das Meer schlägt ruhige Wellen und die Luft ist klar. Auch die Einwohner lieben diese lauen Frühlingstage, an denen sie in unserem Café sitzen und den wundervollen Ausblick auf den Strand und die Küstenkulisse ringsherum genießen.

Eine Hand taucht in meinem Blickfeld auf, und ich entdecke, woher die Rufe kommen.

Oh nein, die Lästerschwestern, hier in meinem Café. Also gibt es wieder ein neues Gerücht über mich.

Ich unterdrücke ein Augenrollen, hebe die Hand zur Begrüßung und lächle. Sonja Williams lässt aber nicht locker, sie winkt mich an ihren Tisch. Darauf habe ich jetzt absolut keine Lust.

»Sieht so aus, als müsstest du dich in die Höhle der Löwen begeben«, wispert mir Polly zu, die neben mir an der Theke steht und zwei Kaffeetassen unter die Siebträgermaschine stellt.

Zwischen dem gestellten Lächeln zische ich: »Bin ich in zehn Minuten nicht zurück, rufst du nach mir!«

Meine beste Freundin nickt. Ich streiche die Schürze glatt, greife nach dem Block, auf dem ich die Bestellungen notiere, und schreite zu dem Damentisch.

Sie sitzen an einer runden Anrichte, direkt hinter der Fensterfront, und schnattern.

»Hallo«, begrüße ich sie, da bisher Polly die Bedienung an dem Tisch übernommen hatte. Mein Blick gleitet von Ayline Strauss, die aussieht, als würde sie auf eine Gala gehen, über Rebecca Sherman, die seit Neuestem Botox für sich entdeckt hat, Beatrice King, die ein wandelndes Werbeplakat für Marken ist, bis hin zu Sonja Williams, die mit ihrer aufgebauschten Föhnfrisur überall auffallen würde, nicht nur in unserer Kleinstadt.

»Na, wie geht es dir, Kindchen?«, möchte eben diese wissen und verzieht mitleidig, wie eh und je, ihren Mund.

Die anderen Damen stimmen seufzend mit ein.

»Hervorragend, danke der Nachfrage. Kann ich euch denn noch etwas bringen?« *Schnell ablenken, dann entlassen sie dich vielleicht wieder, weil sie sehen, es gibt nichts zu holen.*

»Kind, du musst uns nichts vormachen. Du warst die letzten Wochen nur selten im Café anwesend.« Ayline wirft den Damen in der Runde vielsagende Blicke zu, bevor sie sich wieder mit diesem nervigen Ausdruck an mich wendet. »Wir wissen alle, dass dich diese Sache mit Jake und Kathrin sehr mitgenommen hat.«

»Ich hatte eine Erkältung, aber ansonsten geht es mir wirklich sehr gut, danke. Es ist schön, dass ihr euch solche Sorgen macht, aber das müsst ihr nicht«, wiederhole ich nochmals und hoffe, dass die Damen mich nun endlich wieder gehen lassen.

Beatrice lehnt sich ein wenig über den Tisch zu mir und senkt ihre Stimme. »Aber du wirst auch nicht jünger, Herzchen. Du solltest dir allmählich Gedanken um deine Gebärmutter machen.«

Reden wir jetzt wirklich über meinen Uterus?!

Das Lächeln auf meinem Gesicht schmerzt. Ich schlucke den Ärger über diese Situation hinunter und nicke. »Damit ist alles in bester Ordnung.«

»Es geht schneller, als du denkst«, wirft Rebecca da schon ein, und die Damen nicken.

»Soll ich dir vielleicht mal meinen Neffen Herman vorstellen?«, möchte Beatrice wissen.

»Ja, oder ich gebe dir die Nummer meines Neffen Lionell«, schiebt Sonja nach.

»Ich brauche keinen ...«, sage ich ruhig, aber Sonja fällt mir ins Wort.

»Nein, Beatrice. Herman ist sicherlich keine gute Wahl. Abigail ist vielleicht verzweifelt, aber doch nicht so, dass ...«

»Was willst du denn damit sagen?« Empört blickt Beatrice ihre Freundin an. Diese zuckt nur mit den Schultern.

Die Situation wird für mich immer unangenehmer, doch wenn ich mich nun zu meiner Freundin umdrehe, bin ich geliefert und die Frauen werden nur noch mehr auf mich einreden.

In diesem Moment klingelt die Glocke des Cafés und signalisiert, dass ein neuer Gast hereinkommt. Fast atme ich erleichtert auf, denn das könnte mein Ausweg aus dieser Situation sein.

Ich möchte mich gerade verabschieden, da hebt Sonja ihren Blick. Augenblicklich werden ihre Augen groß, während sie auf an mir vorbei starrt. Ayline tut es ihr gleich. »Oh mein Gott«, wispert sie, was letztlich auch Rebeccas und Beatrice Aufmerksamkeit fordert. Alle schauen entsetzt auf einen Punkt, der hinter mir im Café liegt.

Meine Stirn legt sich unwillkürlich in Falten, während ich mich zaghaft umdrehe. Wer weiß, was mich gleich erwartet. Was die Frauen ruhigstellt, kann keinesfalls ...

Oh nein.

Trevor steht inmitten der unbesetzten Tische und sieht zu mir herüber. Auf seinen vollen Lippen liegt ein Lächeln.

Schlagartig flattert es in meinem Magen. Mein Herz setzt einen Schlag aus, nur um dann in einer viel höheren Geschwindigkeit weiter zu schlagen, und mein Mund wird trocken.

Verdammt. Er sieht gut aus. Sein Haar ist wuschelig, als hätte jemand ihm ordentlich hindurchgefahren. Die Jeans, die seine Beine umschmiegen, sehen ausgewaschen aus, und das Shirt unter der schwarzen Lederjacke spannt. Er sieht so gewöhnlich aus. Und doch so verdammt scharf.

Erde an Abigail. Er ist verlobt. Er hat dich verarscht. Er ... oh, er kommt näher!

Gemächlich setzt er sich in Bewegung. Ich vernehme das Getuschel hinter mir, kann mich darauf aber nicht konzentrieren, da mein ganzer Körper in Alarmbereitschaft gesetzt ist.

Trevor bahnt sich einen Weg durch die Tische und kommt erst vor mir zum Stehen. Ich ziehe scharf die Luft ein und damit auch seinen himmlischen Duft nach Tannen und etwas Ledrigem. Oh Mann, wieso riecht er denn auch so gut?

Er nimmt sich nicht die Zeit, mich anzusehen, sondern beugt sich an mein Ohr und raunt leise: »Können wir reden?«

Ein Schauer jagt über meinen Rücken, und ich bin zu nichts mehr im imstande als zu nicken. Er macht wieder einen Schritt zurück, hebt eine Hand und lächelt an mir vorbei. »Hallo«, begrüßt er die Damen freundlich. Ich will gar nicht wissen, wie diese Hyänen auf dieses Szenario reagieren. Für die ist das schon wieder ein gefundenes Fressen!

»Entschuldigt uns doch bitte einen Moment.« Ich drehe mich um und grinse gespielt in die Runde, bevor ich nach Trevors Hand greife und ihn mit mir ziehe. Ich befördere ihn hinter die Theke und durch den kleinen Gang, der zur Küche führt, wo uns Polly entgegenkommt. Interessiert und fragend legt sie den Kopf schief.

»Kümmere dich bitte einen Moment um die Gäste«, murmle ich ihr nur zu und bin dankbar, dass sie dies mit einem Nicken kommentiert und verschwindet.

Ich bleibe allein mit Trevor zurück, in diesem engen Gang mit der spärlichen Beleuchtung.

Er lehnt sich gegen die Wand. Seine schwarzen Augen blicken in meine und ich bekomme Schnappatmung.

Du bist wütend auf ihn!

Oh ja, das bin ich. Sein Blick fällt auf meine Lippen. In meinem Inneren beginnt es zu kribbeln.

Er hat dich angelogen. Er ist abgehauen, er hat ...

Ich besinne mich wieder, atme durch und verschränke die Arme vor der Brust. Schnaubend schüttle ich den Kopf. »Wie konntest du mir das antun, Trevor.«

Trevor

Sie hat ihr rotes Haar in einen Zopf gebunden, wodurch ihr schönes Gesicht noch mehr zur Geltung kommt. Ihre grauen Augen wirken wie Beton, unnachgiebig und stur, und auch ihre Haltung sagt mir, dass ich es ganz schön verschissen habe.

Natürlich, schließlich bin ich ein Arschloch, das ihr nichts von der bevorstehenden Hochzeit erzählt hat. Ich hatte sie aber niemals benutzen wollen, nie.

»Es tut mir leid, Butterfly. Das war scheiße, du hast recht«, gebe ich zu und kapituliere. Letztlich muss ich die ganze Wahrheit erzählen. Sie soll es verstehen und nicht denken, dass ich ein Fremdgänger bin. So etwas mache ich nicht. Wäre das mit Penelope echt, würden wir uns lieben und einer gemeinsamen Zukunft entgegenblicken, wäre das mit Abigail niemals passiert.

»Ich sollte dir erklären, dass ...«

»Nein«, unterbricht mich Abigail sofort. Ihre grauen Augen funkeln vor Wut, und ich habe sie selten so gesehen. Nicht einmal, als ihr damaliger Highschool-Freund an der ganzen Schule herumerzählt hat, dass sie nicht mit ihm schlafen wollte. »Die ganze Zeit dachte ich, dass ich eine Erklärung will und dass es das vielleicht ein wenig besser machen könnte, aber ... Nein.«

»Verdammt, es gibt da aber wirklich etwas, das du wissen solltest«, presse ich zwischen meinen Lippen hervor und fahre durch mein Haar.

Ihr in diesem Gang so nahe zu sein, ihren himmlischen Duft nach Vanille einzuatmen, zwingt mich geradezu erneut in die Knie. Ich kann ihr unmöglich so nah sein und sie nicht anfassen. Fuck, ich bin so was von im Arsch.

»Nein. Ich glaube, diese Unterhaltung solltest du

vielmehr mit deiner Verlobten führen«, sagt sie, und ihr Blick senkt sich leicht.

»Die nächsten Wochen sind wir aber allein«, raune ich und mache einen Schritt auf sie zu.

Ich kann sehen, dass sie sich enger mit ihrem Rücken an die Wand drückt, um mir zu entkommen.

»Ja, und deshalb habe ich mir Regeln überlegt!« Ihre Stimme zittert ein wenig, das entgeht mir nicht. Das erregt mich auf eine besondere Art.

Nachdem Penelope gestern klargestellt hat, dass ich nicht um diese Zeit mit Abigail herumkomme, war mir klar, dass ich mit meiner alten Freundin reden muss. Ich wollte mich bei ihr entschuldigen, ihr sagen, dass das kein Fehler war und dass ich ... *ja, was? Dass ich Penelope für sie verlasse? Quatsch, dafür ist dir deine Firma doch viel zu wichtig.*

»Nummer Eins, du fasst mich nicht an. Keine zufälligen Berührungen oder spielerisches Anstupsen. Wenn wir gemeinsam an dieser Location arbeiten wollen, dann möchte ich keine Zwischenfälle«, sagt sie tonlos und atmet flach.

»Und wenn ich ganz aus Versehen deinen Arm streife?« Meine Finger fahren sanft über ihre Haut.

Sie zittert, zuckt aber nicht zurück. Die Berührung verursacht schlagartig ein Kribbeln.

Räuspernd drückt sich Abigail noch mehr gegen die Wand. Sie versucht, meinem Blick auszuweichen.

Scharf zieht sie die Luft ein. »Regel Nummer zwei. Wir reden nicht über die alten Zeiten.«

»Nicht einmal darüber, dass ich dir dankbar bin, weil du immer für mich da warst?«, raune ich und dränge sie noch weiter gegen die Wand. Inzwischen bin ich ihr so nahe, dass es ein leichtes wäre ihre Lippen zu berühren.

Mein Körper bewegt sich ganz unwillkürlich, als hätte ich jegliche Kontrolle über ihn verloren. »Nicht über die Nacht, in der wir damals gerne weitergegangen wären? Draußen, in der Höhle?« Abigail schnappt nach Luft. Sie blickt auf meine Lippen.

Fuck. Es kostet mich enorm viel Standhaftigkeit, sie jetzt nicht zu küssen.

»Nummer drei.« Sie ignoriert meine Fragen, atmet hörbar aus und blickt zu mir auf. »Wir vermeiden jeglichen Kontakt. Ich möchte nicht mit dir allein sein. Wir gucken, dass uns immer jemand begleitet.«

»Es gibt nur drei Regeln?«, ziehe ich sie auf, weil ich nicht anders kann, und rücke noch ein wenig mehr vor.

Butterfly schnaubt. »Nein. Eine elementare habe ich ganz vergessen«, murmelt sie und legt ihre flache Hand auf meinen Oberkörper.

»Hey, Regel Nummer eins, Abi!«, ermahne ich sie.

Sie verdreht die Augen, nimmt ihre Hand aber nicht von meiner Brust. Stattdessen schiebt sie mich von sich.

»Nummer vier, du denkst erst gar nicht daran, mich noch einmal Butterfly zu nennen. Sonst sage ich deiner Verlobten, was vor ein paar Tagen zwischen uns passiert ist.«

Verdammt, was hat sie gerade gesagt?

Ich kann ihr nicht folgen. In meinem Gehirn scheint eine Sicherung durchgebrannt zu sein, die hauptverantwortlich für das Sprachzentrum und die Gedankensortierung ist.

Alles, was ich gerade sehe, sind Abigails hellgraue Augen, ihre geschwungenen Lippen und die süße Stupsnase, auf der leichte Sommersprossen tanzen.

Fuck, sie ist so wunderschön, dass es mir den Atem raubt. Und nicht nur das. Seither war sie eigentlich immer der Mensch, der mir am nächsten stand. Wenn diese eine Nacht kurz vor dem College nicht passiert wäre. Wenn ihr Bruder noch leben würde, dann ... Vielleicht hätten wir dann eine Chance?

»Okay«, sage ich, denn ich weiß, dass die Vergangenheit nicht verändert werden kann.

Offenbar siegt also die Rationalität in meinem Kopf. Denn gerade, als ich mich in ihrer Anmut verlieren wollte, ging eine Alarmglocke in meinem Hirn los.

Ich habe einen Vertrag unterschrieben. Ich habe mich zu etwas verpflichtet, das ich auch einhalten werde. Die Stiftung ist mir wichtig. George soll und darf nicht in Vergessenheit geraten. Wir hatten Träume. Wir waren Freunde, und das ist ... Es ist absolute Scheiße, dass nur ich diese Träume noch wahr werden lassen kann. Ich bin es ihm schuldig, das zu tun. Und ich bin es ihm schuldig, die Finger von seiner Schwester zu lassen, der ich ganz offensichtlich nur Kummer bereite.

Ich lehne mich mit dem Rücken an die Wand. Abigail nickt in Richtung der Tür, die zurück ins Café führt.

»Wenn dann alles besprochen ist, würde ich

wieder arbeiten gehen?«, fragt sie rhetorisch, worauf ich keine Antwort weiß.

Verdammt, ich hätte ihr so gerne erklärt, wieso ich das alles hier mache.

»Deine Verlobte hat eine lange Liste, und ich würde vorschlagen, wir treffen uns heute Abend«, meint Abigail im Gehen.

»Heute Abend also?«

Sie ist schon bei der Tür angekommen, dreht sich aber nochmals zu mir um und rollt mit den Augen. »Polly und Mr Heartbreaker werden dabei sein. Also krieg dich wieder ein!«

Kapitel 9

Abigail

Nervös zupfe ich an meinen offenen Haaren herum, während ich den Tisch begutachte.

Vielleicht sollte ich die Kerze doch lieber ausmachen? Ist das nicht ein bisschen zu romantisch?

Meine Stirn legt sich in Falten und ich beiße mir nachdenklich auf die Lippen.

Ich puste die Kerze entschlossen aus und nicke. Viel besser.

Als wäre es nicht schon genug, dass der wunderschöne, helle Mond durch die großen Fenster hereinscheint. Es soll so unspektakulär wie möglich aussehen, dass ich gar nicht erst auf die Idee komme, Trevor länger anzusehen, als ich muss. Denn auch wenn Polly hier ist, vertraue ich meinem eigenen Körper einfach nicht. In seiner Nähe habe ich ihn nicht unter Kontrolle.

Das hatten auch die Lästerschwestern heute Nachmittag bemerkt, denn kaum war ich wieder hinter der

Theke aufgetaucht, haben sie mich erneut zu sich gewunken und darüber gescherzt, dass sie ja nicht wussten, dass zwischen mir und Trevor etwas läuft. Da habe ich ihnen kurzerhand von seiner Hochzeit erzählt, was für sie nur ein weiterer Grund war, mir mitleidige Blicke zuzuwerfen.

Tja, was soll ich sagen? War ein ziemlich dummes Eigentor von mir.

»Haben wir alles?«, fragt meine beste Freundin, die neben mir auftaucht und nach der Kerze greift.

»Nicht!«, rufe ich sofort. »Die bleibt aus.«

Polly beäugt mich kritisch und hält beschwichtigend die Hände nach oben. »Alles klar.« Sie geht nicht näher darauf ein, stattdessen lächelt sie. »Du bist aufgeregt, oder?«

»Wer wäre das nicht?«, murmle ich und sondiere nochmals den Raum. Es ist ausreichend Licht eingeschaltet, der Hund liegt auf dem Boden neben dem Kamin, das Essen köchelt auf dem Herd und ich bin züchtig gekleidet. Polly ist hier, Trevor wird uns gegenübersitzen, und auch sonst gibt es nichts, das ich nicht beachtet habe.

»Beruhige dich.« Die Hand meiner Freundin legt sich auf meine Schulter. Sanft drückt sie zu, was mich lächelnd zu ihr aufblicken lässt.

»Hast du Penelopes Liste?«, will Polly wissen.

Ich nicke, greife in meine Hosentasche und ziehe das gefaltete Stück Papier hervor.

»Dann bist du doch super vorbereitet, und ich werde darauf achten, dass der Kerl seine Finger bei sich behält!« Polly zwinkert und lacht. »Vor allem wirst du wahrscheinlich die nächste Stunde erst gar nicht zu Wort kommen, denn ich muss furchtbar viel mit ihm besprechen. Ich freue mich irgendwie auf ihn. Ist das schlimm?«

Ich schüttle den Kopf. Gar nicht.

Dass die beiden früher auch Freunde waren, habe ich in den letzten Tagen zwar ganz verdrängt. Aber ich bin mir sicher, dass sie Trevor auch vermisst hat.

Die Glocke läutet, als die Tür des Cafés geöffnet wird. Schlagartig setzt mein Herz zu einem Sprint an.

Mein Blick schweift augenblicklich zum Eingang, wo Trevor mit einem großen Blumenstrauß weißer Rosen steht. Er lächelt schief, und Heiliger, was das in mir auslöst, kann ich gar nicht beschreiben!

Als wäre ein Schwarm Schmetterlinge auf der Suche nach einer Blumenwiese, oder als hätte ich Hunger und als wäre mir übel zur gleichen Zeit. Es ist seltsam und doch so vertraut und schön, dass ich gar nicht möchte, dass das Gefühl verschwindet.

Er kommt näher. Seine Haare sind wie heute Mittag verwuschelt. Er hat sich aber umgezogen und trägt jetzt eine schwarze Jeans, ein beigefarbenes Shirt und eine dickere Jacke. Alles in allem sieht er so scharf aus, dass meine Libido, diese Verräterin, sofort ein heftiges Ziehen in meiner unteren Mitte verursacht. Na toll!

»Hey«, sagt er und grinst.

Mir hat es die Sprache verschlagen. Zum Glück springt Polly deshalb ein.

»Oh, ist der für mich?« Sie strahlt über das ganze Gesicht und reißt Trevor förmlich den Strauß mit meinen Lieblingsblumen aus der Hand. »Weil du dich damals einfach verpisst hast? Oh, das wäre doch nicht nötig gewesen!« Meine Freundin fällt ihm um den Hals.

Trevor lacht. »Immer noch die Alte, also.«

»Denkst du, ich habe meinen Humor verloren, oder was?« Polly zieht sich zurück und rollt belustigt die Augen. Sie läuft in Richtung Theke, vermutlich um eine Vase für die Rosen zu holen. »Sie können mir einiges nehmen, Großer. Nicht aber meinen Humor.«

Ich vernehme die Tür, die hinter meiner besten Freundin zufällt, als sie im Flur verschwindet. Das ist jetzt nicht ihr Ernst?

Hektisch schaue ich ihr nach. Sie sollte doch hierbleiben, Mann!

»Du wirkst panisch«, stellt Trevor fest. Er kommt näher, und sein männlicher Duft umhüllt mich urplötzlich.

»Eh ... Regel Nummer drei«, stammle ich und räuspere mich.

Er grinst, und in meinem Inneren spüre ich ein heftiges Knistern. Trevor ist zu nah. Viel zu nah! Ich kann förmlich seinen Atem riechen, und oh Gott ... Ich würde ihn so gerne wieder auf meinen Lippen schmecken. Es war viel zu schön, ihn zu küssen und ...

»Wir könnten uns schon einmal an den Tisch setzen?«, reißt er mich aus meiner Trance.

Ich presse die Lippen zusammen und nicke

stumm. Sein Schmunzeln wird noch breiter. Ob er wohl sehen kann, was ich denke? Nein, niemals.

»Rotwein?« Die Frage kommt piepsig aus meinem Mund. Trevor lässt sich gegenüber von mir nieder und hält mir prompt zustimmend sein Glas hin.

Ich schenke mit zittrigen Fingern ein. In diesem Moment kehrt auch Polly zurück. Sie kommt an den Tisch, stellt den Strauß in einer schönen, dunklen Vase auf die Fensterbank und lächelt erst mich und dann unseren Gast an. »Also, da deine Verlobte eine lange Liste an irrtypischen Dingen von uns verlangt, wollen wir mehr Geld.«

Rotwein schwappt neben das Glas. Was hat sie da gerade gesagt?

Fassungslos, aber auch verwirrt gucke ich sie an. Aber sie nickt nur vielsagend und wendet sich wieder an Trevor. »Ich meine, wir sind alte Freunde, aber das …« Polly wirft ihm die gefaltete Liste hin, die mir Penelope hat zukommen lassen. »Das ist eine ganze Latte an Gedöns, die wir leider nur erfüllen können, wenn ein paar mehr Scheine rüberwachsen.«

Trevors rechte Augenbraue wandert in die Höhe. Er nickt, richtet seine Aufmerksamkeit dann aber auf das Stück Papier zwischen seinen Fingern. Er öffnet es und liest darüber.

»Kein Problem«, sagt er dann und legt den Zettel beiseite. Er zuckt mit den Schultern. »Wollen wir dann essen? Ich habe Hunger.«

Es ist unbehaglich, und doch fühlt sich das Café mit Polly und Trevor an wie eine Safezone. Beide unterhalten sich miteinander, als wäre nie etwas zwischen uns passiert. Als würde George, der eigentlich immer der Vierte in unserem Bunde war, gleich zur Tür hereinkommen und wir uns eigentlich nur zu einem Spieleabend treffen.

Wow. Eigentlich dachte ich, ich sei über den Tod meines Bruders hinweg. Aber in solchen Momenten vermisse ich ihn mehr, als es Worte jemals beschreiben könnten.

»Ich hoffe, es hat dir wenigstens geschmeckt«, reißt mich Polly aus meinen Gedanken.

Verwirrt sehe ich auf.

Sie lacht und deutet nickend in Richtung des Gerichts, in dem ich höchstens ein bisschen herumgestochert habe. »Ihr wollt mich doch verarschen!«, schreit sie fast. »Das ist ja fast wie früher, wenn ich Pizza für euch gemacht habe!«

Trevor verschluckt sich leicht an seinem Rotwein, weil er lachen muss. »Stopp, du hast auch immer Thunfisch draufgemacht, und das mochte nun mal keiner.«

»Jaha«, beteuert Polly und nickt. »Wie kann man das denn bitte nicht mögen!«

Ich hatte heute Mittag schon etwas Sorge, dass es meine beste Freundin hart treffen könnte, wenn wir zu dritt am Tisch sitzen und einer von uns fehlt. Offenbar verkraftet sie es aber sehr gut.

In diesem Augenblick klingelt ein Handy. Meines kann es aber nicht sein, da es stumm ist. Mom und

Granny haben mir vorhin bereits geschrieben, dass sie gut angekommen sind, und andere Nachrichten erwarte ich nicht.

»Oh, das ist Flint.« Genervt rollt Polly die Augen. Sie hat ihr Handy hervorgekramt und aufs Display geschaut. »Mein Agent ruft zu den unmöglichsten Zeiten an. Entschuldigt mich kurz«, murmelt sie und schiebt ihren Stuhl zurück, der auf dem Holzboden knarrt.

Ich möchte protestieren, da ist meine Freundin aber auch schon verschwunden. Zurück bleibe ich allein mit Trevor.

Oh Mann. Das Schicksal ist echt ein Arsch.

»Danke, dass ihr euch so eine Mühe gemacht habt.« Seine Stimme klingt rau, während er sich in den Stuhl zurücklehnt.

»Schon okay. Ich nehme das Geschäft mit dir und ... deiner Verlobten sehr ernst«, sage ich, und meine Stimme überrascht mich. Sie ist fester als erwartet. Da ich seinem scheißguten Aussehen ausgeliefert bin, hätte ich damit gerechnet, dass meine Worte zittrig klingen.

In seinen schwarzen Augen blitzt etwas auf, das ich nicht zuordnen kann. »Was das angeht, möchte ich nun wirklich noch ...«

Nein. Wir reden jetzt ganz sicher nicht wieder über diese Nummer, die vor ein paar Tagen passiert ist. Das ist Geschichte. Ich werde ihn nicht verpetzen. Ich möchte es einfach nur vergessen.

Hastig erhebe ich mich von meinem Stuhl und beginne, die Teller zusammenzuräumen. »Du bist doch fertig, oder?«, frage ich, warte aber gar nicht seine Antwort ab.

Er seufzt und fährt sich durch sein dunkles Haar. Ich staple das Geschirr auf dem Tisch und möchte es gerade anheben, da greifen seine Finger nach meinem Handgelenk.

Ich schnappe nach Luft. Dieses komische Gefühl, wenn er mich berührt. Diese Vertrautheit. Mann!

»Hör mir zu, Butterfly.« Sein Blick versenkt sich in meinem.

Oh, ich spüre, wie ich innerlich weich werde. Wie sich alles in mir zusammenzieht und der Sehnsucht nachgeben möchte.

Aber ... Ich war selbst schon einmal die Betrogene, und das, was er hier tut, ist einfach nicht fair.

»Regel Nummer vier. Hör auf, diesen Kosenamen zu sagen, Trevor. Du willst nicht, dass ich meine Drohung wahrmachen muss«, sage ich ruhig und sehe ihm in die Augen.

Er seufzt und zieht seine Finger zurück. Erleichtert atme ich aus, hebe den Stapel Geschirr an und verschwinde, so schnell es geht, in der Tür zur Küche.

Kaum ist sie hinter mir ins Schloss gefallen, lehne ich mich an die Wand. Ich schließe meine Augen, obwohl ich noch immer die verschmutzen Teller in der Hand halte, und versuche runterzukommen.

Diese ganze Situation ist so surreal, dass es genauso gut sein könnte, dass ich das alles nur träume.

»Verdammt, verdammt, verdammt«, murmle ich in mich hinein. Noch einmal durchatmen, dann gehe ich weiter zur Küche, stelle die Teller auf die Anrichte und streife meine nass geschwitzten Hände an meiner Jeans ab.

Die Unterhaltungen zwischen Polly und ihrem Agenten können sich manchmal Stunden ziehen. Keine Ahnung, über was sie da zu den unmöglichsten Zeiten sprechen, aber es scheint jedes Mal eine Ewigkeit zu dauern.

Also, verstecke ich mich so lange hier drin?

Nein. Es gibt noch so viel, das ich mit Trevor wegen Penelopes Liste besprechen muss.

Okay, dann mal auf in den Kampf.

Ich atme nochmals durch, straffe meine Schultern, recke mein Kinn und gehe in meinen Turnschuhen zurück in den Gästebereich.

Trevor hockt auf dem Boden, hat die Beine leicht angewinkelt und stützt sich mit seinen Armen ab. Über ihm trollt Mr. Heartbreaker aufgeregt herum.

Was geht denn jetzt ab? Wie ... was?

»Du hast hier einen ganz schön aufgeweckten Hund. Die ganze Zeit war er so ruhig, dass ich es ganz vergessen hatte.« Trevor lacht, weil der Berner Senne ihm über das Gesicht schlecken möchte. Das habe ich tatsächlich noch nie gesehen.

»Er ... eh ...«, stottere ich und komme einfach nicht auf das Bild klar, das die beiden abgeben. Selbst bei Granny geht er nicht so ab.

In meinem Inneren setzt dieses Kribbeln und Flattern wieder ein, während ich Trevor betrachte. Er sieht so scharf aus, wie er da in seinen Jeans neben dem Hund sitzt und mit ihm spielt. Gott, das gehört verboten! Und noch dazu spielt Mr Heartbreaker! Er spielt!

Das ist ... eine Sensation. Ich sollte mein Handy zücken und ein Bild davon machen, sonst glaubt mir das keiner.

Vor allem hätte ich dann ein Foto von Trevor. Eines, das ich mir ansehen kann, wenn ...

Abigail, er wird heiraten. Er wird in deinem Café einer anderen Frau das Jawort geben. Er ist nicht wegen dir hier, er ist nicht nach Darrywood zurückgekehrt, um sich zu entschuldigen.

Sosehr du es dir mit achtzehn vielleicht gewünscht hast, aber Trevor ist nicht der Eine.

Trevor

Eigentlich hatte ich mir immer einen Hund gewünscht. Mom wollte damals aber keinen, und auf dem College waren keine Haustiere erlaubt. Danach war ich immer nur arbeiten, und ein Tier wäre wohl oder übel verhungert, da ich keine Zeit für es gehabt hätte. Dass Abigail diesen großen Hund hat, hatte ich schon wieder vergessen. Vor allem, da er den ganzen Abend so ruhig gewesen war. Aber während sie die Teller abräumte, um meinen Erklärungen aus dem

Weg zu gehen, fiel mir das große Wollknäuel vor dem Kamin auf.

»Ja, du bist ein richtig Feiner, nicht?« Ich fahre ihm durch das wilde Fell und versuche ihn ein wenig von meinem Gesicht fernzuhalten, aber keine Chance. Seine nasse Zunge findet immer wieder einen Weg.

»Er ist eigentlich nie so, das ist …« Abigail hat ihren Kopf schief gelegt und schaut ungläubig zu uns herüber.

Ich blicke zu ihr auf. Ihre roten Locken fallen ihr unbändig bis zu ihrem Dekolleté, das ihren üppigen Vorbau betont. Sie trägt einen Pullover, der ihre Kurven, die ich so sehr liebe, an ihr hervorhebt, und eine Jeans, die ihren runden Arsch unterstreicht. Fuck. Mein Gehirn erinnert sich sofort daran, wie es war, ihren Körper zu fühlen.

Ich gehöre zu der Sorte Mann, die Frauen mögen, die nicht jeden Tag ins Fitnessstudio rennen. Mir gefällt es, wenn eine Frau sich weich und echt anfühlt und man in die richtigen Stellen kneifen kann. Beim letzten Mal erzählte sie etwas von Verzicht auf Schokolade. Hoffentlich möchte sie nicht wirklich hungern. Ihr Körper ist wunderschön. Perfekt, genau so, wie er ist.

»Es ist einfach ungewöhnlich, dass er mit dir so spielt.« Abigail kichert leise und kommt ein wenig näher. »Ich hatte schon Angst, der Hund ist ein Soziopath«, gesteht sie mir leise.

Mr Heartbreaker hat sich ein wenig beruhigt und seinen Kopf auf meinen Schoß gelegt. Ich kraule sein

Ohr, was er leise fiepend kommentiert. Augenscheinlich gefällt es ihm.

»Nein, er scheint einfach nur wählerisch zu sein«, gebe ich zu bedenken.

Sie reißt empört den Mund auf und boxt mir gespielt gegen den Oberarm.

Ich lache. »Hey, Regel Nummer eins.«

Abigail rollt die Augen und nickt zu ihrem Hund, der es sich auf meinem Schoß bequem gemacht hat und meine ganze Hose voll sabbert. Ich weiß nicht, wann ich mich das letzte Mal so wohl gefühlt habe.

»Vielleicht schaffe ich es mit dir, ihn zum Spazierengehen zu bewegen? Ansonsten macht das meist Polly, weil sie die Geduld hat. Er bleibt nämlich alle paar Meter stehen und hat keine Lust mehr.«

»Heißt das, du möchtest mit mir allein sein?« Ich sehe ihr in die Augen.

Sie schnalzt mit der Zunge. »Mr Heartbreaker ist dabei, also sind wir nicht allein.«

Ihr Blick streift meinen. Einen Moment schauen wir uns einfach nur an. Ich vergesse abermals den Vertrag und weshalb ich eigentlich in Darrywood bin. Es ist mir egal, dass ich Abigail nicht sexy finden darf. Es gibt einfach nur uns beide. Wie damals in der Höhle.

Ich beuge mich ein wenig näher zu ihr heran. Unwillkürlich tut sie das Gleiche. Wie ein stiller Tanz, den wir nicht eingeübt haben, nähern sich unsere Körper.

»Puh.« Polly betritt den Raum.

Wir fahren auseinander.

Mein Blick schweift direkt zu unserer Freundin,

die an der Theke steht und offenbar in Abigails Gesicht ablesen kann, was gerade fast passiert wäre.

»Echt jetzt?« Sie schüttelt den Kopf und steckt ihr Handy im Gehen ein. »Ich lasse euch nur eine Viertelstunde allein, und schon fallt ihr übereinander her? Wo war diese Euphorie, als wir noch Jugendliche waren und George und ich immer wollten, dass ihr ein Paar werdet?!«

»Wir haben uns nicht geküsst, Polly.« Abigail lacht und steht auf. »Ich wollte ... also, ich war überrascht, dass er sich so gut mit Breaker versteht.«

Ihre beste Freundin mustert sie, dann mich, bevor sie letztlich seufzt. »Wie auch immer. Es ist euer Schlamassel, nicht meins.« Sie schüttelt den Kopf, dann hebt sie mahnend den Finger in meine Richtung. »Aber ich hoffe, du hast eine gute ...«

»Okay«, unterbricht Abigail und stellt sich vor Polly. »Was sagt dein Agent?«

Polly späht noch an ihr vorbei zu mir, ehe sie seufzt und mit den Schultern zuckt. »Es ging um meine neue Story, an der ich schreibe. Nicht so wichtig. Viel interessanter ist doch, dass wir über die Hochzeit sprechen.«

Sie betont es so, dass ich verstehe, welche Warnung dahintersteckt. Ich weiß doch selbst, dass ich Abigail nicht küssen darf. Es ist verboten, zumal dies nicht das einzige Geheimnis ist, das ich vor ihr verwahrt habe.

Fuck, es gibt noch ein schlimmeres, viel größeres Geheimnis, das ich ihr niemals werde erzählen können.

Es ist spät, nachdem wir alles auf Penelopes Liste durchgegangen sind und ich in meinem Elternhaus ankomme. Ich kann nicht glauben, dass meine *Verlobte* so viele absurde Anforderungen an Abigail stellt. Von Yachten bis hin zu irgendeiner komischen Tischdekoration und Essen, das extra eingeflogen wird, sowie eine Kutsche und Pferde, die von den Hamptons aus verschifft werden. Ganz klar, diese Frau hat einen dekadenten Geschmack, und ich bin froh, dass sie das Geld ihres Vaters rauswirft anstatt meines.

Ich öffne den Küchenschrank, hole ein Glas heraus und stelle es auf die Anrichte. Der Whiskey steht noch auf der Arbeitsplatte. Gestern Abend, als ich angereist bin, war ich so wütend, dass ich mir dringend einen Schluck genehmigen musste. Heute brauche ich ihn, weil Abigail mich so in ihren Bann zieht, dass ich alles um mich herum vergesse. Ich hätte sie vorhin fast wieder geküsst. Als würde mein Gehirn in ihrer Nähe versagen, verdammt!

Mein vibrierendes Handy reißt mich aus meinen Gedanken. Ich fische es aus meiner Hosentasche, die noch immer ganz feucht ist vom Sabber des Hundes, und gehe ran, ohne auf das Display zu schauen. So spät in der Nacht ruft nur ein Mensch an.

»Ist das dein Ernst?«, donnert Kyle sogleich in den Hörer.

»Dir auch einen schönen Abend«, sage ich, schnappe das Whiskeyglas und gehe zur Couch, um es mir bequem zu machen. Dieses Gespräch wird nicht einfach, denn mein Kumpel weiß noch nicht, dass ich die nächsten Tage in Darrywood bleiben werde.

»Schön? Schön?!«, brüllt er, und ich höre seine Verzweiflung. »Penelope hat mir gerade gesagt, dass du in deiner Heimat bist und deshalb zu keinem Meeting da warst. Wann wolltest du mir das sagen?«

Ich zucke mit den Schultern, auch wenn er mich nicht sehen kann. »Kyle, es ist nur für ein paar Tage.«

»Tage, in denen wir genug mit der Vertragsabwicklung unserer neuen Spieler zu tun haben. Dazu kommt der PR-Kram für die Stiftung, die wir gründen wollen. Oder hast du das schon vergessen?«

»Nein, das habe ich nicht«, murmle ich und bekomme schlagartig ein schlechtes Gewissen. Während es mir sogar ein bisschen gefällt, Abstand zum Unternehmen zu bekommen, versinkt mein bester Freund nun in Arbeit. »Aber wenn ich nicht hier wäre, hätten wir auch keinen stillen Teilhaber, der uns Milliarden in den Arsch pumpt.«

Kyle atmet hörbar genervt aus und seufzt letztlich. »Das nervt.«

»Mich stört es auch, glaub mir«, nuschle ich und schwenke die bernsteinfarbene Flüssigkeit im Glas.

»Echt? Ich dachte, Rüschen und Spitze auszusuchen, gefällt dir«, entgegnet mein bester Freund sarkastisch und lacht amüsiert. »In welche Hölle haben wir uns hier eigentlich manövriert?«

Das habe ich mich auch schon gefragt. Aber erst seit ich Abigail wiedergesehen habe. Verdammt, hätte mich meine Mutter nur ein paar Tage früher gebeten, den Schlüssel unter die Matte zu legen, wäre ich ihr vielleicht schon eher begegnet. Dann wäre ich den Deal mit Hank Weiss nicht eingegangen.

Anscheinend bereut Kyle unsere Entscheidung auch. Für ihn gab es vielleicht keine offizielle Bindung, jedoch erwartet uns viel mehr Arbeit als zuvor.

»Und das alles nur für meinen Dad, für deinen Freund und einen Traum, den wir alle unabhängig voneinander hatten«, sagt er.

Ich nicke. Nachdem das mit George passiert war, schien ich im College fast abzudriften. Aber Kyle war da, half mir auf und gab mir mit unserer App einen neuen Lebensinhalt. Die Arbeit daran gab mir Kraft und zog mich weg von den Schuldgefühlen, die ich hatte. Ich dachte, dass ich Abigail niemals mehr wiedersehen würde. Nie. Deshalb war es auch so einfach, sich mit einer anderen Frau ein Leben vorzustellen. Selbst wenn dies nur gespielt gewesen wäre.

Jetzt scheint es allerdings unmöglich.

Ich kann hören, dass jemand in der Leitung anklopft. Vermutlich ein zweiter Anruf, der bei Kyle eingeht. In diesem Moment stöhnt er auch schon auf.

»Fuck, das ist der Coach. Wir reden gerade über Timothy Meyer. Er hätte ihn gerne als Quarterback.«

Meine Idee, dass wir Drake, unseren jetzigen Spieler auf dieser Position, behalten, toleriert Kyle nun. Drake wird ein Jahr aussetzen, bekommt einen Personaltrainer von uns gestellt und soll in der nächsten Saison wieder für uns spielen. Ich möchte Drake noch nicht aufgeben. Er wurde damals als jüngster Spieler zu den New York Fires geholt, da waren George und ich genauso alt wie er. Wir fanden ihn richtig cool, und ich würde es mir nicht verzeihen, wenn ich ihm nicht noch eine Chance geben würde.

»Okay, wir hören uns«, verabschiede ich mich. Kyle tut es mir gleich und wir legen auf.

Ich lasse das Handy auf das Sofa fallen und nippe am Whiskey. Obwohl meine Gedanken voll sein sollten mit der Arbeit, die sich auf meinem Schreibtisch in Manhattan wahrscheinlich stapelt, kann ich nicht aufhören, an Abigial zu denken.

Sie sah heute wieder umwerfend aus. In ihrer Nähe zu sein macht mich einfach ruhig. Es ist eigenartig, denn gleichzeitig dreht mein Puls komplett durch, wenn sie im Raum ist. Solche widersprüchlichen Gefühle hatte ich noch nie.

Ich weiß noch genau, in welchem Moment alles anders zwischen uns wurde. Es war bei Kirsten Liebermanns Party, auf der wir beide eingeladen waren. Abigail war gerade achtzehn geworden, die Partys und Alkohol waren neu für uns und deshalb so reizvoll, dass wir es meist etwas übertrieben. Wir sprangen nachts noch in den Pool und lagen danach ewig nebeneinander auf dem Rasen und sahen uns an. Fuck, wenn ich an diesen Moment zurückdenke, bekomme ich Gänsehaut.

Sie sah verdammt schön aus, wie ihre nassen Haare an ihrem Gesicht klebten und der Mond ihre helle Haut anschien und diese fast glitzerte. Die Götter müssen an ihr einen Narren gefressen haben, das war alles, was ich in diesem Augenblick dachte.

Nie hatte ich solche Gefühle in ihrer Gegenwart verspürt. Das war das erste Mal. Und wäre sie nicht mit Cory, diesem Arsch, zusammen gewesen, hätte ich sie an diesem Abend sicherlich geküsst. Nach dieser Nacht war jedenfalls alles anders.

Verdammt, ich war damals so töricht und habe gedacht, ich hätte ewig Zeit.

Kapitel 10

Abigail

»Ja, ich habe die Geranien, den Zitronenbaum und die Erdbeeren gegossen. Der Wocheneinkauf ist erledigt und die Stromkosten sind überwiesen«, rattere ich wie einstudiert runter. Ist Mom nicht zu Hause, sind panische Anrufe ganz normal. Sie möchte sich einfach nur vergewissern, dass ich auch wirklich alles im Griff habe. Kein Wunder, wenn das Leben deines Kindes so verkorkst ist, machst du dir eben Gedanken, ob es ohne dich überhaupt überlebensfähig ist. Dabei kann ich das sehr wohl. Diesen Durchbruch hatte ich bereits mit fünfzehn, als ich es allein schaffte, mir Nudeln zu kochen und ein Glas Pesto darüber zu kippen.

»Da bin ich aber beruhigt.« Erleichtert atmet meine Mutter aus. »Ich hatte schon Angst, du vergisst den Buchsbaum im Garten.«

Ups. Den hätte ich tatsächlich vergessen. Hastig krame ich nach einem Stift und einem Papier auf der Ablage, um es mir aufzuschreiben.

»Wie ist es bei Tante Katie?«, frage ich.

Mom seufzt. »Chaotisch, stressig, nervenaufreibend.«

»Du sollst nicht irgendwelche Adjektive in den Raum werfen! Erzähle mir von Benjamin und Jasmin.« Das sind die jüngsten Zwillinge von meiner Tante, und ich habe sie bis jetzt nur ein einziges Mal gesehen. Da waren sie gerade fünf Monate alt.

»Sie sind laut und machen viel Arbeit.«

»Mom, sei nicht so zynisch!«, gebe ich ihr zu denken, gleichzeitig bin ich aber auch froh, dass sie über den Aufenthalt bei ihrer Schwester spricht. Das heißt, die Lästerschwestern haben ihr noch nichts von Trevors Besuch gesagt. Keine Ahnung, ob sie inzwischen schon von der Hochzeit wissen. Derzeit meide ich jegliche öffentlichen Bereiche in Darrywood, und sollte sich mal ein Einwohner im Café verirren, kümmert sich Polly darum. Sie ist mir echt eine total große Hilfe.

Mom seufzt. »Was hast du heute noch vor? Unternimmst du etwas mit Polly?«

Das Café ist heute geschlossen, wahrscheinlich fragt sie deshalb. Vermutlich hat sie Angst, dass ich hier versauere. Jetzt wäre wohl der richtige Zeitpunkt, um ihr von Trevor und seiner Hochzeit zu berichten. Und dem Haufen Geld, das er und seine Verlobte dafür geben wollen.

»Also, ich habe heute einen Termin mit ...« Ich werde unterbrochen, weil mein Handy mit einem lauten Klopfen einen hereinkommenden Anruf ankündigt.

»Warte kurz, Mom.« Ich hebe das Smartphone vom Ohr und werfe einen Blick auf das Display.

Penelope Weiss.

Sofort schlägt mein Herz schneller, mein Mund wird trocken, und ich spüre die Angst, die sich in meinem Inneren ausbreitet. Aber ich muss diesen Anruf annehmen, schließlich ist sie genauso meine Auftraggeberin wie ihr werter Verlobter.

Ich presse das Handy zurück ans Ohr und verabschiede mich eilig von Mom, die zwar etwas überrumpelt scheint, aber im Hintergrund auch schon wieder gerufen wird.

»Ja?«, nehme ich dann den nächsten Anruf an. Ich lehne mich an den Tresen des Cafés, das ich immer am freien Tag ein wenig auf Vordermann bringe, und wische meine schweißnassen Finger an meiner Jogginghose ab.

»Miss Evans? Hier ist Penelope Weiss.« Ihre Stimme klingt schon wieder so herablassend, dass ich am liebsten wieder auflegen möchte. Sie schüchtert mich mit diesem Verhalten echt ein. Doofe Nuss.

»Da mein Verlobter so viel Arbeit hat mit all meinen Wünschen, habe ich eine kleine Überraschung für ihn vorbereitet«, unterrichtet sie mich, wobei sie ziemlich abgelenkt wirkt. Mein Herz macht einen Satz. Penelope will ihm etwas schenken? Oh Gott.

Schlagartig lässt mich mein Kopf wieder an den Erinnerungen von gestern Abend teilhaben. Als wir auf dem Boden saßen, vor dem Kamin, und Trevor mit Mr Heartbreaker kuschelte, der für mich nicht einmal einen müden Blick übrig hat, und ich so hin und weg von diesem Bild war, dass ich ihn fast wieder geküsst hätte. Und Trevor hätte es zugelassen. Dieser Arsch! Und seine Verlobte möchte ihm etwas schenken?!

»Eine Lieferung edelster Whiskey wird in den nächsten Tagen eintreffen. Ich möchte, dass Sie mit meinem Verlobten eine Vorauswahl für die Hochzeit erfassen.« Sie räuspert sich. »Ich weiß, Sie sind nicht unsere Weddingplanerin, allerdings schafft es diese inkompetente Frau derzeit nicht, meine Hochzeit in zwei unterschiedlichen Städten zu planen.«

Ihre Worte klingen giftig. Ich kann sie ein bisschen verstehen, denn zahlt sie für diese Dienstleistung nur halb so viel, wie ich bekomme, sollte diese Frau eigentlich imstande sein, so etwas zu managen.

Aber mit Trevor Alkohol trinken? Eine Überraschung, die seine Verlobte organisiert hat? Das geht zu weit. Das kann ich keinesfalls tun. Schon gestern wären wir weitergegangen, wenn Polly nicht dazwischengefunkt hätte. So wie es aussieht ist Trevor nicht imstande, sich daran zu erinnern, dass es hier um seine Hochzeit geht!

Verärgert schnalze ich mit der Zunge. Dieser Idiot muss sich an meine Regeln halten. Ich meine, die habe ich doch erst wegen ihm aufgestellt. Damit er erst gar nicht auf die Idee kommt, mir näherzukommen. *Und damit dein Herz nicht noch tiefer in diese Gefahr hineinrutscht.*

»Hallo? Miss Evans?« Penelope klingt genervt.

Eilig fange ich mich wieder und nicke. »Eh, ja klar. Natürlich.«

»Super, wo soll ich die Lieferung hinbringen lassen?«

Lass dir etwas einfallen. Wir können unmöglich dabei allein bleiben.

Mein Blick huscht durch den Raum, über die große Fensterfront und den hölzernen Balken an der Theke bis hin zu dem Kamin, vor dem ein großer Teppich liegt.

Wer könnte den Aufpasser spielen? Vielleicht Polly? Nein, sie war gestern schon total verärgert, weil ich beinahe erneut auf Trevor hereingefallen wäre, und außerdem hat sie gestern nicht wirklich einen guten Job gemacht. Sie war ja andauernd verschwunden.

Ansonsten kenne ich niemanden, der seinen Mund halten kann.

»Miss Evans, ich habe leider nicht den ganzen Tag Zeit«, vernehme ich Penelopes gereizte Worte.

»Eh, schicken Sie es einfach an mich.« Mir kommt da eine Idee. Eric Rutherford, der Seemann, ist ein guter Freund der Familie. Da ich ständig auf seinem Kutter herumhänge und Polly, George, Trevor und ich früher oft mit ihm auf dem Meer waren, freut er sich vielleicht, einen alten Freund wiederzusehen. Vor allem trinkt er selbst gerne einen über den Durst. So wie ich Rutherford kenne, wird er deshalb nicht Nein sagen.

Am besten frage ich ihn gleich, schließlich bin ich noch mit ihm verabredet. Mit ihm und Trevor.

Allein beim Gedanken an meinen ehemals besten Freund überkommt mich eine Gänsehaut, und diese verheißt nichts Gutes.

Mr Heartbreaker liegt auf dem Asphalt und sieht unbeirrt zu mir auf.

»Jetzt komm schon.« Ich ziehe ein wenig an der Leine, aber der Hund bleibt, wo er ist. Nur ein unbeeindrucktes Fiepen kann ich ihm entlocken.

»Da seid ihr beiden ja.« Trevors tiefer Bariton geht mir sofort durch Mark und Bein. Er kommt uns auf der Bay Street entgegen.

Mein Blick schweift über das legere Outfit, das er trägt. Verdammt, wieso sieht er so gut aus?

Unvermittelt steigt Ärger in mir auf. Es macht mich wütend, dass er so attraktiv ist und dass mein Körper auf ihn reagiert. Das ist scheiße.

Gleichzeitig erinnere ich mich an das Gespräch mit seiner Verlobten. Die Arme möchte ihm eine Überraschung machen, und er schafft es nicht, sich von mir fernzuhalten! So ein Idiot. Ehrlich, so kenne ich Trevor gar nicht. Früher war er seinen Freundinnen immer treu. Sogar Brianna, diesem Miststück. Dabei hatte diese andauernd mit Hensley rumgemacht und hätte einen Dämpfer sogar irgendwie verdient gehabt.

Der himmlische Duftnebel, der Trevor umgibt, schwappt zu mir herüber, als er näher kommt, und möchte mich erneut in die Knie zwingen. Aber ich denke gar nicht daran, ihm heute abermals zu verfallen. Er hat mich zu dieser *anderen* Frau gemacht, die ich nie sein wollte. Und ob es schön war hin oder her, ich werde es sicher nicht noch ein weiteres Mal tun.

»Ich dachte, wir wollten uns an meinem Elternhaus treffen«, sagt er vergnügt und lächelt.

Schnaubend zeige ich auf den Berner Sennen. »Der hier hatte andere Pläne.«

Trevor bemerkt meinen spitzen Tonfall sofort. Er mustert mich kurz, dann wendet er sich zu Mr Heartbreaker.

Pah! Heute hat der Hund echt keinen guten Tag. Er wird niemals mit uns bis zu Eric laufen, um ihn wegen der Anlegestelle zu fragen. Selbst wenn es nur hundert Meter wären, der Hund hat einfach keinen Bock ...

»Was?«, rutscht es mir da heraus, als ich sehe, dass Breaker sich aufrichtet und mit dem Schwanz wedelt, sobald er Trevor wahrgenommen hat.

»Du Hübscher«, begrüßt dieser ihn und wuschelt durch sein Fell.

Gott, das ist nicht Trevors Ernst. Er sieht gut aus, kann mit meinem Hund, der eigentlich jeden, einschließlich mich, hasst, und kennt mich in- und auswendig, und scheint trotzdem nicht abgeneigt von mir. Was habe ich den Göttern getan, dass dieser Mann so sexy sein muss? Welche Probe ist das, verdammt!

»Wenn du so gut mit ihm zurechtkommst, nimm du ihn!«, motze ich und gebe die Leine an Trevor.

Oh, das Verlangen schäumt die Wut in meinem Inneren noch mehr auf. Es ist, als wäre mein gesamter Körper total durcheinander.

Trevor sieht perplex zu mir auf. »Stimmt etwas nicht?«, fragt er und nimmt den Ledergurt. Seine

Augen suchen meine, aber ich weiche ihm gekonnt aus und senke meinen Blick auf den Boden.

»Nein, ich möchte einfach nur diesen Termin hinter uns bringen.« *Und dich fragen, wieso ich dich daran erinnern muss, dass das hier nur ein Geschäft ist.*

»Klar.« Trevor zuckt mit den Schultern. »Ich dachte nur nach gestern, wir könnten wenigstens wieder freundschaftlich miteinander quatschen.«

»Ach, dass wir, kaum sind wir mal allein im Raum, übereinander herfallen?«

Trevor lacht und schüttelt den Kopf. Er geht voraus, der Hund folgt ihm und ich blicke den beiden ungläubig hinterher.

Eine meiner Augenbrauen wandert nach oben. »Wieso findest du das so lustig?« Ich hole sie ein.

»Dass du so offensichtlich versuchst zu verstecken, wie gerne du mich geküsst hättest«, sagt er. Seine Stimme klingt fest und so männlich, dass sie alle Moleküle in meinem Körper zum Schwingen bringt.

»Eh, nein!«, antworte ich viel spitzer als gewollt.

»Komm schon, Abi. Ich kenne dich, seit wir Kinder waren. Ich sehe, wenn du etwas begehrst.« Er sieht mich nicht an, sondern läuft mit meinem Hund einfach über den Gehweg.

Mir bleibt der Mund offen stehen, während ich versuche, mit ihm Schritt zu halten. Ich spüre, wie meine Wangen erhitzen.

»Selbst wenn ich dich wollen würde, wäre es nicht richtig, verstanden?«, flüstere ich eindringlich.

Auch wenn dies der abgelegenste Teil der Stadt ist und sich nur wenige hierher verirren, möchte ich nicht, dass jemand auch nur einen Funken dieser Unterhaltung mitbekommen könnte.

»Wir planen hier *deine* Hochzeit«, sage ich mit Nachdruck.

Er schnaubt verächtlich, erwidert aber nichts.

Okay. Damit wäre das also geklärt.

Erst an der Anlegestelle unterhalten wir uns wieder. Rutherford bietet uns an, seine Boote woanders unterzubringen, damit mehr Platz für die Yachten ist. Er läuft mit uns über den Steg, berichtet Trevor von den Reisen, die er, seit er ihn das letzte Mal gesehen hat, gemacht hat, und lädt uns dann kurzerhand auf sein Segelboot ein. Zu meiner Überraschung schafft es sogar der Hund mit darauf.

»Riley hat gebacksch. Wollscht a Stückch?«, fragt der alte Seemann mit der Pfeife im Mund.

»Gerne«, möchte ich höflich sein, und auch Trevor stimmt dem Angebot zu. Damit sind wir wieder allein.

Die Wellen sind ruhig und das Boot wankt nur ein klein bisschen unter uns. Die Aussicht auf das endlose Meer ist traumhaft. Sonnenuntergänge können wir hier nicht sehen, trotzdem färbt sich der Himmel in den unterschiedlichsten Farben, und das gibt mir jedes Mal ein urkomisches Gefühl von Gemütlichkeit. Selbst wenn Trevor neben mir sitzt und dieser Moment eigentlich unbehaglich sein sollte, fühle ich mich wohl.

»Ich sehe jeden Abend den Sonnenuntergang zwischen den Wolkenkratzern«, teilt Trevor mit. »Aber er ist in Manhattan bei Weitem nicht so schön wie dieses Orange-Gelb-Pink-Gemisch am Himmel.«

Seine Aussage berührt mich, denn das heißt, er vermisst seine Heimat doch irgendwie, oder?

»Es gibt für mich nichts Schöneres, als auf dem alten Kutter da drüben zu liegen, in die Sterne zu gucken und nachzudenken.« Ich nicke zu Rutherfords Schiff, das auf der anderen Seite des Stegs liegt.

»Das machst du also immer noch?« Trevor schaut mich an. Ich spüre seinen Blick auf meinem Profil und bekomme eine Gänsehaut.

Meine schlechte Laune verebbt. Dieser Moment ist einfach zu selig.

Ich zucke mit den Schultern. »Ab und an. Es ist ja keiner mehr da, den ich beim Kartenspielen abzocken kann.« Automatisch stupse ich mit meinem Oberarm seinen neckisch an.

Trevor lacht kehlig, was ein paar Schmetterlinge in meinem Bauch zum Leben erweckt und mich vergessen lässt, dass er eine Verlobte hat. »Abgezockt? Ich habe dich früher immer gewinnen lassen«, verkündet mein ehemaliger Freund.

Glucksend schüttle ich den Kopf. »Männer und ihr Ego-Problem. Du kannst es zugeben. Ich war einfach besser als du!«

Trevor seufzt amüsiert und rückt ein wenig näher an mich heran. Unsere Blicke treffen sich kurz. Nur eine Millisekunde, aber es reicht, um mein Herz weich werden zu lassen.

»Wir brechen Regeln«, murmle ich und senke meinen Blick.

Seine Finger fassen unter mein Kinn, um es anzuheben. Seine schwarzen Augen, in denen das Feuer lodert, finden sofort meine.

Verdammt.

Mein Herz setzt aus. Die Welt um uns herum verschwimmt.

»Wir waren doch schon immer Regelbrecher«, raunt er und kommt näher.

Ich gebe auf. Egal, wie wütend ich auf ihn sein möchte. Wie groß die Vernunft auch ist, die mich von ihm fernhalten will, ich schaffe es einfach nicht. Wir kommen einander näher. Ich schließe die Augen. In meinem Magen tummeln sich inzwischen Milliarden Schmetterlinge, die aufgeregt nur darauf warten, dass Trevor mich küsst. Die Luft knistert um uns herum. Als wäre alles aufgeladen und würde sich gleich in einem riesigen Feuerwerk entladen, kaum wenn unsere Lippen aufeinandertreffen.

Eine Tür wird geschlossen.

Oh ...

Eilig ziehe ich mich zurück.

Verlegen wandert mein Blick augenblicklich zu Boden.

»Da habsch den Kuchen«, höre ich Rutherford sagen, der langsam auf uns zukommt.

Verdammt, hätten wir uns gerade schon wieder fast geküsst? Wir müssen miteinander reden! Dringend!

Trevor

Hätte Eric nicht dazwischengefunkt, würden wir vermutlich noch immer auf dem Segelboot sitzen. Ich hätte Abigail in meinen Armen, würde ihren Duft einatmen, der mir das Gefühl von Zuhause gibt. Als wäre ich endlich angekommen, nach all den Jahren auf der Reise. Statt aber weiterhin mit ihr auf dem Schiff zu kuscheln und alles von der Zeit zu erfahren, in der ich nicht in Darrywood war, laufen wir nun schweigend nebeneinanderher.

Seit wir uns von Rutherford verabschiedet haben, haben wir kein Wort mehr miteinander gewechselt. Aber das Schweigen ist nicht befremdlich. Es ist okay, neben Abigail herzugehen und einfach nichts zu sagen. Wäre da nicht dieses dringende Bedürfnis, sie an mich heranziehen und küssen zu wollen.

Als wir endlich am Café ankommen, dreht sie sich zu mir um. »Ich übernehme ab hier«, sagt sie und lächelt zart.

Perplex lege ich meine Stirn in Falten. Hat sie nicht vor, mich hereinzubitten?

»Es war ein stressiger Tag, also ...«, schiebt sie noch

nach und dreht sich schon in Richtung Tür, um im Café zu verschwinden. Da reißt jemand anderes den Eingang auf.

Erschrocken blicken Abigail und ich auf.

»Da seid ihr ja endlich!« Es ist Polly, die uns völlig erleichtert ansieht. »Ich dachte schon, der alte Eric hat euch abgefüllt.« Sie gluckst und öffnet die Tür einen Spalt weiter, um uns hereinzulassen.

»Trevor wollte eigentlich gerade gehen«, sagt Abigail.

»Hast du etwa Lust, einen ganzen Karton Tücher auszuwerten?«, will Polly von ihr wissen und stemmt die Hände in die Hüfte.

Lachend gehe ich Abigail nach. »Ich habe Zeit.« *Hast du nicht. Kyle wollte in einer halben Stunde mit dir telefonieren.* Anscheinend gibt es ein Gegenangebot für den neuen Quarterback. Aber das kann warten.

Abigail wirft mir einen vielsagenden Blick zu, beugt sich dann aber zu Mr Heartbreaker und öffnet sein Geschirr.

»Na dann, ich habe Spagetti gemacht.« Polly grinst frech. »Ohne Thunfisch.«

Ich atme gespielt erleichtert auf und wische mir über die Stirn. »Was haben wir für ein Glück.«

Polly lacht, schüttelt den Kopf und läuft in Richtung Theke. »Ach, und es ist noch ein Paket angekommen. Ich habe es aber nicht geöffnet, da es an dich adressiert ist, Abigail.«

Diese runzelt die Stirn und zeigt mit dem Finger auf sich. »Mich?«, wiederholt sie.

Polly nickt. »Es steht vor den Toiletten. Das Ding ist so schwer, dass ich es nicht woandershin schieben konnte.«

Abigail scheint verwirrt. Sie entledigt sich ihrer Jacke und läuft auf den Karton zu.

Aus der Küche hört man das Geschirr klappern, dann vernehme ich, dass Butterfly den Karton öffnet. Ich möchte sie dabei nicht beobachten, also blicke ich zur großen Fensterfront. Inzwischen steht der Vollmond schon über Darrywood und wirft ein schönes Licht auf das Meer, das ihn spiegelt.

Es sieht traumhaft aus. Ich hatte ganz vergessen, welche Magie dieser Ort hat. Wie gerne haben wir zu viert da draußen am Strand gesessen, zwischen den Felsbrocken, haben ein Lagerfeuer gemacht und einfach nur gequatscht, bis die Sonne wieder aufging. Und das war ... atemberaubend.

»Oh«, höre ich Abigail sagen. Etwas klimpert. Es klingt wie Flaschen, die aneinanderschlagen.

Ich drehe mich zu ihr um und gehe in ihre Richtung. Sie schaut auf. »Das ist eine Überraschung von deiner Verlobten«, murmelt sie mit belegter Stimme und weicht meinem Blick aus. »Sie rief heute Morgen an. Wir sollen eine Vorauswahl der Whiskeys für eure Feier treffen.«

Mein Herz zieht sich zusammen. Ich kann Abigails Schmerz förmlich fühlen. Seit Tagen versuche ich ihr zu erklären, was zwischen mir und Penelope tatsächlich los ist. Sie soll wissen, dass es einen Vertrag gibt und dass diese Sache nichts mit Liebe zu tun hat. Aber jetzt ist nicht der richtige Moment. Abigail wird mich wieder unterbrechen, noch bevor ich es ausgesprochen habe.

»Dann sollten wir die wohl probieren.« Grinsend greife ich in den Karton, hole einen Hennessy heraus und begutachte das Etikett.

Beeindruckt verziehe ich das Gesicht. Da hat sich Penelope nicht lumpen lassen. Offensichtlich enthält die Kiste nicht nur erlesenen Whiskey, sondern auch Cognac und Brandy. Ich weiß, dass sie damit nicht nur mich beeindrucken will. Eher den Rest der Gäste, aber es freut mich trotzdem, dass sie uns diese Kiste hat zukommen lassen.

»Nein, heute lieber nicht«, reißt mich Abigail aus den Gedanken. Sie beißt sich verlegen auf die Unterlippe. Mein Schwanz fühlt sich davon sofort angesprochen. Fuck, weiß sie denn nicht, was diese Geste bei einem Mann auslöst?

Sie steht neben mir, und unsere Augen verharren ineinander.

»Wir könnten ein Lagerfeuer machen, wie früher. Diese Flaschen probieren und Spaß haben«, schlage ich vor. Wie lange ist es denn her, dass ich das letzte Mal so richtig losgelöst war?

»Au ja!« Es ist Polly, die diese Situation crasht. Ihre Stimme klingt euphorisch.

Mein Blick huscht zu ihr. Sie stellt einen Topf auf den Tisch und nickt heftig.

»Das ist ja praktisch ein Muss, wenn wir uns so lange nicht gesehen haben!«, fügt sie noch hinzu. Innerlich triumphiere ich, da Abigail dieser Idee nun zustimmen muss.

Sie seufzt und nickt leicht. »Okay.« Mahnend hebt sie einen Finger nach oben. »Aber wir trinken höchstens ein, zwei Gläser.«

Kapitel 11

Abigail

Lachend schüttle ich den Kopf. Es ist einfach zu komisch, wie Trevor mit Polly tanzt und der Hund um sie herumtollt. Es sieht aus, als würden sie damit irgendetwas beschwören wollen. Hier, in dem Lagerfeuerschein, den felsigen Wänden der Höhle und dem faden Mondleuchten und mit diesem Henessy, der hervorragend schmeckt, könnte ich ewig bleiben. Mit Polly und Trevor. Ich hatte ganz vergessen, wie wundervoll und unbeschwert die Zeit mit ihnen sein kann.

»Und was, wenn ich so mache?«, fragt meine Freundin, die hochspringt wie eine Gazelle und sich dann auf dem Boden abrollt.

Trevors Lachen ist kehlig. Er greift sich an den Bauch und sieht aus, als würde er sich nicht mehr einkriegen. Ich fühle mich ähnlich.

»Das sieht so total bescheuert aus«, sage ich, verlagere mein Gewicht mehr nach hinten und stütze mich auf einer Hand ab. Wir haben eine Decke auf den

Boden gelegt, da dieser ziemlich kühl ist. Ansonsten spendet das Feuer aber eine wohlige Wärme.

»Ja, und? Kannst du es etwa besser?« Polly sieht mich herausfordernd an, was ich mir nicht zweimal sagen lasse. Ich erhebe mich von der Decke, stelle den Becher Hennessy daneben und gucke zwischen ihr und Trevor hin und her.

»Vielleicht sehe ich nicht so sportlich aus wie du, aber ich hab's drauf.« Ich stelle mich in Position, um das, was meine Freundin zuvor gemacht hat, nachzumachen.

Mein Kopf ist benebelt vom Alkohol, und vermutlich wird das total in die Hose gehen, aber ich habe Spaß, und ist das nicht die Hauptsache? War dies nicht die Normalität, die ich wieder in meinem Leben verspüren wollte? Das Gefühl, dass endlich wieder alles normal ist, so wie früher.

Ich stürze mich im Tanz auf den Boden und rolle mich ab. Oh Gott, das sieht keinesfalls so elegant aus wie bei meiner Freundin zuvor. Deshalb muss ich kichern. Ich liege auf dem Boden, beschwipst und glücklich, weil ich schon ewig nicht mehr so einen Unsinn gemacht habe.

Polly lacht, und Trevor reicht mir seine Hand, damit ich mich aufrappeln kann. »Das habe ich vermisst«, murmelt er und zieht mich mit einem Ruck nach oben.

Meine Freundin ist mit dem Hund beschäftigt, der ganz wild hin und her springt. Vielleicht wird auch er endlich warm?

Mir hat es die Sprache verschlagen, weil Trevor so

unheimlich gut aussieht. Und das, was er sagt, erwärmt mein Herz.

»Oh Leute, ich muss ganz dringend Pipi«, wirft Polly ein.

Ich räuspere mich und rücke von Trevor ab.

»Da komme ich mit!«, rufe ich eilig. Auf keinen Fall bleibe ich mit ihm allein hier. Hastig drehe ich mich um und möchte meiner Freundin folgen, aber sie schüttelt kaum merklich den Kopf.

»Jetzt kannst du mit ihm reden«, flüstert sie mir zu, als wir am Höhleneingang nebeneinanderstehen.

»Ich bin betrunken!«, wispere ich zurück.

»Na, und? Ihr müsst das klären!«, meint Polly leise.

Ich seufze. Sie hat vermutlich recht. Jedoch glaube ich trotzdem, dass es in diesem Zustand keine gute Idee ist. Wir haben schon ein paar Gläser getrunken und …

»Komm, Mr Heartbreaker, du begleitest mich, damit mir nichts passiert.«

Was? Jetzt nimmt sie auch noch den Hund mit? Panik steigt in mir auf.

»Guck nicht so, Süße.« Polly streichelt mir über den Arm, während der Berner Sennenhund neben ihr auftaucht. »Da musst du jetzt durch. Ich bin in zehn Minuten wieder da.«

Verdammt.

Ich sitze neben Trevor und richte meine Augen starr auf die Flammen, die sich um das Holz züngeln. Ich kann seinen Blick förmlich auf mir spüren, doch ich möchte nicht wissen, was ihn dazu verleitet hat, mit mir zu schlafen. Gerade ist doch alles okay. Wir müssen das doch nicht wieder kaputt machen. In wenigen Tagen ist das hier sowieso vorbei, denn Penelope kommt zurück und wird die restlichen Dinge mit mir klären, und Trevor kehrt zurück nach New York. Im Juni wird er dann heiraten, und danach ... Da ist er ganz aus meinem Leben verschwunden.

Schmerzlich zieht sich mein Herz bei dieser Erkenntnis zusammen.

»Es tut mir leid, dass ich damals einfach gegangen bin.« Seine Stimme klingt rau und so fremd, dass ich meinen Kopf hebe. Fehler. Denn sofort gleitet mein Blick in seinen.

Ein bisschen Ärger überkommt mich. Da sind so viele Gefühle in mir. Verzweiflung, Liebe, Verlangen, Wut, Traurigkeit, Enttäuschung, da kann ich mich nur für die Wut entscheiden. Alle anderen haben hier einfach nichts zu suchen. Er hat es eigentlich nicht verdient, dass ich ihm überhaupt noch zuhöre.

Ich spüre eine Träne auf meiner Wange. »Wieso hast du es getan?« Meine Worte sind so leise, dass ich glaube, sie gar nicht gesagt zu haben.

Trevor atmet hörbar ein. »Nach dieser Nacht«, murmelt er, und ich kann sehen, dass er mit sich kämpft.

»Nachdem George gestorben ist?«

Er nickt sanft. »Danach war einfach nichts mehr wie zuvor. Ich habe das Angebot der NYU angenommen, bin schon früher ins Wohnheim gezogen und habe den Sommer dort verbracht.«

»Aber wieso hast du nicht mit mir geredet?«, frage ich, und die Verzweiflung mischt sich zur Wut. »Du bist einfach fortgegangen. Einfach so. Als wäre es das Leichteste, das du je getan hast.«

Trevors Gesicht verzieht sich qualvoll. Er ballt die Hände zu Fäusten und schüttelt knurrend den Kopf. »Verdammt, Butterfly, das war mit Abstand das Schwerste, was ich je getan habe.«

»Aber warum?«, schniefe ich. Wenn es so hart für ihn war, weshalb ging er denn dann? Polly blieb hier, wir halfen uns, und irgendwann war der Schmerz erträglicher.

Er legt seinen Kopf in den Nacken. »Scheiße, weil jeder anders mit Schmerz umgeht, okay?« Sein Kopf schnellt zurück und er sieht mich an. »Nicht jeder leidet gleich. Ich habe die Zeit einfach gebraucht, den Abstand, um zu heilen!«

»Das ist nicht fair«, schluchze ich. »Du bist davor noch nie weggegangen, Trevor. Nie. Du warst immer an meiner Seite, egal was passiert ist, und in diesem furchtbaren Albtraum bist du einfach verschwunden.« Ich kann die Tränen nicht mehr zurückhalten. In meinem Inneren kehrt diese Leere zurück, die sich gebildet hatte, nachdem ich nicht nur einen wertvollen Menschen in meinem Leben verloren hatte, sondern zwei.

»Und dann kommst du Jahre später wieder zurück und brichst mir erneut das Herz«, gebe ich zu und wische die Tränen von meinen Wangen. »Kannst du dir vorstellen, wie es sich angefühlt hat, als ich erfuhr, dass du verlobt bist?«

»Nein, ich …«, möchte er sagen, aber ich schüttle den Kopf. Wütend suche ich seine Augen. Er soll den Schmerz in meinen sehen. Ich war dazu vor ein paar Tagen nicht imstande, aber jetzt bin ich bereit. Vielleicht ist es der Alkohol, vielleicht aber nur mein malträtiertes Herz, das endlich sagen möchte, was ich fühle.

»Ich habe dich geliebt, verdammt. Damals in der Highschool war ich total verschossen in dich. Es ist einfach so passiert. An diesem Abend, auf dieser Party, als wir betrunken auf dem Rasen lagen und kicherten wie die Idioten, da wollte ich nichts mehr, als dich zu küssen. Diese Gefühle waren so neu, so schön, dass ich nicht wusste, wie ich damit umgehen sollte. Du warst doch immer der Mensch, mit dem ich über solche Sachen gesprochen habe … und auf einmal warst du aber auch der Mensch, um den es ging. Das war … so schwierig. Und dann bist du abgehauen, als ich dich so gebraucht hätte!«, rede ich mir alles von der Seele. »Und neun Jahre später kommst du wieder, und scheiße, du weißt, dass ich an das Schicksal glaube, dass ich an der großen Liebe festhalte, und hast es ausgenutzt. Du wusstest es, und das schmerzt am meisten, Trevor.«

Seine Augen glitzern. Der Ausdruck in seinem Gesicht wirkt monoton, aber ich kann erkennen, dass ihn mein Geständnis berührt.

Schweigend sitzen wir voreinander. Die Flammen knistern, und von draußen hört man die Wellen, die an den Küstenfelsen lecken.

Er fährt sich durch sein Haar. Offensichtlich ringt

er mit sich. Was beschäftigt ihn? Was ist es, das da zwischen uns vor sich geht, obwohl er doch verlobt ist? Ich brauche Antworten, bitte.

Aber Trevor schweigt, und mich verlässt der Mut. Gemächlich lasse ich meinen Blick zur Höhlenöffnung gleiten. Wahrscheinlich wäre es besser, wenn ich gehe. Keine Ahnung, wo Polly bleibt, aber ich möchte nicht länger in seiner Nähe sein.

Ich erhebe mich. Schwindel erfasst sofort meinen Kopf, und ich brauche einen Moment, um mich zu fangen. Langsam laufe ich über den felsigen Boden zur Öffnung.

»Diese Hochzeit ist nicht echt.«

Meine Stirn legt sich in Falten. Mein Herz schlägt wild gegen meinen Brustkorb, während ich mich zu Trevor umdrehe.

Sein Gesicht wird angeleuchtet von den Flammen, in die er blickt. »Penelope und ich haben einen Deal. Diese Hochzeit ist nicht echt«, wiederholt er.

Was? Ich schüttle den Kopf, weil diese Information nicht richtig verarbeitet wird. Das verstehe ich nicht. Keine Hochzeit. Einen Deal? Was will er damit sagen?

Draußen höre ich ein leises Plätschern, aber ich kann mich darauf nicht konzentrieren. Statt also zu gehen, schlinge ich meine Arme um meinen Körper und schaue Trevor an. Dieser hebt seinen Blick, der meinen trifft.

Eine Gänsehaut überkommt mich. Nicht wegen der Kälte, es ist wegen ihm. Diesen tiefgründigen Augen, die auf mir ruhen.

Er steht auf und kommt mit langsamen Schritten

auf mich zu. »Mein Leben ist ein Chaos, seit du nicht mehr da bist, Abigail. Ich hatte Glück, und meine Trauer hat sich in einer App bezahlt gemacht.« Er lacht ironisch und tritt vor mich.

Schlagartig umhüllt mich wieder sein Duft, gemischt mit dem Cognac, den wir getrunken haben.

»Aber eigentlich war ich verloren. Bis vor ein paar Tagen war mein Leben ... trist. Die Arbeit ist alles, an dem ich mich festklammere, deshalb habe ich auch erst zugestimmt, Penelope zu heiraten. Doch das war nie ernst. Nie so wie das mit dir.«

Mein Herz macht einen Sprung, dazu gesellen sich die Schmetterlinge in meinem Magen, die aufgeregt umherflattern.

Trevor ist nun nur noch ein paar Zentimeter entfernt. Seine Hand streift über meine Wange.

Verdammt, ich schließe die Augen und schmiege mich an sie. Dieses Gefühl von Heimat habe ich schon ewig nicht mehr gespürt. Wieso fühle ich mich bei ihm so sicher wie bei keinem anderen Menschen?

»Du musst mir glauben, Butterfly. Ich habe mich damals an diesem Abend, neben dir, unsterblich in dich verliebt. Fuck, dass ich das wirklich sage.«

Ich öffne die Augen und kichere. Es ist süß. »Warum hast du dich nicht gemeldet?«, möchte ich von ihm wissen, weil die kleine Stimme der Vernunft an mich appelliert.

Trevors Finger streicheln über meine Wange bis zu meinem Hals, und es fällt mir schwer, mich zu konzentrieren.

»Ich hatte keine Ahnung, wie ich dir gegenübertreten soll.«

Es klingt nach der Wahrheit, oder?

Keine Ahnung, mein Kopf schaltet sich fast automatisch ab. Seine Liebkosungen sind so himmlisch, dass ich über nichts anderes mehr nachdenken kann.

Das Plätschern um uns herum nimmt zu. Ich nehme es kaum merklich wahr. Nur Trevors Stimme an meinem Ohr, die flüstert: »Kannst du glauben, dass es stürmt?«

Ich blinzle, ganz berauscht von seinem heißen Atem auf meiner Haut. Mein Mund ist trocken. Kopfschüttelnd drehe ich mich ein wenig herum, um hinauszuschauen.

Der Regen plätschert in Strömen ins Meer. Der Himmel hat sich zugezogen, und von irgendwoher höre ich ein Donnergrollen.

»Du weißt, was das heißt?«, raunt Trevor mir ins Ohr.

Ich drehe mich zurück zu ihm und sehe in seine Augen. Sie haben sich verdunkelt. Ein Schleier, den ich schon einmal gesehen habe, liegt darin. Schlagartig erinnert sich meine untere Mitte daran.

Nickend schlucke ich. Polly kann bei diesem Wetter unmöglich zurück in die Höhle kommen. Das heißt, Trevor und ich sind allein. Die nächsten Stunden wird uns kein Mensch unterbrechen können.

Trevor

Abigails hellgraue Augen blicken in meine. Ich habe ihr nicht alles gesagt, aber für den Moment muss das reichen. Diesen Augenblick will ich einfach nicht zerstören.

Meine Finger streicheln über ihr Schlüsselbein. Ihre Haut ist so weich und sie riecht so unheimlich gut. Es bringt mich um den Verstand.

Ich trete noch näher an sie heran, sodass es ein Leichtes für mich wäre, ihre Lippen zu berühren. Vorfreude keimt in mir auf. Meine Länge pocht gegen die Jeans.

Fuck, was hat diese Frau nur mit mir angestellt?

Meine Hand legt sich an ihren Nacken und ich dirigiere sie näher an mich heran. Dann landen meine Lippen ungebremst auf ihren. Sie seufzt, himmlisch süß, sodass das Geräusch in meinem ganzen Körper widerzuhallen scheint. Erleichterung durchflutet mich, gleichzeitig verschwinden sämtliche Gedanken und zurück bleibt nur Abigail. Ihre Lippen sind so weich und anschmiegsam, dass ich mich stundenlang mit ihnen beschäftigen könnte.

Ich fahre mit meiner Zunge ihre Unterlippe nach

und schmecke den Cognac. Noch zögerlich küsst sie mich zurück. Sie ist schüchtern, anders als das letzte Mal im Wohnzimmer meines Elternhauses. Ihre Finger streicheln vorsichtig über meinen Rücken und sorgen für eine Gänsehaut. Von Sekunde zu Sekunde wird Abigail enthusiastischer. Unser Kuss wird leidenschaftlicher, gieriger, ungebremster, was meine Härte nur noch mehr pulsieren lässt.

Scheiße, diese Boxershorts hält dem nicht stand. Ich will sie. Mehr, als ich jemals irgendetwas in diesem verdammten Leben wollte.

Meine Finger schieben wie von selbst die Jacke von ihren Armen, sie hilft dabei. Danach gleiten meine Hände unter ihr Shirt. Abigail schnappt nach Luft, wobei sie ihren Mund für mich öffnet.

Ich taste mich mit meiner Zunge vor. Sie stöhnt leise.

Oh Gott, wenn sie so weitermacht, komme ich gleich in meiner Jeans. Unschuldig ahmt sie einen Zungenschlag nach. Behutsam gleiten ihre Finger währenddessen meinen Rücken hinunter, bis sie am Saum meines Shirts ankommen. Abigail ist zurückhaltend und bedächtig, dennoch zielstrebig, was noch mehr Erregung durch meinen Körper treibt.

Ich ziehe sie enger an mich, sodass ihre Hüfte gegen meine Härte prallt. Fuck, das ist ... Wir verschlingen einander, stöhnen unsere Namen, und ich habe es nie erlebt, dass ein Kuss mich derartig erregt hat. Als wäre ich wieder auf der Highschool und das alles total neu für mich.

Unsere Hände sind überall und tasten einander ab.

Sie ist perfekt. Ihre Kurven, die sich so wunderbar an mich schmiegen und wie geschaffen in meine Hände passen.

Ich streichle über ihre warme und weiche Haut. Ich liebkose jeden einzelnen Zentimeter, und als ich an ihren schweren Brüsten ankomme, fahre ich zart über ihre Brustwarzen. Die andere Hand greift nach ihrem Po, der sich himmlisch in meinen Händen anfühlt. Verdammt, so prall, dass es mir den Verstand raubt.

Abigail wimmert genüsslich an meinen Lippen.

»Gefällt dir das?«, raune ich und sehe in ihre Augen, die vor Lust einen dunkelgrauen Schimmer angenommen haben.

Angetörnt von ihren Lauten zwirble ich ihre Brustwarze zwischen meinen Fingern. Erneut stöhnt sie lustvoll und schließt ihre Augen.

Verdammt, es ist so heiß, wenn sie sich so fallen lässt. Ich fasse nach dem Saum ihres Shirts und streife es über ihren Kopf. Ihre wilden Locken fallen ungebändigt über ihren Rücken und kringeln sich bis hin zu ihrem Dekolleté, das sich schnell hebt und senkt.

Fuck, ihre Schönheit zwingt mich in die Knie.

Flink öffnen meine Finger ihre Hose, und ich schiebe sie mit einem Ruck hinunter.

Abigail quiekt erschrocken auf, schenkt mir aber ein zuckersüßes Lächeln und lässt zu, dass ich vor ihr auf die Knie gehe.

Vorsichtig ziehe ich den Spitzen-Slip über ihre Haut. Ich möchte zwar nicht, dass es aufhört, aber sie soll die Chance haben, es zu unterbrechen, wenn sie das will.

Zum Glück tut sie es nicht. Sie stützt sich mit ihren Händen auf meinen Schultern ab, während ich den Tanga von ihren Füßen streife.

Ich kann sehen, dass ihre Feuchte schon die Innenseite der Oberschenkel bedeckt. Ganz offensichtlich ist sie genauso scharf auf diese Sache wie ich. Das sorgt dafür, dass meine Erektion erneut heftig gegen meine Shorts drückt.

Ich schaue nochmals zu ihr auf, bevor ich meinen Mund auf ihre Knospe senken lasse.

Geräuschvoll atmet sie aus. »Oh, Trevor«, haucht sie meinen Namen und feuert mich an, mit meiner Zunge durch ihr Fleisch zu fahren.

Sie zittert, krallt ihre Finger in meine Haut, und ich fühle, dass sie diese Berührung genießt.

»Bitte …«, flüstert sie erregt, während meine Zunge sie befriedigt und mein Daumen auf ihrem Kitzler landet.

Ich möchte, dass sie kommt. Sie soll nie wieder an etwas anderes denken als an diesen Moment. Ich möchte, dass das alles ist, was zwischen uns noch von Bedeutung ist.

Das Wir. Dieser Moment.

Kapitel 12

Abigail

Vom Verlangen ist mir ganz schwindelig. Würde ich mich nicht an Trevor halten, könnte ich schon lange nicht mehr auf meinen zittrigen Beinen stehen.

Seine Berührungen sind die reinste Sünde, und ich kann nicht einmal mehr das Stöhnen kontrollieren, das über mich hereinbricht, während sein Daumen auf meiner Knospe landet.

Es fühlt sich an wie im Rausch. Als würde die ganze Welt stillstehen und nichts mehr eine Bedeutung haben. Nur das hier, zwischen uns. Wir.

Ich spüre die Wellen der Lust, die sich aufbauen. Erst kribbelt es in meinem Unterleib, dann breitet es sich aus, bis hin zu meinen Fingern und Zehen. Ein ungeahnter Höhepunkt überrollt mich mit einer Wucht, die mir unbekannt ist.

»Oh Gott«, hauche ich und spüre, wie meine untere Mitte pulsiert. Es piept in meinen Ohren, alles fühlt sich taub, aber auch so lebendig an.

Trevor lässt von mir ab, stellt sich wieder vor mich und legt seine Hände in meinen Nacken. Er dirigiert mich ungebremst, ihn zu küssen. Heiß und willig, sodass es mir erneut den Boden unter den Füßen wegzieht. Auch wenn ich gerade erst heftig gekommen bin, brauche ich mehr. Ich will ihn in mir spüren.

Wie von selbst springe ich hoch und schlinge meine Beine um seine Hüfte. Überrascht atmet er kehlig aus. Dieses Geräusch hallt in meinem Inneren wider und gießt noch mehr Benzin in die lodernden Flammen.

»Dein Körper fühlt sich fantastisch an«, raunt er zwischen den Küssen und trägt mich. Das sagt er, zu mir? Dabei hat er doch diesen Sixpack. Meine Finger wandern ungezügelt über die Furchen seiner Muskeln.

Ich bekomme gar nicht mit, dass Trevor mich behutsam auf die Decke neben dem Lagerfeuer legt. Viel zu sehr bin ich damit beschäftigt, mit meinen Händen seinen Körper zu erkunden.

Er löst sich einen Moment aus unserem Kuss und sieht mir in die Augen. Mein Herz pocht wild gegen meine Rippen. Das Blut pulsiert in meinen Adern, es kribbelt auf meiner Haut, in meinem Inneren, überall. Und ich habe nur einen Gedanken: Ich will Trevor.

Wie aufs Stichwort greift er nach seinem Shirt und zieht es langsam über seinen Kopf. Die harten Muskeln kommen zum Vorschein und lassen mich seufzen. Er grinst wissend und fasst nach seinem Gürtel. Gekonnt öffnet er ihn, während er vor mir kniet und mich ansieht.

Ich hebe meinen Oberkörper ein wenig an und

greife nach dem Verschluss meines BH's. Behutsam streife ich den Stoff von meinem Körper. Schlagartig springen meine schweren Brüste hervor. Trevors Blick landet darauf, während er die Hose samt Boxershorts von seinen Beinen streift.

Er atmet schwer vor Lust, und ich kann in seinen Augen sehen, dass ihm gefällt, was er sieht.

Obwohl ich nackt bin, fühle ich mich nicht unwohl. Im Gegenteil. Es ist schön, dass Trevor mir diese besondere Aufmerksamkeit schenkt.

»Gib mir einen Moment«, sagt er mit gedämpfter Stimme und greift nach etwas in seiner Hosentasche. Ich vernehme das Rascheln von Plastik, dann taucht sein Gesicht über meinem auf. »Wir haben schon bei Mrs Gallagar gelernt: Verhütung ist wichtig.« Kichernd beobachte ich ihn in der spärlichen Beleuchtung, wie er das Kondom über seine Länge zieht. Dann kommt er zurück über mich und sein Blick versinkt in meinen. Ich erkenne in ihnen so viel. Trevor war es schon damals, und verdammt, er ist es auch heute. Ich liebe ihn. Ich habe einfach nie damit aufgehört.

»Ich nehme die Pille«, flüstere ich und möchte ihn damit still einladen, auf Kondome zu verzichten. Ich vertraue Trevor. Er hat mir die Wahrheit gesagt. Penelope und er führen eine Zweckbeziehung.

Ein Grinsen stiehlt sich auf sein Gesicht, ehe er sich gemächlich in mich schiebt.

Wir stöhnen gleichzeitig auf.

Mein gesamter Körper glüht. Dieses Gefühl ist ... unbeschreiblich.

Mit vorsichtigen Stößen schiebt er sich mehr und

mehr in mich, bis er mich gedehnt und ich ihn gänzlich aufgenommen habe. Dabei haucht er zarte Küsse auf mein Gesicht. Kichernd genieße ich dieses Gefühl.

Wir zerfließen gemeinsam im Fluss des Verlangens. Rhythmisch bewegt er sich in mir und stößt dabei an diese Stelle, die mich immer wieder nach Luft schnappen lässt. Erneut baut sich in mir Lust auf. Sie bäumt sich in meinem Unterleib, schickt diese himmlischen Impulse durch mich hindurch, die mich immer wieder seinen Namen wimmern lassen.

Ich zergehe, zerspringe in Milliarden Teile, als er einen weiteren gekonnten Stoß auf die stimulierende Stelle setzt. Stöhnend kralle ich meine Finger in seinen Rücken. Mit voller Wucht trifft mich ein zweiter Orgasmus. Mein Unterleib krampft sich um seine Erregung.

»Oh fuck«, knurrt er, und in diesem Moment spüre ich, dass auch er in mir zuckt.

Der Regen hat zugenommen. So ist das meist in Darrywood. Fängt es einmal damit an, hört es nicht mehr auf. Aber das ist okay, denn hier in Trevors Armen, mit diesem romantischen Lagerfeuer, ist es gar nicht kalt, sondern unfassbar romantisch.

Ich liege auf seiner erhitzten Brust, er streicht mir mit seinen Fingern durchs Haar, als wäre das hier das Normalste auf dieser Welt. Früher waren wir uns oft rein platonisch so nah, aber es hat sich immer anders angefühlt. Was kann sich in einer Nacht ändern, sodass alles eine andere Bedeutung bekommt? Das habe ich mich damals schon gefragt, nachdem ich nicht mehr aufhören könnte, an ihn zu denken. Früher schon war ich hoffnungslos romantisch und hoffte inständig, dass irgendwann einmal mehr aus uns würde. Dass es nun tatsächlich so ist, ist wie ein wahr gewordener Traum, der sich besser spät als nie erfüllt.

»Was war das für eine App, die ihr im College gemacht habt?«, will ich von ihm wissen. Denn es kommt mir so vor, als würden mir zu viele Informationen von ihm fehlen. Ich will in alles einen Einblick haben. In der Highschool wollte er Programmierer werden und in Darrywood leben, nun ist er ein Millionär, der eine App verkauft hat und dem ein Teil einer Footballmannschaft gehört. Wie ist das passiert?

Meine Finger fahren Kreise auf seinen Muskeln.

Er räuspert sich. »Kyle, mein damaliger Mitbewohner und heutiger bester Freund, hat seinen Vater verloren, als er noch sehr klein war.«

Oh, das ist schlimm. Ich sehe Trevor an. Er hat einen Arm unter seinen Kopf gelegt und starrt an die Decke.

»Es tut mir leid«, murmle ich. Er lächelt und schiebt die andere Hand an meinen Rücken, um mich mehr an sich zu drücken. Die Schmetterlinge in meinem Bauch reagieren darauf mit einer wilden Flatterparty.

»Er wollte die Stimme seines Dads hören. Nicht nur aus alten Aufnahmen. Ihm war es wichtig, dass er auf alles antworten konnte, das er fragte.«

Ich lege die Stirn in Falten. Trevors Finger streicheln über meine Haut.

»Kyle hatte also ziemlich viele Mitschnitte mitgebracht, die ich in eine Programmierung einbauen sollte. Letztlich entstand daraus eine künstliche Intelligenz.«

»Ganz schön makaber«, murmle ich und sinke wieder zurück auf seine Brust. Ich kann diesem ganzen neumodischen Zeug nichts abgewinnen. Wobei, auch ich habe vergessen, wie George klingt. Schmerzlich zieht sich mein Herz zusammen. Seltsam, aber ich hätte schwören können, dass ich mich ewig an sein Lachen erinnern werde, doch nun ...

Trevor lacht leise und befördert mich damit wieder in das Hier und Jetzt. »Naja, jeder trauert anders. Er wollte seinen Dad einfach hören, ihn um Rat fragen. Letztlich haben wir die Programmierung für ein paar Millionen an ein Unternehmen verkauft, das die Rechte daran haben wollte.«

Ich nicke und schmiege mich noch mehr an ihn. Dieser Ort, er, fühlt sich so sehr nach Heimat an, dass ich nie wieder von hier verschwinden möchte. Die Welt soll ohne uns weitermachen.

Lass dich nicht zu sehr fallen, Abigail. Das letzte Mal war er einfach weg. Zweimal hat er sich schon aus dem Staub gemacht, und dein Herz wird kein weiteres Mal verkraften.

Schnell schließe ich die Augen und vertreibe die Sorgen. Ich will das jetzt nicht hören. Einmal möchte ich einfach nur genießen, was zwischen uns ist. Ein einziges Mal noch, bevor morgen vielleicht wieder alles anders ist.

»Und die Footballmannschaft?«, frage ich weiter nach und verdränge so das Chaos in meinem Kopf.

Trevor atmet hörbar aus. »Weißt du noch, als dein Bruder und ich davon sprachen, dass wir uns irgendwann einen Mini-Anteil der Fires kaufen und dass wir uns, egal was kommt, jeden vierten Sonntag das Spiel der Fires ansehen?«

Meine Mundwinkel heben sich und ich schaue zu ihm auf. »Deshalb hast du die Mehranteile an der Mannschaft gekauft?«, frage ich verwundert und spüre, dass mein Herz zu Butter wird.

Oh Gott, dieser Mann ist so wundervoll, dass ich es kaum aushalte.

Trevor grinst schief. »Ein Mann, ein Wort.«

Als mich die Nachricht vom Tod meines Bruders erreichte, wollte ich einfach nur zu ihm. Sheriff Trustgod stand in unserem Hausflur, drückte meine Mutter an sich und tröstete sie. Ich war allerdings zu geschockt, um irgendetwas zu sagen oder zu denken. Alles, was sich in mir abzeichnete, war der Drang zu rennen. Ich wollte Polly und auch Trevor in meine Arme schließen, die beiden Personen, die wohl am ehesten fühlen konnten, was ich durchmachte.

Jedoch traf ich nur Polly an. Trevor war verschwunden. Seine Mutter erklärte mir, dass er nach New York City abgereist ist, weil er sein Stipendium antreten musste. Das war ein derber Schlag in meine Magengrube.

Heute zu hören, dass Trevor damals vor seiner Trauer davongelaufen ist und seinen eigenen Weg gefunden hat, damit umzugehen, macht mich freier. Es ist okay. Ich verzeihe ihm.

»Deshalb habe ich auch erst den Vertrag mit den Harritates Weiss unterschrieben. Penelopes Vater ist ein mächtiger Mann. Er hat nicht nur einen Haufen Geld und kann uns als stiller Teilhaber einiges ermöglichen, er hat auch Kontakte in die Werbebranche, um Deals für unser Team und die einzelnen Spieler auszuhandeln.«

Wow. Er würde tatsächlich eine Frau heiraten, um sich einen Kindheitstraum zu verwirklichen, den er mit meinem Bruder einmal hatte? Das ist auf eine sonderbare Art ziemlich heiß. Es sorgt aber auch dafür, dass die Vernunft Einzug in meinen Kopf erhält. *Er wird diesen Traum vermutlich nicht aufgeben, oder?*

Als würde Trevor meine Bedenken spüren, fasst er mit der einen Hand nach meinem Kinn, während die andere mich näher an ihn presst. Er küsst mich sanft, und ich vergesse alles, was gerade noch wichtig war.

~

»Es tut mir so, so, so leid!« Polly guckt mich mitleidig an. Sie greift nach meinen Händen und verzieht weichherzig das Gesicht. »Ich wollte ehrlich wieder zurückkommen, aber auf einmal ist dieser Sturm aufgezogen, und da konnte ich unmöglich wieder in die Höhle. Der Weg ist doch so …«

Ich schüttle den Kopf und winke ab, weshalb sie verstummt. »Ist alles okay. Wir haben geredet«, sage ich und kann dabei aber nicht das Grinsen verhindern, das sofort meine Mundwinkel ziert.

Meine Freundin stellt die zwei Kaffeetassen auf dem Tisch ab und beäugt mich misstrauisch. Es scheint, als würden in ihrem Kopf ein paar Zahnräder drehen, die sich ineinander verhaken. Ihre Kinnlade klappt in Zeitlupe nach unten, während sie sich mir gegenüber auf den Stuhl schiebt.

»Ihr habt ... oh Gott.« Meine Freundin fährt sich durch die schwarzen, dicken Haare. »Das ist gar nicht gut, Abigail. Ich dachte, ihr redet miteinander.«

»Das haben wir doch auch«, schiebe ich schnell nach, weil sie mich nicht wieder für naiv halten soll. »Er ist gar nicht richtig verlobt. Es geht dabei nur um einen Deal.«

Polly legt die Stirn in Falten und sieht mich skeptisch an. »Hä?«

Ich zucke mit den Schultern. »Penelope und er sind kein richtiges Paar. Sie haben dieses Arrangement am Laufen, weil beide sich dadurch mehr Erfolg erhoffen.«

Meine beste Freundin verdreht die Augen und greift nach ihrer Kaffeetasse. »Diese reichen Leute haben doch echt alle einen Schuss.«

»Ja, aber die Hauptsache ist doch, dass er nicht aus Liebe heiratet. Er hat seine Verlobte also gar nicht betrogen, und eigentlich ist alles gut.« *Das möchte ich mir übrigens selbst auch einreden, und bis jetzt funktioniert es ganz gut.*

Pollys Augenbraue wandert ein Stück nach oben. Sie stellt die Tasse zurück auf den Tisch und fasst nach meiner Hand. Liebevoll drückt sie zu. »Süße, bist du dir sicher, dass du dich in dieses Chaos stürzen willst? Er ist und bleibt verlobt. Vertrag hin oder her.«

Ihre Worte sind wie eine Ohrfeige, die mich mitten ins Gesicht trifft. Die Nacht mit Trevor in der Höhle war wunderschön. Wir haben es viermal miteinander getan, und ich dachte nicht, dass irgendein Mann so viel Ausdauer hat.

Wir haben geredet, so wie früher sprachen wir über all die Dinge, die uns beschäftigen. Angefangen bei meinem liebsten Hobby, dem Schneidern, für das ich kaum noch Zeit habe, bis hin zu seiner Leidenschaft, Football zu spielen, was er seit Georges Tod nicht mehr getan hat. Wir haben sogar darüber gesprochen, gemeinsam auf ein Spiel der New York Fires zu gehen.

Es hat sich surreal angefühlt, mit Trevor Pläne zu schmieden, aber auch normal. Als wäre das schon immer so gewesen. Jetzt, da Polly mich aber so ansieht und ausspricht, was ich verdrängt habe, keimt ein wenig Übelkeit in mir hoch.

Meine Freundin hat recht. Trevor wird heiraten, oder? Kann es sein, dass diese Nacht tatsächlich nur einmalig war, obwohl er mir eben, da wir uns draußen mit einem flüchtigen Kuss verabschiedet haben, versprochen hat, dass wir uns wiedersehen?

»Ich möchte einfach nur, dass du auf dein Herz aufpasst«, meint Polly. Das Lächeln auf ihren Lippen ist so liebevoll, dass ich nicke. Ich weiß, dass sie es nur gut mit mir meint. Sie kennt mich zu gut, und ihr ist, genauso wie mir, klar, dass ich nicht unbeschadet aus dieser Situation herauskommen werde.

Verdammt, wieso kann ich dann nicht einfach aufhören?

Trevor

Beschwingt laufe ich durch die Straßen meiner alten Heimat. Darrywood ist ein sonderbarer kleiner Ort. Gestern Nacht hat noch ein Sturm gewütet, nun scheint die Sonne auf meine Haut und gibt einem das Gefühl von Hochsommer. So etwas gibt es in New York nicht. Ebenso wenig wie das laue Lüftchen, das durch den Ort strömt und ein tolles Klima macht. Wenn es in Manhattan heiß ist, dann richtig, und ohne die Klimaanlage in meinem Penthouse würde ich sterben. Hier genügt das Öffnen der Terrassentür, sodass die frische Brise Meeresluft durchwehen kann.

Ich habe mir, nachdem ich einfach nicht aufhören konnte, an sie zu denken, vorgenommen, etwas für mich und Abigail zu kochen. Früher haben wir oft Pfannkuchen zusammen gemacht oder die Küche in Brand gesteckt, weil wir uns an etwas ›Schwierigerem‹

versucht hatten. Mal sehen, ob wir das heute besser draufhaben.

Es ist seltsam, aber am liebsten hätte ich Butterfly heute Morgen gar nicht gehen lassen. Viel zu schön war es, Abigail ständig zu berühren. Doch es wäre Polly sicher aufgefallen, wenn wir nach dem Sturm nicht sofort wieder aufgeschlagen wären, und als die ersten Wolken sich lichteten und der Himmel klarer wurde, machten wir uns auf.

Jetzt trage ich freudig die Tüten in meinen Händen und komme mir vor wie der größte Trottel. Fuck, wenn ich mich sehen könnte, würde ich mich wahrscheinlich selbst auslachen. Seit der Highschool habe ich nicht mehr so auf ein Date hingefiebert.

»Ach, Trevor!« Eine Stimme weckt mich aus meinen Gedanken und lässt mich aufsehen.

Ayline Strauss wechselt gerade die Straßenseite, winkt euphorisch und kommt in ihrem rosa Kostüm auf mich zugelaufen. Ihr blondes Haar ist toupiert und ihr Gesicht ziert ein auffälliges Make-up. »Das gibt es ja nicht! Da kriege ich dich endlich einmal zu Gesicht und habe sogar die Chance, mit dir zu reden.«

Mrs Strauss ist keine angenehme Gesellschaft. Schon früher hat sich meine Mutter ständig über sie ausgelassen, da sie über alles und jeden, vermeintlich, Bescheid weiß. Ihr Getratsche ist in der Stadt überall bekannt, und fast allem, was aus ihrem Mund kommt, schenken die Leute wohl auch keine Beachtung. So denke ich wenigstens.

»Es ist auch schön, dich wiederzusehen.« Ich überspiele mit einem Lächeln, dass ich eigentlich keine

Lust habe, mit ihr zu reden. Heute kann mir meine gute Laune aber sowieso nichts verderben, also ...

»Lass dich ansehen.« Ihre Augen glitzern, während sie sich in die Hände klatscht und mich von oben bis unten mustert. »Der Millionär aus der Stadt beehrt uns.«

Und jetzt geht es los.

»Als Abigail mir erzählt hat, dass du heiratest, da habe ich es ja fast nicht geglaubt. Und dann auch noch hier!«, sagt sie und schüttelt theatralisch den Kopf. »Das muss ein herber Schlag für unsere Abigail sein«, plappert sie weiter. »Ach, wahrscheinlich weißt du das noch gar nicht. Sie wurde doch letztes Jahr betrogen!« Verschwörerisch rückt Ayline näher an mich heran.

Wow. Diese Frau sieht mich nach neun Jahren wieder, und alles, was sie mir erzählen will, ist das Kleinstadtgeläster, das ich sicherlich spätestens am Samstag auf dem Sommeranfangsfest zu hören bekomme hätte. Als gäbe es nicht irgendetwas, das sie mich fragen könnte, da ich doch in den vergangenen Jahren nie hier war.

»Wir heiraten sogar in Abigails Höhle. Da glaube ich also nicht, dass es ihr etwas ausmacht«, verteidige ich meine beste Freundin und höre selbst nicht, dass das total dämlich ist. Fuck, ich rede so, als wäre die gestrige Nacht nicht passiert.

»Ach so, ja klar. Aber trotzdem ist es ganz schön hart, dass ...«, möchte Mrs Strauss weiter plappern, da wird sie von Eric Rutherford unterbrochen. Er hält mit seinem klappernden Pick-up neben uns und schmunzelt.

»Hey«, sagt er und schaut zwischen mir und Ayline hin und her. »Soll ich dich mitnehmen, Trevor? Du hast ganz schön viel zu schleppen.«

Ich habe Rutherford schon immer gemocht. Vor allem ohne Pfeife im Mund, da ich ihn dann wenigstens richtig verstehe, aber in diesem Moment würde ich seine Füße küssen. Keine Ahnung, wie lange mich Ayline noch festhalten würde.

»Gerne«, sage ich schnell.

»Natürlich. Aber Trevor, wir sprechen uns unbedingt noch mal.« Mrs Strauss lächelt, doch ich bin schon mit meinen Tüten um den Wagen herumgelaufen und schiebe mich auf den Beifahrersitz von Rutherford.

»Klar«, rufe ich, ehe Eric losfährt. »Danke«, richte ich dann an ihn.

Er lacht. »Ein Seemann hilft immer einem Mann in Not.«

Nickend schaue ich auf die Straße. Auch wenn der Spaziergang durch die Kleinstadt eigentlich ganz schön war, hätte ich nun keine Lust gehabt, stundenlang von Ayline aufgehalten zu werden.

»Apropos Not. Du könntest dich auch gleich revanchieren?«, fragt Rutherford und wirft mir aus seinen dunkelblauen Augen einen Blick zu, ehe er wieder auf die Straße sieht.

Ich nicke. Mit ihm verbringe ich den Nachmittag wesentlich lieber, und so denke ich nicht über diesen beschissenen Vertrag nach, der mich zu einer Sache zwingt, die immer unangenehmer für mich wird.

Und nicht über die Schuldgefühle. Diese innere

kleine Stimme, die mir zuflüstert, dass ich Abigail noch eine Erklärung schuldig bin. Denn ich habe ihr noch nicht die ganze Wahrheit gesagt.

Nachdem ich meine Einkäufe zu Hause verstaut hatte, kehrte ich zu Rutherford auf das Segelboot zurück. Ich schrieb Abigail noch eine kurze SMS und bat sie, heute Abend vorbeizukommen, wobei mein Herz voller Vorfreude heftig gegen meine Rippen klopfte. Scheiße, als wäre ich wieder ein Teenie und das hier mein erstes Date. Ich kann die Gefühle gegenüber Abigail nicht beschreiben. Es ist als wollte ich keinen Moment mehr ohne meine beste Freundin verbringen. Fuck, das ist so eine gequirlte Liebesscheiße, die ich eigentlich nur aus Schnulzen kenne – die ich mir früher immer mit Abigail angesehen habe. Verdammt. Egal, was ich tue, die Gedanken schweifen aufs Neue zu Abigail.

Eric und ich putzten das Schiff, tranken ein Bier und unterhielten uns noch ein wenig über die guten alten Zeiten sowie meine Zeit in New York. Es war schön, mit ihm zu quatschen. Ich hatte ihn richtig vermisst. Alles hier. Vor allem Abigail, die mir einfach nicht aus dem Kopf gehen will. Es ist wie verhext, jedes Mal, wenn ich an etwas anderes denken möchte, kehre ich letztlich doch wieder zurück zu ihr.

Ich sitze richtig tief in der Scheiße. Wahrscheinlich ignoriere ich deshalb auch Kyles Anrufe, ebenso wie die von Penelope. Was soll ich denn auch sagen? Dass ich den Deal brechen muss?

Mein bester Freund wäre stinkwütend. Ja, mag sein, dass er genau wie ich bereut, dass wir dieses Geschäft eingegangen sind. Aber er würde niemals, so wie ich jetzt, darüber nachdenken, ihn zu canceln. Dafür ist ihm die Mehrheit an der Mannschaft zu wichtig.

Ich fahre mir nachdenklich durch mein Haar und bemerke aus dem Augenwinkel, dass jemand auf dem Bordstein vor meinem Elternhaus steht.

Schlagartig heben sich meine Mundwinkel. Mein Körper reagiert so heftig auf sie, dass es mir Angst macht.

Doch wie soll Mann denn auch standhalten, wenn sie da in diesem bezaubernden gelben Sommerkleid steht? Ihre Haare fallen wuschelig über ihre Schultern und die Sommersprossen heben sich von ihrer hellen Haut ab.

»Ich hoffe, ich bin nicht zu früh«, sagt sie und schenkt mir ihr schönstes Lächeln, das mich augenblicklich erneut vergessen lässt, welche Sorgen ich gerade noch hatte.

Kopfschüttelnd trete ich näher an sie heran. Es kostet mich viel Überwindung, dem Drang, sie an mich zu ziehen und zu küssen, jetzt standzuhalten. Jedoch darf keiner auf dieser Straße sehen, was Abigail und ich tun. Auch wenn ich es am liebsten der ganzen Welt zeigen würde. Es geht nicht.

»Lass uns reingehen«, sage ich. Ihre hellgrauen Augen funkeln wundervoll in der Abendsonne.

»Wo warst du denn?« Sie mustert mich amüsiert, während wir die Stufen zum Haus hinaufgehen.

»Ich habe Rutherford geholfen. Er hat sein Segelboot vorbereitet, damit er es beim Sommeranfangsfest als Paradewagen nutzen kann.« Flink öffne ich die Haustür und mache eine einladende Handbewegung.

Sie macht schmunzelnd einen leichten Knicks und geht an mir vorbei. »Und jetzt möchtest du noch für mich kochen?«

Kaum ist die Tür ins Schloss gefallen, greifen meine Hände nach ihrer Taille und ziehen sie in eine Umarmung. Sie quietscht erschrocken auf, lässt es aber zu und legt ihre Arme um meinen Nacken.

Ihr Duft wickelt mich unverzüglich ein. Verlangen keimt in mir auf, noch bevor ich ihre Lippen überhaupt berührt habe. Das Lächeln auf ihrem Mund bringt mich noch um.

»Erst gehen wir duschen, dann kochen wir«, hauche ich, und ehe sie darauf antworten kann, drücke ich meine Lippen ungebremst auf ihre.

Hungrig küssen wir uns, als hätten wir nicht vor vierundzwanzig Stunden erst miteinander geschlafen, und ich schiebe sie gierig gegen die Wand hinter uns. Ich habe sie vermisst und will sie spüren, überall.

»Hört sich nach einem guten Plan an«, murmelt Abigail zwischen den Küssen. Ihre Finger greifen nach dem Saum meines Shirts und ziehen es kurzerhand über meinen Kopf. Grinsend schüttle ich den Kopf. »Hast du's eilig?«

Sie gluckst, gibt mir aber keine Antwort und öffnet stattdessen meine Hose. Ihre Hand fasst in die Shorts und umgreift meine Härte.

Fuck. Zitternd stütze ich mich an der Wand hinter ihr ab.

»Weil du gestern so gut zu mir warst, dachte ich …«, setzt Abigail an und beginnt mit ihren Fingern meinen Schwanz zu bearbeiten.

Oh, das fühlt sich scheiße gut an!

Knurrend versenke ich meinen Blick in ihren. Das verstohlene Lächeln auf ihren Lippen turnt mich noch mehr an.

»Gefällt es dir?«, fragt sie und umklammert mit ihren Händen meinen Schaft.

»Fuck«, presse ich zwischen den Zähnen hervor und lege meinen Kopf in den Nacken. Sie kichert zart, und ich spüre, dass sie meine Brust küsst. Sanft liebkosen ihre Lippen und ihre Zunge meine Haut, hinterlassen eine hitzige Spur darauf und kommen an meiner Härte an. Ohne Umschwung holt sie die Erregung aus der Boxershorts und nimmt sie in den Mund.

»Abigail«, knurre ich. Mein Becken wölbt sich ihr lustvoll entgegen. Ich brenne vor Verlangen. Alles in mir zieht sich schon so erwartungsvoll zusammen, dass ich glaube, nicht lange durchzuhalten.

Ich fühle, dass ihre Zähne bedacht über meine Länge fahren. Oh, leck mich, so gut hat das noch keine zuvor gemacht!

Sie lässt ihre Zunge gegen meine Eichel schnalzen, spielt mit meiner Härte, und als ich glaube, gleich durchzudrehen, nimmt sie ihn in den Mund.

Zischend entweicht mir die Luft. »Fuck!«

Erneut kichert sie süß und so unschuldig, dabei fickt sie mich gerade so, als hätte sie in ihrem Leben nie etwas anderes gemacht.

Aber egal, wie gut das ist, ich möchte ihr in die

Augen sehen, wenn wir kommen. Also löse ich mich von diesem geilen Blowjob, fasse nach ihren Achseln und ziehe sie zu mir nach oben.

Ihre Wangen sind vor Lust gerötet und ihre Iriden haben einen dunklen Glanz angenommen. Gott, sie sieht so perfekt aus!

»Lass uns in die Dusche gehen«, krächze ich heiser vor Verlangen und hebe sie auf meine Arme.

Kapitel 13

Abigail

So viel Glück habe ich echt noch nie empfunden. Es fühlt sich an, als würden Milliarden kleine Schmetterlinge in meinem Inneren flattern und als wäre mein Herz ein bisschen größer geworden, als es ohnehin schon war.

Trevor so selig schlafen zu sehen, ist atemberaubend. Seine Haare sind zerzaust, vermutlich von dieser turbulenten Nacht, die hinter uns liegt. Kichernd schüttle ich den Kopf und beiße mir schüchtern auf die Unterlippe. Blowjobs fand ich immer irgendwie billig, doch gestern wollte ich Trevor unbedingt etwas Gutes tun. Die Sache mit der Dusche hatte ich auch noch nie, das war völlig neu und total heiß.

Später haben wir gegessen, alberten herum und sahen uns ein paar Folgen von irgendeiner Serie auf Netflix an, wobei ich die Hälfte davon nicht mitbekommen habe. Viel zu sehr war ich mit Trevor und seinen Lippen beschäftigt. Wir konnten einfach nicht voneinander ablassen.

Nun sitze ich hier auf der weichen Matratze und betrachte meinen ehemals besten Freund. Es hat sich nichts zwischen uns verändert. Gestern Abend hat er mir nochmals bestätigt, dass wir uns noch immer über alles unterhalten können, und das ist magisch.

Das Klingeln meines Handys reißt mich aus meinen Gedanken. Erschrocken wirbele ich herum.

Ah ... Beinahe stürze ich von der Matratze und kann mich gerade noch so auffangen.

Ich greife hektisch nach dem vibrierenden Smartphone auf dem Tischchen neben dem Bett und gehe sofort ran. »Ja«, flüstere ich und werfe einen Blick auf Trevor.

Puh, er schläft noch.

»Alles in Ordnung?« Es ist meine Mutter.

Ich tapse leise durch das Zimmer und schließe so leise wie nur möglich die Tür hinter mir. Im Flur ist es frischer als in unserer kleinen Höhle, weshalb ich ein wenig fröstle.

»Ja, wieso fragst du?«, gebe ich Mom eine Antwort und schlinge einen Arm um meinen Körper.

»Weil Sonja meint, dass Polly allein im Café ist, und gestern hast du wohl ziemlich aufgewühlt gewirkt.«

Ich schließe die Augen. Das sind die Tücken einer Kleinstadt. Jeder weiß sofort, wenn etwas im Busch ist.

»Das macht Polly, weil ich so viel mit einem Auftrag zu tun habe«, versuche ich mich herauszureden. Irgendwann wird Mom sowieso ...

»Ja, das hast du mir auch nicht erzählt. Dass Trevor in unserem Café heiraten möchte!«, wirft mir meine

Mutter vor, und ich sehe förmlich, wie sie ihre Hände in die Hüfte stemmt.

»Mom, ich habe es einfach vergessen. Es war so viel los, und da habe ich nicht dran gedacht«, spiele ich die Situation herunter.

»Trevor kommt zurück, und dir entfällt, dass du das deiner Mutter noch nicht berichtet hast?«

Sie hat recht, das klingt absurd. Zumal ich ihr eigentlich alles auftische, das in meinem Leben vor sich geht. Ich kann einfach selten etwas vor ihr verbergen, was sich nun wieder bestätigt.

»Mom«, maule ich und rolle die Augen. »Sag mir lieber, wann ihr wieder nach Darrywood kommt.«

Nur widerwillig geht sie auf den Themenwechsel ein. Sie schnaubt und ich höre Geklapper und Geschrei in ihrem Hintergrund. »Vermutlich in wenigen Tagen«, grummelt sie. »Wenn nicht, brauche ich danach einen wohlverdienten, ausgiebigen Urlaub.«

Ich lache und schüttle den Kopf. »So schlimm?«

»Schlimm ist kein Ausdruck«, meint Mom und atmet hörbar genervt aus. »Katie ist wehleidig, deine Granny durch das Chaos verwirrter als sonst und die Kinder halten mich zum Narren. Gleichzeitig lebe ich in Sorge um meine Erdbeeren und Geranien. Ich hoffe doch, du gießt die Pflanzen?«

Oh, verdammt. Die letzten beiden Tage habe ich das tatsächlich irgendwie vergessen. Aber das kann ich meiner Mutter keinesfalls sagen. Anscheinend dreht sie sowieso schon durch, da kann sie das jetzt nicht auch noch gebrauchen.

»Es ist alles in Ordnung«, sage ich deshalb.

Mein Magen macht sich mit einem Grummeln bemerkbar. Ich sollte schon mal etwas zum Frühstücken vorbereiten, während Trevor schläft.

Entschlossen nehme ich die Stufen ins Untergeschoss.

»Gut. Ich wäre ja so gerne auf dem Sommeranfangsfest dabei.« Mom seufzt sehnsüchtig. »Es ist einfach viel zu schön, wenn die Frauen ihre traditionellen Gewänder tragen und die Tänze aufführen, es Essen gibt und guten Wein. Bist du dort?«

»Ich muss ja wohl hin. Obgleich es nicht das einzige Fest ist, Mom. In zwei Wochen gibt es schon das Nächste«, sage ich und bin derweil in der Küche angekommen. Wenn noch alles genauso eingerichtet ist wie damals in meiner Jugend, kenne ich mich in der weißen Landhausküche bestens aus.

Ich öffne die Schränke und stelle fest, dass es tatsächlich so ist. Munter beginne ich also alle Sachen zusammenzusuchen.

»Ja, aber das ist dann eben nicht das Gleiche!«, bringt meine Mom hervor.

Die Augen verrollend, hole ich die Lebensmittel, die ich für Pancakes brauche, aus dem Kühlschrank.

»Außerdem hätte ich Trevor gerne wiedergesehen. Weißt du, wie lange er bleibt?«

»So lange, bis er geheiratet hat«, murmle ich und öffne die Eier am Rand einer Schüssel, die ich zuvor auf die Anrichte gestellt habe.

»Du klingst darüber nicht begeistert«, stellt sie fest und ich seufze genervt. »Mom, können wir ein anderes

Mal darüber reden?« *Ich habe nämlich keine Lust, über Trevors Hochzeit nachzudenken.*

Es reicht, dass Penelope mir schon wieder eine SMS geschrieben hat, weil sie Bilder von der Tischdekoration möchte. Ihre Weddingplanerin will diese wohl mit den Kerzenständern abstimmen, die extra aus Südafrika eingeflogen werden. Mann, Penelope gibt sich so einen Riss für die Trauung, dass mir beim Gedanken daran richtig mulmig wird. Ich habe mit Trevor noch nicht darüber gesprochen. Also wie es weitergehen soll und was er vorhat. Die Angst vor seiner Antwort hindert mich daran. Das war schon immer mein Problem. Lieber verschließe ich die Augen und genieße den Moment.

Ich kann das laute Geschrei aus dem Hörer vernehmen. Es zieht mich zurück in das Hier und Jetzt.

»Du hörst es wahrscheinlich. Die Plagen haben Hunger«, scherzt meine Mutter und wir verabschieden uns.

Einen Moment schließe ich die Augen und lege das Smartphone neben die Utensilien auf die Arbeitsplatte.

Hör auf, darüber nachzudenken, Abigail. Genieße einfach diesen Moment. Mache Pancakes mit Ahornsirup und Gummibärchen, so wie ihr es früher gemacht habt, und brüte nicht vor dich hin. Das bringt nichts.

Meine innere Stimme hat recht. Ich öffne die Augen, greife nach dem Smartphone und mache mir ein bisschen Musik an. Tänzelnd mache ich mich an die Pancakes und hoffe einfach, dass alles gut wird. Ausgelassen singe ich den Text mit und kippe den fertigen Teig in die Pfanne.

»An diesen Ausblick könnte ich mich gewöhnen.«

Ich zucke zusammen und wirble herum. Erleichtert atme ich aus, als ich Trevor im Türrahmen stehen sehe. Schlagartig setzt das Kribbeln in meinem Inneren ein und meine Mundwinkel heben sich zu einem Lächeln.

Bei seinem Anblick gerate ich ins Schwitzen. Er steht an den Türrahmen gelehnt, in nichts als einer langen Jogginghose, hat die Arme vor der Brust verschränkt und grinst mich an.

Gott, er ist so sexy, dass meine untere Mitte sich schlagartig wieder in diese Situation mit einmischt. Hektisch zieht sie sich zusammen und sendet hungrige Impulse durch mich hindurch. Werde ich jemals aufhören können, mich in seiner Nähe total hibbelig zu fühlen? Wo war das früher, als wir nur Freunde waren?

Zu der Pfanne auf dem Herd nickend, sage ich: »Es gibt Pancakes.«

Trevor setzt sich in Bewegung und mein Herz macht einen Sprung. Ich kann es nicht erwarten, dass er mich wieder in seine Arme schließt. Er tritt hinter mich. Sein Geruch nach Zuhause schwappt in meine Nase. Er legt seine Arme um meine Taille und lehnt seinen Kopf gegen meinen.

Zitternd schließe ich die Augen. Es fühlt sich so gut an, mich an ihn zu kuscheln. Seine Finger gleiten sanft über das T-Shirt, streicheln meinen Bauch und jagen mir damit gierige Hitzewellen durch meinen Körper.

»Bringe ich dich aus dem Konzept?«, möchte er rau wissen, während seine Lippen zu meinem Hals wandern.

»Nein«, hauche ich nur, da ich nicht mehr sagen kann. Ich kann nur noch fühlen. Trevor verteilt heiße Küsse auf meinem Hals. Eine seiner Hände streicht zu meinen Brüsten, die andere wandert an meinem Körper hinab. Gierig wölbe ich mich seiner Liebkosung entgegen.

»Nicht?« Seine Stimme klingt von der Lust belegt. »Wieso verbrennt dann gerade der Pancake?«

Es braucht einen Moment, bis ich verstehe, dann reiße ich die Augen auf.

Verdammt!

Die Pfanne qualmt. Hektisch reiße ich mich von Trevor los und fuchtle mit meiner Hand herum, um den Rauch zu vertreiben. Er lacht nur hinter mir und lässt von mir ab.

Oh Gott, ich setze hier fast die Bude in Brand, und das nur, weil mein Körper ein Verräter ist, der nicht mehr länger unter meiner Kontrolle steht, wenn Trevor in der Nähe ist. Ich habe schon davon gehört, aber echt noch nie so gefühlt.

Schnell hebe ich die Pfanne vom Herd und stelle sie auf die Anrichte. »Verdammt«, murmle ich und betrachte den verkohlten Klumpen. Wenigstens habe ich zuvor vier Stück zustande bekommen, die man essen kann.

Trevor möchte erneut nach mir greifen, aber ich

weiche aus und halte den Pfannenwender warnend in die Höhe. »Nein!«, sage ich bestimmt und lache. »Fass mich nicht an, sonst haben wir heute nichts zum Frühstücken.«

Das Wetter strahlt praktisch mit mir um die Wette, deshalb ist im Café auch ganz schön viel los. Fast alle Tische sind besetzt, und dass ich total neben mir stehe und ständig an Trevor denke, macht das Arbeiten heute nicht leicht mit mir. Polly muss mich andauernd an Bestellungen erinnern. Peinlich.

Nach sechzehn Uhr wird es langsam etwas ruhiger. Die Touristen sind entweder zum Leuchtturm aufgebrochen oder fahren weiter die Küste entlang, bis sie in New York ankommen oder Providence, je nachdem. Und auch die Einwohner Darrywoods sind nun an den Stränden der Halbinsel, statt sich im Café aufzuhalten.

Zu meinem Leidwesen sind aber die Lästerschwestern noch hier. Sie sitzen an ihrem gewohnten Tisch und tratschen seit zwei Stunden. Polly hat wie immer freiwillig das Kellnern bei ihnen übernommen und steht schon seit geschlagenen zehn Minuten wie angewurzelt neben ihnen. Offenbar haben sie viele Fragen an sie.

»Polly, kannst du mir bitte kurz helfen?«, rette ich meine Freundin. Sie dreht sich zu mir um, schenkt mir einen dankenden Blick und ruft: »Ja, natürlich. Komme sofort!«

Ayline Strauss kichert und sagt noch irgendetwas,

das die anderen Frauen auch alle total lustig finden, dann tigert Polly endlich ab.

Sie kommt mit einem vielsagenden Blick hinter die Theke und schnauft. »Wenn du nicht bald etwas gesagt hättest, hätte ich mir den Gnadenschuss verpasst.«

Glucksend wende ich mich zur Kaffeemaschine und tue so, als würde ich Polly etwas zeigen.

»Was haben sie gesagt?«, will ich von ihr so leise wissen, dass es außer uns niemand verstehen kann.

»Wie immer ging es um mein Liebesleben, weil George doch schon so lange tot ist, Blabla«, unterrichtet mich meine Freundin. »Dass sie bei mir auf Granit stoßen und bei mir ihr Generve nicht zieht, haben sie noch nicht verstanden. Deshalb habe ich ihnen erzählt, dass ich mir eine Katze hole und vorhabe, die alte, geile Frau zu sein, die Männer nur noch ambulant statt stationär empfängt.«

Lachend schüttle ich den Kopf.

»Ach, und es ging wie immer auch um dich.«

Schlagartig verstummt mein Lachen, und ich blicke neugierig zu Polly auf. Diese greift nach der Kaffeemaschine und tut so, als würde sie mich etwas dazu fragen. »Du und Trevor seid das Stadtgespräch. Alle fragen sich, wer die mysteriöse Verlobte ist und wieso du und Trevor ständig miteinander rumhängt, obwohl er damals doch einfach verschwunden ist.«

Mein Puls beschleunigt sich. Verdammt, es war so klar, dass mein Leben mal wieder auf der Trendliste ganz oben steht.

»Sonja fragt sich außerdem, wann du dich endlich für dein Studium einschreibst und wie …«

»Okay.« Ich halte die Hand nach oben und schüttle den Kopf. »Mehr möchte ich nicht wissen.«

Das ist doch die Höhe. Diese Frauen unterhalten sich über mein Leben, als wäre es irgendein Klatschroman. Auf die meisten Fragen, die sie sich stellen, habe ich selbst nicht mal eine Antwort, geschweige denn mir Gedanken darüber gemacht.

Das Schneidern ist gänzlich in den Hintergrund gerückt. Die Rechnungen, die in dem kleinen Schrank in der Küche liegen, lasten viel mehr auf mir. *Und dass Trevor heiraten wird.* Und dass alles so miteinander verworren ist, dass mir ganz schwindelig wird.

Später, als wir das Café endlich schließen, hat sich das schlechte Gefühl wie ein Wirt in mir platziert und scheint sich immer weiter auszubreiten. Die Vernunft kehrt zurück.

»Kann ich dir noch etwas helfen? Sonst würde ich nach Hause gehen. Mein Agent liegt mir in den Ohren, weil ich irgendwann mal wieder etwas schreiben muss.« Polly steht neben dem Tisch und sieht zu mir herab.

Lächelnd nicke ich überschwänglich. »Natürlich, sorry. Ich wollte deine Zeit niemals so ausreizen. Du bist wirklich die beste Freundin.«

Sie beugt sich zu mir und haucht mir einen Kuss auf die Wange. »Für dich doch immer.« Polly dreht sich um und ich vernehme ihre Schritte auf dem Boden. Ich erwarte schon, dass die Tür gleich hinter ihr zufällt, aber dann kommt sie zurück an den Tisch getippelt.

»Okay, ich kann nicht gehen. Du musst mir erzählen, was mit dir und Trevor läuft!« Sie schiebt sich auf den Stuhl vor mich und sieht mich aufgeregt an.

Ich lache. Meine beste Freundin ist schon immer so gewesen. Wenn sie etwas beschäftigt, dann kann sie die Situation nicht einfach ignorieren. Sie muss sich den Dingen stellen, wofür ich sie zutiefst bewundere.

Seufzend zucke ich mit den Schultern. Polly weiß, dass ich gestern Abend bei Trevor war, und sie ahnt höchstwahrscheinlich, dass wir nicht die ganze Nacht über seine bevorstehende Hochzeit gesprochen haben. Aber sie würde nie über mich urteilen. Stattdessen sitzt sie hier und scheint so gespannt, zu hören, was zwischen uns passiert ist, dass ich auch etwas euphorisch werde.

»Wir haben es getan«, bringe ich hervor und kneife ein Auge zu. Polly wedelt aufgeregt mit der Hand, was mir sagt, dass ich fortfahren soll.

»Es fühlt sich so richtig an mit ihm. Das ist komisch und neu. Aber auch verboten, und deshalb bin ich verwirrt. Ich möchte es genießen, gleichzeitig sagt mir aber auch die Rationalität, dass das total absurd ist.«

Meine Freundin nickt. Sie atmet hörbar aus und fasst über den Tisch nach meiner Hand. Mein Blick trifft ihren. In ihren Augen liegt eine Mischung aus Freude und Angst.

»Ich hoffe, du wirst nicht verletzt. Ich wünsche mir, dass er sich für dich entscheidet, Abigail, wirklich, aber ich fürchte auch den Moment, in dem er einfach wieder abhaut.«

»Ich auch«, gebe ich zu.

Polly nickt und drückt meine Hand fester. Dann

schmunzelt sie zärtlich. »Du solltest wieder nähen«, sagt sie ganz unverwandt.

Irritiert schaue ich sie an. »Wie kommst du denn jetzt darauf?«

Sie zuckt mit den Schultern und zeigt auf ihr Shirt. »Ich brauche ein Sommerkleid.«

Lachend schüttle ich den Kopf. Ich bin so dankbar für Polly. Sie ist echt ein Schatz. Und ja, vielleicht sollte ich mal wieder an die Nähmaschine.

Trevor

Der Morgen war wundervoll. So könnte ich mir jeden Tag in meinem Leben vorstellen. Abigail in meiner Küche, wie wir zusammen Pancakes essen und uns vor dieser Welt verstecken und danach auf dem Tisch übereinander herfallen.

Fuck, diese Frau ist purer Sex. Jedes Mal, wenn ich sie ansehe, möchte ich ihr nahe sein. Nein, sogar wenn ich nur an sie denke.

Aber Abigail musste arbeiten, ebenso wie ich. Und es gibt noch einige Dinge, die wegen der Hochzeit abgestimmt werden müssen. Auch wenn ich am liebsten verdrängen würde, dass der Tag näher rückt, geht das nicht. Penelope erinnert mich fast täglich fünfmal daran. Entweder sie schreibt SMS oder schickt ellenlange Sprachnachrichten mit Dingen, die noch erledigt werden müssen.

Ich lege meinen Kopf in den Nacken und schließe die Augen. Sofort taucht Abigails Gesicht vor mir auf. Wie sie lacht und sich dabei diese süßen Grübchen auf ihrer Wange bilden. Ein paar Strähnen fallen ihr in das Gesicht und kringeln sich neben ihrer Nase, auf der Sommersprossen tanzen. Ihr Duft steigt mir in die Nase und ich fühle ihre weiche Haut an meinen Fingern.

Verdammt, das ist so übel, dass es mir Angst macht. Gleichzeitig ist es unfassbar schön, an sie zu denken. Es ist, als wäre mein kompletter Geist voll von ihr. Als würde es nichts mehr von Bedeutung auf dieser Welt geben. Scheiße, und das wird mich umbringen.

Hastig öffne ich die Augen und greife nach meinem Smartphone, das neben dem Laptop auf dem Tisch liegt. Ich muss Kyle anrufen und ihn fragen, wie es mit dem Coach und dem Spielerwechsel läuft. Aus den E-Mails konnte ich schon herauslesen, dass die Sache mit Drake so gut wie geklärt ist. Die Verträge waren beim Anwalt, und wie es aussieht, bleibt er uns erhalten. Er steigt für ein Jahr aus und kehrt dann nächstes Jahr im Sommer wieder zurück.

»Gut, dass du dich meldest«, geht Kyle ans Telefon. Er klingt nicht mehr ganz so gestresst wie noch vor ein paar Tagen. »Mr Weiss' Freund von der LBN-Bank hat angerufen, sie wollen den Deal mit uns eingehen.

Obwohl wir im letzten Jahr so schlecht gespielt haben.«

»Klingt gut«, murmle ich und lenke meine Aufmerksamkeit nun auf das Gespräch mit meinem Kumpel, anstatt weiter über das Chaos nachzudenken, das sich in meinem Kopf ansonsten abspielt.

»Die Trainings laufen laut dem Coach auf Hochtouren. Er meint, wir hätten realistische Chancen, dieses Jahr die Vince Lombardi Trophy zu holen. Du müsstest Timothy rennen sehen.« Kyle lacht. »Ich weiß, vor ein paar Tagen dachte ich noch, dass es eine schlechte Entscheidung war. Aber nun liebe ich dich dafür, dass du Penelope heiratest, Kumpel.«

Fuck. Ein Kloß bildet sich in meinem Hals. Es fühlt sich an wie ein Schlag in die Magengrube.

»Ohne Hanks Finanzspritze würde nicht genug Geld in das Franchise fließen, und seine Kontakte sind Goldwert. Diesen Vertrauensvorschuss hätten wir von den Marken niemals bekommen, hätte er nicht den Kopf für uns hingehalten.«

Mein Freund scheint völlig aus dem Häuschen, verdammt. In was für eine verfickte Scheiße habe ich mich da manövriert.

Dabei läuft eigentlich alles nach Plan. Das ist das, was wir seit einem Jahr wollen, und doch fühle ich mich dabei richtig scheiße.

~

Mein Blick gleitet zum Himmel, der aus einem rosarot-gelben Farbengemisch besteht. Auch wenn es in

Darrywood keine Sonnenuntergänge gibt, scheint der Himmel am Abend in Flammen zu stehen, was mindestens genauso schön ist wie die untergehende Sonne am Horizont.

Ich habe meine Heimat vermisst. Vor allem, wenn ich, wie jetzt, am Strand jogge und das Meer im Hintergrund rauschend gegen die Felsen schlägt. In New York City bin ich meist im Central Park laufen, und das ist bei Weitem nicht so reinigend wie hier.

Nach dem Telefonat mit Kyle war ich so aufgewühlt, dass ich dringend an die frische Luft musste. Diese Situation ist einfach so beschissen, dass sie mir unwirklich vorkommt. Wie ist es möglich, dass ich so lange auf etwas hingearbeitet habe, das ich wollte, nur dass sich am Ende herausstellt, dass ich es nicht brauche.

Diese Mannschaft ist ein Traum, den ich für George leben wollte. Die Schuldgefühle haben mich geradezu dazu gedrängt, diese Sache für ihn zu tun, obgleich wir damals nur so dahergesagt haben, dass uns irgendwann einmal ein Footballteam gehört.

Fuck, ich habe es total vermasselt. Ich beschleunige, und meine Lunge schmerzt schon, weil ich viel zu schnell unterwegs bin, aber das ist mir egal. Zu gern würde ich gerade vor mir selbst wegrennen. Ich bin ein Idiot. Ein absolutes Arschloch, das Abigail die heile Welt vorspielt. Das hat sie einfach nicht verdient.

Aus dem Augenwinkel erkenne ich ein Schwanzwedeln. Irritiert sehe ich auf und damit direkt zu dem Berner Sennenhund, der neben mir herrennt.

Lachend schiebe ich die Kopfhörer von meinen

Ohren und stoppe meinen Lauf. »Na, was machst du denn hier?«

»Breaker!« Atemlos schreit Abigail nach dem Wollknäuel, das vor mir auf und ab springt. Es scheint den Hund nicht zu interessieren, dass sein Frauchen nach ihm ruft. Ganz im Gegenteil, er ist total auf mich fokussiert.

Ich streiche ihm durch sein Fell und sehe auf. Abigail hat uns inzwischen entdeckt und lässt sichtlich erleichtert die Schultern hängen.

»Er muss dich schon kilometerweit gerochen haben«, stellt sie fest und kommt vor mir zum Stehen. Ihre Wangen sind errötet, ein paar Strähnen haben sich aus ihrem Zopf gelöst und ihre Brust hebt und senkt sich eilig.

Wieder einmal bin ich so geflasht von ihrer Schönheit, dass ich einen Moment brauche, um darauf klarzukommen. Ich reiße mich von ihrer Anmut los und widme mich dem Hund.

»Wolltest du zu mir, hm?« Ich gehe in die Hocke und fasse Mr Heartbreaker ins Fell. Er hechelt glücklich und drückt eine Pfote auf mein Bein.

»Und hat mich damit unfreiwillig joggen lassen.« Abigail grinst schief. »Etwas, das du offensichtlich ganz freiwillig tust?«

»Musste ein bisschen raus«, murmle ich und sehe nicht auf. Wenn ich sie ansehe, möchte ich sie auch anfassen, und das wäre in dieser Kleinstadt ein fataler Fehler. Sollte auch nur eine Person mitbekommen, was zwischen mir und Abigail läuft, bin ich geliefert.

»Du hättest den Hund gleich mitnehmen können.

Wieso bist du nicht vorbeigekommen?« Sie geht in die Hocke und lächelt mich an.

Fuck, diese Lippen. Ich kann nicht anders, als einen Moment zu lange auf ihren himmlischen Mund zu schauen. Räuspernd fange ich mich wieder. Hastig blicke ich auf Mr Heartbreaker, der seinen Kopf gegen mein Knie presst. Offensichtlich mag mich der Kerl echt gern. »Das nächste Mal hole ich dich, versprochen«, sage ich an ihn gewandt, um Abigail nicht nochmals anzusehen.

»Danke«, antwortet sie aber für den Hund. »Ich glaube, er würde sich auch freuen, wenn du nachher noch vorbeikommst.«

Mein Blick gleitet nun doch zu ihr. Alles in meinem Inneren schreit danach, dass wir das, was wir heute Morgen getan haben, wiederholen.

»Also ... ich ...« Abigail scheint mein zögerlicher Blick aufgefallen zu sein. Sie bearbeitet Breakers Leine und befestigt sie wieder am Halsband ihres Hundes. Viel zu schnell erhebt sie sich und schmunzelt nervös. »Es tut mir leid. Vielleicht sehen wir uns auch einfach morgen? Deine Verlobte hat gefragt, ob du dich schon für eine Tischdekoration entschieden hast.«

Das Wort *Verlobte* klingt aus ihrem Mund falsch. Es schmerzt, zu sehen, dass sie sich wegen meiner Reaktion von mir distanziert.

Ich stehe auf und sehe sie an. Es liegt eine Mischung aus Verwirrung und Enttäuschung in ihren Augen. »Versteh mich nicht falsch, Butterfly. Das mit uns, das ...«

»Nein.« Sie schüttelt den Kopf. Scheiße, ihre Augen glitzern, oder?

»Nein, das ist schon okay. Wir, das hier ...«, murmelt sie mit brüchiger Stimme. »Ich verstehe deine Situation.«

Eine meiner Augenbrauen schießt in die Höhe. Tut sie das? Sie versteht, dass ich durcheinander bin und nicht weiß, was ich tun soll? Sicher? Oder denkt sie, dass ich ein geldgeiler Sack bin, der eine Frau heiratet, die er nicht liebt, nur um seine Mannschaft voranzutreiben?

»Wir gehen dann mal zurück. Ich habe noch ziemlich viel aufzuräumen. Der Laden war heute ganz schön voll«, nuschelt Abigail, und das Lächeln auf ihren Lippen sieht gezwungen aus.

Mein Herz wird schwer. Das sollte so nicht sein. Fuck.

Der Drang ihr nachzugehen, als sie sich umdreht und mit dem Berner Sennenhund verschwindet, ist übermächtig. Aber ich kann das nicht tun. Es geht nicht. Es muss vorbei sein.

Kapitel 14

Abigail

Nein, ich darf nicht traurig sein, schließlich war mir doch von Anfang an klar, in welch aussichtslose Situation ich mich werfe. Wäre ich nur ein einziges Mal nicht so naiv gewesen und hätte nicht ausgeblendet, dass Trevor nun mal nicht zu haben ist!

Nachdem ich vom Spaziergang mit Breaker zurückkam, war das Café schon komplett aufgeräumt und ein Zettel lag auf der Theke. Darauf war in Pollys krakeliger Schrift geschrieben, dass sie in ihr Haus gegangen ist, um an ihrem Manuskript weiterzuarbeiten. Blöd, denn ich hätte nur zu gern mit meiner Freundin über diese Situation gesprochen. Aber ich kann sie nicht immer beanspruchen. Sie hat ein eigenes Leben, verdammt.

Stöhnend lasse ich mich auf die Couch in unserem Wohnzimmer fallen. Ich habe das Café abgeschlossen und bin zum Entschluss gekommen, dass ich mich an diesem Abend ausruhe. Nicht über Rechnungen beugen und verzweifeln, nein. Heute möchte ich ... Ja, was will ich denn eigentlich?

Mich selbst bemitleiden? Nein, das kommt gar nicht infrage. Ich werde nicht wieder heulen! Also ...

Mein Blick gleitet zu dem Karton Altkleider, die ich Mom bereitgestellt habe. Früher habe ich die Klamotten, die nicht mehr passten, immer umgenäht. Es hat mir Spaß gemacht, meinen Fokus darauf zu lenken statt auf die Probleme. Schneidern war mein liebstes Hobby, wenn Trevor mit George unterwegs war und Polly las oder schrieb.

Okay, vielleicht sollte ich es einfach mal wieder versuchen? Aufgehört habe ich eigentlich auch nur, weil Jake meinte, dass meine geschneiderten Sachen zu ›wild‹ sind.

Ich schnappe die Tüte mit Altkleidern und stampfe die Treppen zu meinem Zimmer hinauf.

Pah! Dieser Idiot Jake hat doch keine Ahnung. Was weiß der schon von Mode. Wegen ihm durfte ich auch keine Neonfarben mehr tragen, weil er der Meinung war, dass dies nur Kinder machen. Blödmann.

Ich werfe den Sack neben meine Nähmaschine und setze mich an das Gerät. Ängstlich begutachte ich es und beiße mir auf die Unterlippe.

Du willst Modedesignerin werden, aber hast Schiss vor deiner Nähmaschine? Abigail, das muss aufhören. Nimm dein Leben in die Hand!

Ja, ich muss etwas tun.

Ich fasse nach dem ersten Kleidungsstück aus dem Sack und breite es neben mir auf dem Tisch aus. Hm ... Ich hole mir das Nächste und lege es dazu. Das könnte gut aussehen. Aber wie wäre es jetzt noch mit etwas Pink und Rüschen?

Begeistert von meinem farblichen Arrangement, durchwühle ich den Sack nach mehr Stoffen und ziehe letztlich genau das heraus, was ich gebraucht habe. Das selbst geschneiderte Hochzeitskleid, das ich letztlich nicht getragen habe, muss jetzt dran glauben.

Es ist kurz vor Mitternacht, als ich mich nach fast vier Stunden an der Nähmaschine wieder aufraffe. Ich strecke mich und schließe für einen Moment die Augen. Es fühlt sich, überraschenderweise, richtig gut an, wieder zu schneidern, und die Zeit verging wie im Flug. Wieso habe ich mich von jemandem wie Jake einschüchtern lassen und mein Talent völlig untergraben? Das war total dämlich von mir.

Ich öffne die Augen und blicke auf das genähte Kleidungsstück hinab, an dem noch zwei, drei Feinheiten fehlen. Ansonsten ist das Kleid toll geworden. Oben ist der Stoff mit Pailletten und Perlen besetzt, es hat leichte Puffärmel und ist rosa. Nach unten hin wabt sich der Tüll des Hochzeitskleides, das ich zerschnitten habe.

Zufrieden begutachte ich mein Werk. Ich werde mir jetzt einen Wein holen gehen und danach noch etwas mehr Tüll einarbeiten. Es soll aussehen wie das Gewand einer Elfe. Dazu würde ich rosa Chucks tragen, ganz sicher. Das würde einfach supergut aussehen mit meinen roten Haaren.

Ich erhebe mich vom Stuhl, gehe aus meinem Kinderzimmer und nehme die Stufen ins Untergeschoss. Wir sollten in der Küche noch einen Weißwein haben, den Mom und ich trinken wollten, wenn die Arztrechnungen von Oma beglichen sind. Dieser muss heute aber für mich herhalten. Ganz sicher werde ich eine neue Flasche kaufen, sobald dieses Chaos in meinem Leben sich gelichtet hat.

Ein Klopfen lässt mich zusammenzucken, sodass ich beim Einschenken des Weines etwas daneben gieße. Ich lege meine Stirn in Falten und stelle die Flasche auf die Arbeitsplatte neben das Glas.

Wer könnte das denn sein?

Ich spähe auf die Uhr an der Wand, die über einem Holzregal hängt, in dem bunte Tassen verstaut sind. Kurz nach Mitternacht.

Erneut klopft es gegen die Tür. Ein wenig schrecke ich deshalb zusammen. Um diese Uhrzeit kann das eigentlich nur Polly sein, die irgendetwas vergessen hat. Manchmal kommt sie einfach vorbei, statt sich vorher mit einer SMS anzukündigen.

Ich gehe durch die Landhausküche, biege in das Wohnzimmer, in dem das Licht brennt, bis hin zu dem breiten Flur. Durch das Milchglas im Fenster erkenne ich, dass die Person vor der Tür nicht Polly sein kann. Dieser Schatten spricht mehr für einen Mann.

»Butterfly, ich bin es«, dringt da auch schon die bekannte Stimme gedämpft zu mir herein.

Ich halte die Luft an. Trevor. Was sucht er denn hier?

Mein Herz beschleunigt, ohne dass ich etwas dagegen tun kann.

Langsam greife ich nach dem Knauf und öffne die Tür. Zum Vorschein kommt mein bester Freund, der noch mitgenommener aussieht als vorhin, da ich ihn am Strand gesehen habe. Als er Mr Heartbreaker mehr Beachtung geschenkt hat, als mir und sich seltsam abweisend verhielt.

»Ist alles okay?«, frage ich besorgt und trete beiseite, damit er eintreten kann.

Trevor nickt. Viel zu schnell hat er die Tür hinter sich zugedrückt und sich vor mich gestellt. Ich atme seinen himmlischen Duft ein und bin für einen Moment benommen. Er ist mir so nah, dass sein Atem auf meiner Haut kitzelt. Seine Präsenz ist übermächtig. Wie ist das möglich, dass eine einzige Person einen so einnehmen kann?

»Ich hätte vorhin nicht so mit dir umgehen sollen«, haucht er gegen meine Lippen.

»Es ist okay«, flüstere ich. Mein Blick schweift über seinen Mund zu seinen schwarzen, funkelnden Augen.

Er stützt sich mit der einen Hand über mir an der Wand ab und tritt noch näher an mich heran. Er beugt sich etwas zu meinem Gesicht und schüttelt kaum wahrnehmbar den Kopf. »Das ist es nicht, Abigail. Ich sollte das hier nicht tun. Ich möchte dich keineswegs verletzen, und es müssen einige Dinge geklärt werden, bevor das hier ...« Er verstummt, und ich sehe, dass er schluckt.

Mein Herz schlägt hektisch gegen meine Rippen. In meinem Magen sind die Schmetterlinge wieder zum

Leben erwacht, und seine Worte haben eine Bedeutung, die von unendlicher Wichtigkeit ist, doch ich kann einfach nicht zuhören. Alles in mir möchte ihn küssen. Alles.

Meine Lippen landen stürmisch auf seinen. Ich seufze erleichtert und vergrabe meine Finger in seinem Nacken. Wie eine Ertrinkende klammere ich mich an ihm fest und öffne meinen Mund. Seine Zunge tastet sich hungrig vor. Ich spiele mit ihm, lasse mich darauf ein und schiebe alles andere einfach davon.

Er presst seinen Körper an meinen, und ich spüre die Härte in dem Jogger, den er trägt. Ich stöhne genüsslich in seinen Mund und spüre, dass sich eine gewaltige Welle der Lust in mir aufbäumt.

»Wie soll ich mich denn jemals von dir fernhalten, Butterfly?«, raunt Trevor, als er sich von meinen Lippen löst. Ich wimmere, weil seine Finger meine Brüste kneten. »Du bist so vollkommen.« Er haucht Küsse an meinen Hals bis hin zu meinem Dekolleté. Ich gehe in Flammen auf. Das ist einfach ... viel zu gut.

Gekonnt schiebt er die Stoffhose, die ich trage, über meine Beine und ich strample sie flink davon. Geschickt greift er zwischen den Küssen nach seinem Jogger und holt seine Härte heraus. Im Rausch schlinge ich meine Beine um seine Hüfte. Ich will ihn. Hier und jetzt, ohne an Morgen zu denken.

Knurrend schiebt sich Trevor in mich. Ich stöhne auf vor Verlangen, das durch mich hindurchströmt. Meine Augen versinken in seinen, während er mich vorsichtig dehnt.

Dieser Augenblick ist so intim, dass ich eine Gänsehaut bekomme. Wir halten unseren Blicken stand, während Trevor beginnt, in mich zu stoßen.

Ich verglühe innerlich. Mein Herz zerplatzt vor Glück und Liebe, und der Orgasmus, der sich anbahnt, fühlt sich episch an. In seinen Augen züngeln sich die Flammen der Lust, ein süßes Grinsen entsteht auf seinem Gesicht, und ich presse meinen Rücken enger an die Wand im Flur.

»Gott«, wimmere ich. Vor Erregung flattern meine Lider. Mein Atem geht schnell, das Rauschen in meinen Ohren setzt ein, und es fühlt sich an, als würde mich Trevor mit jedem Stoß näher in das Nirwana befördern.

»Sieh mich an, Abigail«, sagt er heiser.

Ich zwinge mich dazu, meine Augen zu öffnen und in seine zu blicken. Und, oh verdammt, der Ausdruck auf seinem Gesicht. Diese Ekstase ist grandios.

»Ja …«, hauche ich und kralle meine Finger in seinen Nacken, während er den tiefen Punkt in meinem Inneren bearbeitet, der mich näher und näher an den Rand des Wahnsinns bringt.

»Fuck, Abigail«, knurrt er. Ich spüre, dass sich seine Muskeln verkrampfen, fühle, dass seine Länge in mir pulsiert, und im nächsten Moment spüre ich nur noch meinen eigenen Orgasmus, der in berieselnden, gewaltigen Wellen über mich hereinbricht.

Trevor

Ich habe es einfach nicht ausgehalten ohne sie. Zwar versuchte ich mich in meine Arbeit zu stürzen und mir die Berichte des letzten Jahres anzusehen, aber immer wieder glitten meine Gedanken zu Abigail. Letztlich gab ich einfach auf und lief los. Als ich sah, dass das Licht in ihrem Elternhaus noch brennt, klopfte ich kurzerhand an. Ich musste sie einfach sehen und mit ihr sprechen. Kaum stand ich ihr aber gegenüber, konnte ich meine Finger nicht mehr bei mir lassen.

Nun liegen wir in ihrem alten Kinderzimmer, und mein Blick schweift in dem Raum herum, in dem sich kaum etwas verändert hat. »Die Backstreet-Boys-Poster sind weg. Dabei hast du sie damals doch so vergöttert«, stelle ich belustigt fest und streichle Abigails Rücken. Diese lacht und rollt die hellgrauen Augen. »Du wirst mir ewig vorhalten, dass ich total verknallt in Nick Carter war, oder?«

»Naja, du warst doch unsterblich in ihn verliebt, oder warum mussten wir fast drei Stunden in Providence am Ausgang warten, um ein Autogramm zu ergattern? Und jetzt wirfst du das Ding einfach weg.«

Sie schlägt mir gespielt auf die Brust, und ich

zucke zusammen, als würde mich dieser Hieb fast umbringen. »Oh«, stöhne ich theatralisch gequält und halte mir den Bauch.

»Ich war nicht unsterblich verliebt«, protestiert sie und stützt sich mit den Armen auf dem Bett ab, um auf mich herabzusehen. Ich lache und schüttle den Kopf.

»Vielleicht ein bisschen verknallt, aber das war doch fast jeder damals!«, verteidigt sie sich.

Ich kann nicht aufhören zu lachen. »Dafür musste ich zwei Wochen lang den Rasen mähen.«

»Ja! Du hast mir die Schuld dafür gegeben, dabei wären wir gar nicht zu spät nach Hause gekommen, wenn George und Polly nicht ewig lang auf dem Klo verschwunden gewesen wären«, lässt sie mich wissen.

Abigail hat recht. An dem Abend in Providence waren die beiden noch ein ziemlich frisches Paar, das fast immer und überall übereinander hergefallen ist. Aber ich erinnere mich viel mehr daran, dass Butterfly, nachdem sie ihr Idol kennenlernen durfte, so aufgekratzt war, dass sie nur noch von Nick Carter sprach.

»Ich fand es zum Kotzen, dass du nur Augen für diesen Sänger hattest.« Meine Finger streichen eine Haarsträhne aus ihrem Gesicht. Sie lächelt zart, was augenblicklich eine neue Lust in mir auflodern lässt.

»Also warst du doch schon vorher irgendwie in mich verliebt?«, möchte Abigail neckisch wissen und zieht eine Augenbraue nach oben.

Fuck, ja. Wahrscheinlich war ich es von dem Moment an, als sie in der Elementary School neben mir saß und mich nach meinem Glücksbringer, einem Dino, fragte. Sie wollte seinen Namen wissen und nahm mir damit so die Aufregung vor dem allerersten Tag. Verdammt, und schon damals mochte ich Abigail.

Vom ersten Moment an war sie einfach anders als all die anderen Mädchen. Sie spielte mit mir in Höhlen, störte sich nicht an schmutzigen Klamotten und war meist diejenige, die mich zu Burger und Pizza überredete. Egal welche Frau ich nach oder mit ihr traf, alle verglich ich immer wieder mit Abigail. War doch klar, dass da keine mithalten konnte.

Räuspernd lasse ich die Hand an ihrer Wange sinken und gucke zu ihrer Nähmaschine.

»Ist das von dir?«, lenke ich vom Thema ab und nicke zu dem Stoff, der ausgebreitet auf dem Tisch liegt. Vorhin ist es mir nicht aufgefallen, da wir zu sehr miteinander beschäftigt waren, aber nun ist der rosa Tüll kaum zu übersehen.

Sie nickt stolz und krabbelt über mich aus dem Bett. Ich richte mich auch ein wenig auf, ehe Abigail nach dem Stoff greift und ihn in meine Richtung dreht.

»Wow«, murmle ich unwillkürlich. Es sieht ... überwältigend aus. Wie das Gewand einer Fee oder eines Schmetterlings. »Es passt zu dir.«

Abigail grinst und nickt. »Das finde ich auch.« Sie fährt mit ihren Fingern über den Tüll und sieht mich dann wieder verstohlen an. »Und das Beste ist: Dafür habe ich mein Hochzeitskleid zerschnitten.«

Sie hat was?

»Ja, du hast richtig gehört.« Sie kichert und nickt heftig. Gemächlich dreht sie sich im Kreis, bevor sie das Kleid wieder auf dem Tisch ablegt. »Den Fummel hätte ich nie in meinem Leben wieder getragen. Die negative Energie, die daran festklebt, kann ich in meiner nächsten Beziehung nicht gebrauchen. Also habe ich es auseinandergenommen.«

Das ist es, was ich meine. Abigail ist einfach ... anders. Sie ist chaotisch, hoffnungslos romantisch, verträumt und spielerisch. Manchmal ziemlich anstrengend und nervig, aber keine andere Frau ist so unperfekt perfekt.

~

Die Tage vergehen, und Abigail und ich kommen uns immer näher. Es ist, als gäbe es keine Hochzeit in ihrem Café, für die wir noch einige Dinge abstimmen müssen. Wir ignorieren vollkommen, dass ich nicht in mein Elternhaus eingezogen bin und dass es keine Zukunft für uns gibt. Abigail und ich arbeiten tagsüber, um uns am Abend zu treffen. Vor zwei Tagen waren wir mit dem Hund spazieren, haben danach gekocht und uns einen Film angesehen. Gestern waren wir im Meer schwimmen, weil der Sommer so langsam in Darrywood angekommen ist. Danach machten wir ein Lagerfeuer, erzählten die halbe Nacht und rösteten Marshmallows. Ich könnte tatsächlich nicht glücklicher sein.

Gott, wie gerne würde ich für immer so weitermachen.

Mein Smartphone piept und kündigt eine Nachricht an. Ich wende mich von dem Notebook ab, das vor mir auf dem Tisch steht, und schaue auf das Display des Handys.

Schlagartig heben sich meine Mundwinkel.

Habe alte Backstreet-Boys-Songs rausgesucht, einen Whiskey bereitgestellt und überlege, was ich dem Herren heute Abend servieren könnte.

Ich tippe eine Antwort.

Nur dich. Mehr brauche ich nicht.

Prompt tauchen kleine, tanzende Punkte auf, zum Zeichen, dass Abigail eine Antwort tippt.

Dann soll ich Mr Heartbreaker die Steaks geben, die ich vorhatte zu machen?

Allein der Gedanke daran, später mit ihr zusammen zu sein, lässt mich grinsen. Verdammt, ich bin echt im Arsch.

Wage es dich. Ich bin um neunzehn Uhr bei dir.

Diese Sache ist so verboten und deshalb noch interessanter, als sie ohnehin schon ist. Beschissene Situation.

Seit zwei Tagen rechne ich schon hin und her, wie ich die finanzielle Situation besser händeln könnte, um aus der Nummer rauszukommen. Aber die Mannschaft hat mich und Kyle bereits hundertsechsundvierzig Millionen gekostet. Da wir im letzten Jahr nicht wirklich erfolgreich waren, hatten wir wenig Werbeverträge und somit kaum Einnahmen. Eine Footballmannschaft lebt nun mal von dem Erfolg, ansonsten ist sie einfach keine gute Investition. Fuck, außerdem ist schon ein neuer Spieler mit dem Geld gekauft worden. Timothy Meyer, der Quarterback, hat uns fünfundzwanzig Millionen Dollar gekostet. Laut Coach Benedict wird er uns helfen, dieses Team wieder zum Erfolg zu bringen.

Verdammt, ich habe noch nie meine Entscheidungen so sehr infrage gestellt wie in diesem Moment. Was wäre, wenn ...

Kapitel 15

Abigail

Die Sonne knallt förmlich auf Darrywood und erhitzt die Halbinsel. Ganz im Kontrast zu letztem Jahr, als das Sommeranfangsfest wortwörtlich ins Wasser fiel, weil es den ganzen Tag geregnet hat.

Der Marktplatz ist wie jedes Jahr festlich geschmückt, und die Dekoration, so vermute ich, wurde seit meiner Kindheit nicht ein einziges Mal erneuert oder ausgetauscht. Überall hängen Girlanden in bunten Farben und Kunstblumen, die den Sommer willkommen heißen sollen. Als ich noch klein war, konnte dieses Fest mich erst so richtig in die Stimmung für lange, warme Tage bringen.

Alle Läden rund um den Marktplatz sind geöffnet, weil die Besitzer auf viele Touristen hoffen, die an einem traditionellen Kleinstadtfest teilnehmen wollen. Aus den Lautsprechern, die an den Häusern angebracht sind, ertönt ein gängiger Popsong, und auf dem Kreisel, der heute für Autos gesperrt ist, stehen Einkaufsstände. Die Einwohner verkaufen Selbstgebasteltes, Ausrangiertes oder Gekauftes, und ich liebe es, in den Sachen zu stöbern. Der Duft von Zuckerwatte und gebrannten Mandeln liegt in der Luft. Überall ist Kinderlachen zu hören und Stimmengewirr.

»Deine Augen glitzern richtig, Butterfly. Ich sehe schon, das wird heute teuer«, scherzt Trevor, der neben mir hergeht. Sein Arm streift im Gehen ab und an meine Haut, was mich jedes Mal zusammenzucken lässt. Es ist zu schade, dass ich nicht seine Hand nehmen kann.

Sein Blick versinkt in meinem, während wir über den Marktplatz gehen. »Selbst wenn. Ich komme selbst für meinen Shoppingwahn auf«, lasse ich ihn wissen und nicke belehrend.

Trevor zieht eine Augenbraue nach oben und lacht kehlig. Verdammt, dieses Geräusch rieselt jedes Mal wie Honig durch meine Seele.

»Ach, wie schön, euch beide zu sehen.«

Ertappt senke ich meinen Blick zu Boden und hoffe, dass Ayline, die uns gerade entgegenkommt, nicht bemerkt hat, wie ich Trevor angesehen habe.

Mrs Strauss trägt ein aufgebauschtes Kleid aus der Gründerzeit der Kleinstadt. Sie ist ein Teil des Frauenkomitees der Stadt und vollführt heute mit den anderen Mitgliedern ein paar traditionelle Tänze bei der Parade.

»Ist jetzt nicht schwierig, hier irgendjemandem über den Weg zu laufen«, flüstert mir Trevor zu, während Ayline winkend und mit einem breiten Grinsen näher kommt.

Ich hebe meinen Blick und presse die Lippen aufeinander, sodass ich nicht sofort loslache. In Trevors Nähe könnte ich nämlich die ganze Zeit kichern wie ein dummes Schulmädchen, obwohl ich manche seiner Aussagen gar nicht so witzig finde.

»Euch hat man die letzten Tage ja gar nicht zu Gesicht bekommen, und bei der Arbeit schienst du auch ganz abgelenkt, Abigail.« Der Aasgeier wittert offenbar neuen Tratsch. Als würde sie ihn tatsächlich riechen!

»Das liegt wohl an mir und meiner Hochzeit«, wirft Trevor neben mir ein. »Meine Verlobte ist anspruchsvoll, weshalb Abigail schon ganz ausgelaugt ist.«

Ayline mustert uns beide, nickt aber dann. Sie faltet die Hände vor dem bauschigen Rock und schmunzelt frech. »Dann findet diese Heirat also noch statt?« Als wäre sie eine Moderatorin auf der Suche nach einer krassen Story, zieht sie fragend eine Augenbraue nach oben.

Ich unterdrücke ein Augenrollen. »Natürlich. Wieso sollte sie denn nicht stattfinden?«, frage ich ganz unschuldig und klimpere mit meinen Wimpern.

»Haben Sie etwa gedacht ...« Trevor hält inne und sieht zu mir herunter. Was macht er denn? Ich lege die Stirn in Falten. Er zeigt mit dem Finger zwischen uns beiden hin und her. »Dass wir ...?« Lachend schüttelt er den Kopf.

Ayline sieht verdutzt aus, ich auch. Wow. Das ist seine subtile Art, anderen Leuten zu sagen, dass wir nie und nimmer miteinander im Bett landen. Hallo? Vor nicht einmal einer Stunde warst du noch in mir!

Mrs Strauss' Lippen werden zu einem Strich. Anscheinend funktioniert Trevors Manöver, denn die Situation ist ihr sichtlich unangenehm. »Also dann ...«, sagt sie monoton und nickt uns beiden zu, bevor sie die Hand hebt und jemand anderem zuwinkt. Gleich darauf ist sie verschwunden.

Ich boxe gegen Trevors Oberarm.

Er fasst sich mit schmerzverzerrtem Gesicht an die Stelle und guckt mich fragend an.

»Echt jetzt? Du findest es also so lustig, dass wir ein Paar sein könnten?«, will ich von ihm wissen und übertreibe damit natürlich maßlos. Aber ich kann nicht anders, denn der verknallte Teil in mir rebelliert ein wenig. Ich will nicht, dass er es lächerlich findet, dass wir zusammen sein könnten. Auch wenn dem eigentlich so ist. Ich möchte, dass ihm der Gedanke an eine Beziehung mit mir gefällt.

»Butterfly, das war doch nur Spaß.« Er legt einen Arm um meine Schulter, den ich sofort wieder abschüttele. Mahnend sehe ich ihn an. »Hey, wir sind in der Öffentlichkeit.«

Trevor rollt die Augen und schnaubt. »Als würde das irgendjemand in den falschen Hals kriegen. Wir haben uns früher auch immer umarmt.«

Mein Herz schlägt schnell. Ich fühle mich grundsätzlich sehr wohl bei Trevor, aber in der Öffentlichkeit fühle ich mich unbehaglich. Eigentlich hat er recht. Niemand würde es fehlinterpretieren, wenn er mich halten würde, und doch habe ich Angst, dass dem so ist. Ich ertrage es nicht, wieder das Gespräch des Jahres zu sein, was ich definitiv wäre, wenn

Trevor nicht mich, sondern letztlich eine andere heiratet.

»Am besten gehe ich uns beiden mal etwas zu trinken holen.« Er kommt näher und blickt mir tief in die Augen. Mit gesenkter Stimme sagt er: »Und du beruhigst dich ein bisschen.« Er nickt zur Seite. »Polly ist auch schon hier. Vielleicht bringt sie dich ein bisschen runter?«

~

Der Himmel steht mal wieder in Flammen, als der letzte Paradewagen mit lauter Musik an uns vorbeizieht. Es ist Rutherfords, der auf seinem Segelboot steht und in die Menge winkt.

Glücklich heben sich meine Mundwinkel. Am Anfang des Tages war es schwer für mich, Trevor in meiner Nähe zu wissen, ihn aber nicht anfassen zu dürfen. Inzwischen ist es okay. Wir gehen freundschaftlich miteinander um, was manchmal gar nicht einfach ist, und ich glaube, keiner der Einwohner hegt einen Verdacht. Vor allem ist Polly immer in unserer Nähe, und als Dreiergespann wecken wir vermutlich noch weniger Aufsehen als zu zweit.

»Ich gehe uns Alkohol holen«, meldet sich meine beste Freundin, nachdem der letzte Paradewagen um die Ecke gebogen ist und die Musik aus den Lautsprechern, die an den Häusern hängen, lauter wird.

Kichernd nicke ich und drehe mich zu Trevor. »Und wie fandest du es, nach neun Jahren wieder dabei zu sein?«

Er zuckt unbeeindruckt mit den Schultern. »Ganz okay.«

»Ganz okay?« Das ist eine Beleidigung für Darrywood. Alle Touristen scheinen begeistert zu sein, und mein bester Freund will mir weismachen, dass es ihm gar nicht gefallen hat?

Die bunten Wagen und die aufwendigen Tänze, die edlen Kleider und die Rede des Bürgermeisters. Darrywood kann anstrengend sein, aber an Tagen wie diesen liebe ich die Kleinstadt.

»Oh, es tut mir leid, dass wir hier keinen Champagner und Kaviar haben«, sage ich sarkastisch und amüsiert.

Trevor lacht und beugt sich zu mir herunter. Sofort schlägt mein Herz schneller. Seine Lippen streifen mein Ohr und ich halte die Luft an.

»Vielleicht habt ihr nicht diesen Luxus, aber ihr habt dich.«

Mein Innerstes vibriert unter seinen Worten.

»Bier!« Polly kommt zurück und sorgt dafür, dass Trevor und ich uns voneinander entfernen. Sie drückt unserem Freund eine Flasche in die Hand und überreicht mir dann die andere. »Am Stand ist echt die Hölle los. Heute kommt ordentlich Geld zusammen.«

Noch ein bisschen durch den Wind von Trevors Annäherung, kommt meine Reaktion verspätet. »Ich hätte auch nicht mit so viel Andrang gerechnet.«

»Früher war nie so viel los«, wirft unser Freund ein.

Polly nickt. »Durch Instagram lockt dieses Kaff

immer mehr Interessenten an. Die Stadt hat halt doch einen gewissen Charme.«

Sie hat recht. Darrywood ist besonders, vor allem an richtig heißen und richtig kalten Tagen. Man kann es nicht richtig beschreiben, aber es ist fast magisch. Und auf Festen wie heute kann man auch die Geschichte der Stadt spüren.

Wir erzählen Trevor noch ein paar Anekdoten, die in den letzten Jahren hier passiert sind, und schlendern durch die Einkaufsstände, die ringsherum um den Marktplatz stehen. Erst spät und glücklich lassen wir uns auf Bierbänke vor dem Restaurant der Clarks nieder.

Die Lampions an den Bäumen spenden Licht, und auch die alten verschnörkelten Lampen sorgen dafür, dass die Nacht uns nicht verschluckt. Es ist romantisch. Als Jugendliche wollte ich immer meine ersten Küsse auf Darrywoods Festen ergattern. Einfach, weil die Kulisse so aussieht wie in einer Filmszene.

»Wollt ihr etwas essen? Dann hole ich Spieße und Brot?«, fragt Polly und lächelt in die Runde.

Trevor stimmt zu. »Aber bitte nichts mit Thunfisch«, witzelt er, da unsere Freundin früher alles mit diesem Lebensmittel ›verschönert‹ hat.

»Haha«, macht diese aber nur und verdreht die Augen.

Ich kichere, während Polly sich vom Tisch entfernt und ich mit Trevor allein auf der Bank zurückbleibe. Wir sitzen nebeneinander, weil gegenüber zu weit entfernt gewesen wäre. Meine Finger liegen neben seinen auf der Sitzfläche. Unsere Blicke treffen sich, und ich muss lächeln. Ganz sanft und unschuldig berühren sich unsere Fingerkuppen.

Verdammt, das ist so verboten und so ... erotisch.

Seine Augen glitzern, und ich kenne den Ausdruck auf seinem Gesicht mittlerweile. Mit einem Mal habe ich keinen Hunger mehr. Okay, doch, aber vielmehr auf ihn als auf irgendeinen Spieß.

»Das gibt es doch nicht!«

Erwischt ziehe ich meine Hand hektisch zurück.

»Trevor Hill!«

Meine Begleitung sieht auf. »Es tut mir leid, aber kenne ich Sie?«

Mein Blick huscht zu dem Unbekannten, der an unseren Tisch getreten ist. Er hält ein Bier in der Hand, ist höchstes eins-sechzig groß und trägt eine Mütze. Er hat viele Ohrringe, Tunnels und eine schlichte, schwarze Brille auf der Nase. Sein Lächeln ist herzlich, als wären er und Trevor alte Freunde. Jetzt bin ich neugierig.

»Oh, sorry. Ich bin Jonah Detroit. Meine Firma hat vor einem halben Jahr deine Programmierung gekauft«, erklärt uns der Fremde.

Trevor erhebt sich von der Bank und gibt dem Unbekannten freudig und erstaunt zugleich die Hand. »Hey, das ist ja eine Überraschung.«

»Ja, Zufälle gibt's, oder nicht?«, sagt Jonah und willigt in den Händedruck ein.

»Möchtest du dich zu uns setzen?«, fragt Trevor und macht eine einladende Handbewegung.

»Gerne, wenn ich euch nicht störe?«

Hastig schüttle ich den Kopf. »Nein, wieso solltest

du?« Meine Stimme klingt viel zu spitz. *Oh, reiß dich zusammen. Er denkt sicherlich nicht, dass du und Trevor ein Paar seid!*

Jonah nickt lächelnd und geht um den Tisch herum, um sich gegenüber hinzusetzen.

»Das ist übrigens Abigail, meine beste Freundin«, stellt Trevor mich vor. Der Typ grinst mich freundlich und überrascht zugleich an. »Also deine Muse?«, will er von meinem besten Freund wissen, und es klingt eher rhetorisch. Ich werfe meinem Kumpel einen fragenden Blick zu.

Er lacht und zuckt mit den Schultern. »Als ich damals die App gepitcht habe, sagte ich, dass meine Kindheitsfreundin mich dazu inspiriert hat.«

Oh Gott, ist das süß. Ich spüre, wie meine Wangen erhitzen. Schnell nicke ich und senke meinen Blick.

»Also, was machst du hier?«, möchte Trevor von Jonah wissen.

»Meine Freundin und ich nehmen uns eine Auszeit, bevor das Baby kommt«, berichtet er und nickt an uns vorbei. »Auf Pinterest hat sie gelesen, dass Darrywood ein cooler Ort für Vintage-Sachen ist. Aber vor allem die Geschichte hat sie begeistert.«

Ich drehe mich um und erspähe sofort eine junge Frau mit kleinem Bauch und blauen Haaren. Keine Frage, sie gehört ganz sicher zu ihm. Sie fällt, ähnlich wie Jonah, in dieser tristen Menge auf mit ihren Piercings und den Tattoos. Sie begutachtet gerade ein paar Teile von Loans Stand. Ich hoffe, diese macht ihr einen guten Preis, Loan kann manchmal nämlich ziemlich geizig sein.

»Herzlichen Glückwunsch«, höre ich Trevor sagen.

Jonah bedankt sich. »Als ich dich gesehen habe, musste ich dich einfach ansprechen.«

»Klar«, mein Freund nickt. »Was macht ihr mit meinem Code?«, will er wissen und nippt von seinem Bier.

Der Unbekannte beugt sich etwas über den Tisch und tippt mit dem Zeigefinger und Mittelfinger auf die Platte. »Die Programmierung hilft uns dabei, jedmögliche Stimme in mein entworfenes Spiel zu integrieren.«

Trevor verzieht beeindruckt sein Gesicht. »Du designst Spiele?«

Jonah nickt stolz. »Es ist das Fünfte in der Reihe. Wahrscheinlich habt ihr schon einmal davon gehört. Herthords Empire.«

Natürlich, selbst ich kenne die Reihe, die Mom Katies älteren Kindern letztes Jahr samt Playstation geschenkt hat. Sie ist richtig bekannt, was sich auch in Trevors beeindrucktem Gesicht widerspiegelt.

Trevor

Das ist doch jetzt ein Scherz, oder? Mein Code findet tatsächlich einen Platz in dem bekannten Ego-Shooter. Das hätte ich niemals erwartet. Als Kyle und mir das Ding abgekauft wurde, wollte die alte Firma einfach nur die Programmierung besitzen, ohne einen richtigen Plan damit zu haben. Offensichtlich haben sie diese nun weiterverkauft. Damit erhält sie einen wundervollen Platz.

»Das ist …«, stammle ich und brauche einen Moment, bis ich dieses Glück verarbeitet habe. »Das ist eine richtige Ehre.«

»Nein, Mann. Für mich ist es eine Ehre, dass ich deinen Code in meinem Spiel habe. Du kannst dir nicht vorstellen, wie die Leute darauf abgehen, jede Stimme ganz individuell zu kreieren. Das ist so neu, so ungeahnt und speziell, dass das Spiel jetzt schon ausverkauft ist, obwohl es erst in sechs Monaten gelauncht wird.«

Das war der Grund. Deshalb wollte ich damals schon in der Schule programmieren. Menschen sollten Spaß an meinen Erfindungen haben. Es sollte sie animieren, mehr aus Dingen herauszuholen, und nun kommt Jonah, der meinen Code in sein Spiel integriert. Dieses Privileg muss ich erst einmal verdauen.

»Ich weiß nicht, was ich sagen soll«, murmle ich und bin noch immer hin und weg.

Jonah steht auf und zückt seinen Geldbeutel. Er fischt etwas heraus, das er mir entgegenstreckt. Mein Blick fällt auf eine schwarze Karte mit neonfarbenen Streifen und einer goldenen Beschriftung. »Ich muss weiter, meine Freundin wartet. Aber du kannst dich gerne mal melden, und ich zeige dir, was aus deinem Code geworden ist. Von Programmierer zu Programmierer.« Er zwinkert.

Ich nehme die Karte entgegen und nicke euphorisch. »Klar, gerne!«

Jonah hebt zum Abschied noch seine Hand, dann ist er verschwunden. Ungläubig betrachte ich nochmals die Karte zwischen meinen Fingern. Das Glücksgefühl, das gerade durch meine Adern fließt, kann ich gar nicht beschreiben. Adrenalin pumpt durch meinen Körper, und mein Puls würde wahrscheinlich alle Rekorde brechen, so heftig schlägt mein Herz gegen meine Rippen.

Freudig umarme ich Abigail. Diese quietscht erschrocken auf, lacht aber dann und schlingt ihre Arme um meinen Nacken. Mir ist egal, dass wir uns in der Öffentlichkeit befinden und ich mich eigentlich zusammenreißen sollte.

»Nicht so stürmisch«, ermahnt sie mich kichernd. Aber ich schmiege mich nur noch enger an meine Freundin. Sie riecht so unfassbar gut. Am liebsten würde ich mich in ihr verlieren wollen, jetzt, statt weiterhin hier unter Beobachtung zu stehen.

»Ich möchte euch ja nicht stören, aber die Leute gucken schon«, zischt Polly und blickt verstohlen hin und her, während sie das Essen vor uns auf dem Tisch abstellt. Nur widerwillig löse ich mich von Abigail und sehe unserer Freundin dabei zu, wie sich gegenüber von uns niederlässt.

»Sorry, man wird doch wohl noch seine Freude teilen dürfen«, sage ich entspannt und greife nach dem Essen, das Polly geholt hat.

Diese folgt meiner Bewegung und verzieht mit einem Mal genervt das Gesicht. »Verdammt, jetzt habe ich das Ketchup vergessen«, jammert sie und lässt die Schultern hängen.

Abigail springt neben mir auf, als wäre sie von einer Tarantel gestochen worden, und sagt spitz: »Ich gehe es holen.« Ehe irgendjemand darauf antworten kann, läuft sie auch schon davon.

Mein Blick gleitet automatisch auf ihre schwingenden Hüften, während sie sich von uns entfernt. Das orangefarbene Kleid betont ihre Kurven und kurbelt schlagartig meine Fantasie an. Gott, ich freue mich jetzt schon darauf, ihr diesen Fetzen nach oben zu schieben. Ob sie Unterwäsche darunter trägt? Es sieht so aus, als würde ...

Schnipsende Finger vor meinem Gesicht reißen mich aus meinen Gedanken. Irritiert schnellt mein Kopf zu Polly herum, die ihre Hände zurückzieht und mich mit einem mahnenden Blick ansieht. »Was wird das, wenn's fertig ist?«

Ich lege die Stirn in Falten und schüttle meinen Kopf. Unbeirrt greife ich zu den Pommes, aber Polly schlägt mir auf die Finger.

»Hey!«

»Nichts, hey!«, erwidert sie und schiebt das Essen beiseite. »Du hörst mir jetzt zu.« Ihre Augen funkeln, und der erhobene Finger vor meinem Gesicht verheißt nichts Gutes. »Dass ich dir verziehen habe, dass du damals wie der größte Schlappschwanz einfach verschwunden bist, heißt nicht, dass ich dich nicht tief in meinem Inneren doch noch ein klitzekleines bisschen hasse.« Sie nickt in die Richtung, in die Abigail abgehauen ist. »Was du ihr angetan hast, war nicht fair, Trevor. Und du weißt, dass sie ein riesiges Herz hat und dir immer verzeihen würde. Nutz das nicht aus.« Ihre Stimme wird ein wenig sanfter, während mein Mund staubtrocken wird. »Diese Frau hat das Beste von dieser Welt verdient und nicht eine schnelle Affäre, bevor du dich mit deinem Modepüppchen irgendwo absetzt und für immer glücklich wirst.«

Mein Herz sticht schmerzend in meiner Brust. Polly trifft mit ihren Worten einen Nerv, der mich die ganze Zeit schon plagt.

»Ich weiß nicht ...«, möchte ich antworten, aber sie schüttelt den Kopf. »Nein, rede dich da nicht raus. Entweder du liebst Abigail und du würdest alles für sie tun, oder du bist ein feiner Kerl und überredest deine Verlobte, woanders zu heiraten.«

Fuck, sie hat recht.

Polly greift zu den Pommes und steckt sich eine in den Mund. »Aber für die Kosten kommt ihr natürlich trotzdem auf. Als Entschädigung dafür, dass du meine beste Freundin nur benutzt hast.« Sie lacht, wird aber dann wieder ernst. »Ich sehe, was zwischen euch ist, und ich habe es damals schon gesehen, genauso wie George und jeder andere, der Augen im Kopf hat. Ihr gehört zusammen.«

»Die hatten nur noch dieses BBQ-Zeug.« Schwer atmend lässt sich Abigail neben mich auf die Bank fallen und wirft ein paar Plastiktütchen auf den Tisch.

Ich schlucke hart. Verdammt, Polly hat mir schon früher manchmal den Kopf gewaschen, aber heute, heute hat sie einen bestimmten Punkt in meinem Herzen erreicht. Sie hat recht. Die Firma ist bei Weitem nicht so wichtig wie Abigail.

Dieses ganze Leben, das ich angestrebt habe, war trostlos, und es fühlt sich an, als wäre ich vor ein paar Tagen noch ein gänzlich anderer Mann gewesen.

Mit dieser Erkenntnis wende ich mich an Polly und zwinkere ihr zu. Sie soll wissen, dass ich alles klären werde. Ich werde nicht heiraten, ich muss nur noch wissen, wie ich gleichzeitig auch meine Mannschaft retten kann.

~

Die Spieße schmeckten grandios. Schon ewig habe ich kein so gutes Fleisch mehr gegessen. Die Marinade von den Clarks ist einzigartig und gehört in eine Sterneküche, ganz ehrlich. Als wir pappsatt waren, erzählten wir noch miteinander bis sich irgendwann Rutherford zu uns gesellte, und auch Loan schloss nach einer Zeit ihren Stand und setzte sich in unsere Runde. Es floss viel Bier, wir lachten und stimmten Volkslieder ein, bis die Clarks ihre Gitarren nahmen und sich vor ihrem Restaurant hinsetzten, um ein Lied nach dem anderen zu covern.

Die Stimmung ist mitreißend. Inzwischen stehen die Leute schon auf den Bänken, wiegen sich zu der guten Musik und grölen die Songtexte halbfalsch mit, so wie Abigail. Ihre Wangen sind gerötet und ihre Hand ruht auf meinem Rücken. Sie singt mit Eric die letzte Strophe und schwingt ihre Hüften.

Es erinnert mich an die Zeiten in unserer Jugend, als wir hier standen und uns, ebenso wie jetzt, gemeinsam zur Musik wiegten. Wie sehr habe ich es vermisst, so einen unbeschwerten Abend zu genießen. Seit Tagen trage ich keinen Anzug mehr, ich habe Turnschuhe an und meine Haare sind total zerzaust. Ein unordentlicher Dreitagebart, der Abigail so gut gefällt, ziert mein Gesicht, und ich kann mich nicht dran erinnern, wann ich mich das letzte Mal so frei gefühlt habe.

Kapitel 16

Abigail

Herzhaft gähne ich und strecke meine Finger nach der anderen Bettseite aus. Selbst im Halbschlaf, mit geschlossenen Augen, möchte ich nichts weiter, als Trevor zu berühren. Der gestrige Abend war so wundervoll und erholend, dass ich mich gerne wieder an ihn kuscheln möchte.

Nachdem wir einiges getrunken hatten und noch lange zu den Coversongs der Clarks getanzt haben, sind wir in sein Elternhaus gestolpert. Endlich konnte ich ihn wieder berühren. Der Sex danach war einfach unglaublich.

Meine Finger fahren über das weiche Laken und ...

Moment.

Blinzelnd ziehe ich meine Hand zurück. Es braucht einen Moment bis sich meine Augen an die helle Umgebung gewöhnt haben, aber dann ... Trevor liegt nicht neben mir im Bett.

Unwillkürlich runzle ich meine Stirn und lausche.

Kann es sein, dass er im angrenzenden Badezimmer ist?

Nein, ich höre weder das fließende Wasser in der Dusche noch irgendein anderes Geräusch. Mein Blick schweift zu meinem Handy, das neben mir auf dem Nachttisch liegt. Eilig grapsche ich danach und sehe auf das Display. Mal davon abgesehen, dass ich kaum noch Akku habe, da ich wohl vergessen habe, das Ding an den Strom anzuschließen, sind nur unzählige Nachrichten von Mom drauf.

In der ersten Nachricht fragt sie mich, wie es auf dem Fest war. In der zweiten, ob ich ihre Pflanzen gegossen habe, was ich stolz mit Ja beantworten kann, und in der dritten schreibt sie, dass sie es nicht mehr länger bei ihrer Schwester aushält. Danach folgen fast stündliche SMS mit Fotos von den Kindern und Granny. Offenbar vermisst Mom die Kleinstadt.

Vorsichtig wird die Tür geöffnet. Ich schrecke hoch, beruhige mich aber sofort wieder, als ich Trevors Gesicht sehe. Er jongliert mit seinen kräftigen Armen ein hölzernes Tablett, auf dem ich viele Leckereien und eine Kaffeekanne sichte. Augenblicklich zieht sich mein Herz zusammen. Verdammt, er ist so toll!

Ich unterdrücke ein genussvolles Seufzen und lege das Handy zurück auf den Nachttisch. »Du hast Frühstück gemacht?« Verzückt beiße ich mir auf die Unterlippe. Meine Augen strahlen sicher mehr, als es jede radioaktive Strahlung auf diesem Planeten je könnte.

Trevor kommt mit diesem Grinsen näher. Er trägt nichts außer diese sexy Boxershorts, die sich eng an seinen Körper schmiegt. Allein beim Gedanken daran, was sich darunter verbirgt, durchströmt mich eine Hitze.

»Nach gestern dachte ich, du brauchst sicher eine Stärkung. So wild, wie du warst«, raunt er und stellt das Tablett auf die Matratze.

Ich schmunzle und komme ihm entgegen, um ihm einen leichten Kuss auf den Mund zu hauchen. »Was genau meinst du? Meine Tanzeinlage oder das, was wir danach gemacht haben?«

Trevors Iriden nehmen eine dunklere Nuance an. Seine Finger streicheln meine Wange. Sein Geruch umhüllt mich, und ich genieße seine Anwesenheit mit allen Sinnen.

»Das danach, natürlich.«

Kichernd lege ich meine Finger auf seine harte Brust. »Das war noch gar nichts!«

Mit Schwung rolle ich mich auf ihn, passe dabei aber penibel auf das Tablett auf. In mir lodern schon wieder die Flammen, und ich möchte ihm näher sein. Viel näher.

Ich küsse ihn ungebremst und gierig, was ihn in meinem Mund stöhnen lässt. Schlagartig spüre ich seine Härte an meinem Unterbauch wachsen.

»Wieso hast du die Shorts überhaupt angezogen?«, necke ich ihn zwischen den Küssen. Er lacht rau. »Mir war nicht klar, dass du nach gestern noch Ausdauer hast.«

Ohne Slip reibe ich mich an seiner Erektion, gemächlich und genüsslich, sodass er dadurch immer härter wird. Ich spüre ihn pulsierend an meiner besten Stelle und wimmere auf.

In Trevors Augen lodern die Flammen. Er fasst um meine Taille, presst mich enger an sich und grinst frech. Ihm ist klar, dass ich durch die Reibung an meinem Kitzler gleich durchdrehe. Doch ich will ihn in mir, wenn ich komme.

Flink fasse ich in seine Boxershorts. Zischend schließt er die Augen. »Fuck, Abigail!«, knurrt Trevor, als würde er gleich den Verstand verlieren.

Mir geht es ähnlich. Ich kann nicht länger warten. Eilig schiebe ich seine Shorts hinunter und setze mich auf seine Härte.

Synchron stöhnen wir auf. Automatisch gleitet mein Kopf in den Nacken. Langsam nehme ich ihn in mich auf. Zentimeter für Zentimeter weitet er mich. Inzwischen habe ich mich an seine Länge gewöhnt, trotzdem ist es jedes Mal aufs Neue aufregend. Er stößt gegen die himmlische Stelle in meinem Körper und ich seufze sinnlich.

Mein Blick trifft seinen. In seinem Gesicht liegt ein Ausdruck, der mir eine Gänsehaut beschert. Es ist so intensiv, so intim und so vertraut, dass es mir kurz den Atem raubt.

Seine Hand knetet meinen Hintern, die andere streichelt meine Brustwarze. Jauchzend wölbe ich mich ihm entgegen und beginne, ihn zu reiten.

Ich brenne. Mein gesamter Körper steht in Flammen, und niemand anders als Trevor kann mich davon erlösen. Wellen der Lust schwappen über mich. Mit jedem Stoß der Lust verliere ich mehr die Kontrolle, reite ihn schneller, heftiger und losgelöster.

Er stöhnt berauscht und kneift mir in meinen Po, während ich spüre, dass der Orgasmus über mich rollt.

Heftig komme ich und ziehe mich um seine Erregung zusammen.

»Fuck«, raunt er heiser. »Du bist ... oh«, murmelt er, und der Rest seines Satzes geht in einem heftigen Stöhnen unter.

Alles, was ich darauf zu sagen weiß, ist: »Ich liebe dich.«

Oh Gott, habe ich das eben wirklich gesagt?!

Ein bisschen Panik steigt in mir auf, aber Trevor entgegnet nichts. Er lächelt mich mit diesem schiefen, unheimlich sexy Grinsen an und streicht mir eine verirrte Haarsträhne aus dem Gesicht.

»Das war ein fantastisches Frühstück«, sagt er leise und drückt mir ein Kuss auf die Lippen.

Eilig ziehe ich mich zurück. »Das finde ich auch.«

»Aber jetzt sollten wir wirklich etwas essen. Da dein Café heute geschlossen ist, habe ich nämlich etwas mit dir vor.« Er zwinkert, und in mir steigt schon wieder diese wundervolle Hitze auf.

Verdammt. Dabei habe ich gerade gesagt, dass ich ihn liebe. Worauf er nichts geantwortet hat. Das ist doch ein eindeutiges Zeichen, oder? Ich sollte gehen. Ich sollte mich von Trevor fernhalten und mich um die Liste kümmern, die seine Verlobte mir hat zukommen lassen.

Ich sollte ...

Trevor beugt sich zu mir und sieht mir fragend in die Augen. »Geht es dir gut?«

Offenbar ist ihm mein misstrauischer Blick nicht

entgangen. Jetzt wäre der Moment, in dem ich ihm sagen könnte, dass ich nicht will, dass er heiratet. Ich sollte ihm klarmachen, dass ich nicht die schnelle Affäre für zwischendurch bin. Dass ich mehr möchte.

Statt aber mein Herz sprechen zu lassen, zwinge ich mich zu einem Lächeln und nicke. Scheiße, was soll ich denn auch anderes sagen? Ich will ihn einfach nicht verlieren.

Meine Augen sind sicher geweitet, denn damit habe ich nicht gerechnet. Trevor steht neben mir und berührt kaum merklich meine Hand. Er beobachtet aufgeregt meinen Gesichtsausdruck.

»Was sagst du?«, will er wissen.

Ich schüttle ungläubig den Kopf und gehe weiter über den Steg. »Rutherford leiht uns sein Segelboot?«, wiederhole ich das, was er gerade eben gesagt hat.

»Ja, wir können ein bisschen aufs Meer fahren, wo wir vollkommen unentdeckt die Zeit im Freien genießen können«, vernehme ich Trevors Stimme hinter mir.

Mein Herz ist natürlich sofort Feuer und Flamme für diese Idee. Verdrängung kann ich einfach besser als Konfrontation. Nachdem wir heute Morgen gefrühstückt hatten und uns im Bett sicher noch eine Stunde unterhielten, meinte Trevor, dass er eine Überraschung für mich hätte. Dass wir tatsächlich auf einen Segeltörn gehen, habe ich nicht erwartet.

Ich drehe mich begeistert zu ihm um. »Das ist …

Ich weiß gar nicht, was ich sagen soll.« Vielleicht, dass ich ihn liebe? Schon wieder. Oh Mann!

Es ist nur so, dass das Segeln genauso zu Darrywood gehört wie die Küste. Von klein auf sind wir mit Rutherford aufs Meer gefahren und haben unsere Mittage damit verbracht, zu schnorcheln und den Grund nach Schätzen abzusuchen. Trevor und ich sind dieser Beschäftigung sogar nachgegangen, bis wir in die Highschool gekommen sind. Danach waren wir dann zu ›cool‹ dafür.

»Ich habe sogar an unsere Ausrüstung gedacht.« Stolz hebt Trevor den Rucksack in seinen Händen nach oben. »Und an Proviant.«

»Nein?« Freudig springe ich auf.

Es ist ein faszinierender Tag.

So wie früher schwammen wir durch die Wellen, tauchten nach Schätzen und zeigten uns gegenseitig die Fische des Ozeans. Wir küssten uns, ohne Angst zu haben, dabei gesehen zu werden, und liebten uns auf dem Deck des Bootes. Wir aßen Sandwiches und Erdbeeren, tranken Sekt und Bier.

In jedem Moment wünschte ich mir, dass dieser Tag nicht endet. Dass diese Zeit für immer ist. Das mit mir und Trevor. Dass es nie ein Ende findet und er mich noch ewig so ansehen wird wie heute.

Nun stehe ich beschwipst unter der Dusche. Wir sind vor einer halben Stunde zurückgekommen, und weil wir heute Abend dringend über die Tischdekoration der Höhle reden müssen, möchte ich mir zuvor noch das Salzwasser wegwaschen.

Das Wasser prasselt auf meinen Kopf. Gott, das tut

gut. Vor allem, wenn ich daran denke, was gleich folgen wird. Trevor und ich werden uns zum ersten Mal über seine bevorstehende Hochzeit unterhalten.

Mein Herz zieht sich schmerzlich zusammen, ein Kloß bildet sich in meinem Hals und schlagartig wird mein Mund trocken. Das ist die Angst, die sich in mir aufbaut, denn ich möchte noch nicht über unsere Zukunft reden. Ich bin noch nicht bereit dazu. Obgleich alles in mir sagt, dass Trevor mich liebt und bei mir bleiben wird, gibt mir ein komischer Druck in meiner Magengegend ein ganz anderes Gefühl.

Jedoch nützt es nichts. Ich kann nicht ewig davor weglaufen. Seufzend drehe ich den Wasserstrahl ab und steige aus der Dusche. An einem Haken an der Tür hängt der Bademantel, den ich immer mal wieder trage. Die Initialen von Trevors Mom stehen auf dem beigefarbenen, weichen Stoff. Er schmiegt sich so hervorragend an den Körper, dass ich ihn am liebsten nicht mehr hergeben möchte.

Ich packe mich ein und schaue in den Spiegel. Verdammt, sehe ich glücklich aus. Lächelnd blicke ich mir selbst entgegen und greife nach der Bürste neben dem Waschbecken. Beschwingt kämme ich meine roten Locken und verliere mich dabei im Tagtraum an Trevor.

Ein komisches Geräusch reißt mich aber nur wenig später unsanft aus meinen Gedanken. Zusammenzuckend lege ich die Bürste zurück.

Was war das?

Sind das Stimmen?

Beunruhigt gehe ich zur Tür des Badezimmers, das an das Schlafzimmer angrenzt.

Vielleicht ist Polly ja vorbeigekommen. Oder Trevors Mom ist hier, eventuell ist es auch der Makler, der uns schon ein paarmal gestört hat?

Leise ziehe ich die Badezimmertür auf und lausche.

»Nein, das hat nicht warten können«, höre ich eine Frauenstimme.

Ich halte die Luft an.

Oh mein Gott.

»Penelope, du überdramatisierst das Ganze!«, höre ich Trevor maulen.

Mir wird schwindelig. Ein wenig taumle ich zurück.

Sie ist hier. Oh verdammt.

Ich schließe die Augen.

Mein Körper dreht völlig durch. In meinem Magen scheinen die Schmetterlinge zu Messern geworden zu sein, die sich nun in mein Fleisch bohren. Ich japse nach Luft und versuche, den Schmerz zu unterdrücken.

»Wir zahlen diesen Frauen einen Haufen Geld, und keine von ihnen schafft es, meinen Anforderungen gerecht zu werden!«, brüllt Miss Weiss. Sie scheint richtig in Rage. Natürlich, schließlich habe ich mich in den letzten Tagen nicht um ihre Anliegen gekümmert. Okay, doch, um ihren Verlobten, aber ich glaube, dass das eigentlich gar nicht in mein Aufgabengebiet fiel.

»Und du bist hier und kochst?!«, schreit die Frau fassungslos.

Verdammt, ich muss hier weg.

Eilig sammle ich meine Sachen zusammen und möchte gerade meine Hose anziehen, als ...

War das die Treppe?

»Du könntest doch mit mir essen«, schlägt Trevor vor, und seine Stimme klingt viel näher als noch vor ein paar Sekunden.

Scheiße. Sie kommt hoch, oder?

»Ist das dein Ernst? Ich habe einen Achtzehn-Stunden-Flug hinter mir!«, kreischt Miss Weiss und klingt ihm gegenüber genauso überheblich und arrogant, wie sie auch zu mir war. »Ich möchte nichts mehr, als in die Badewanne dieser Bruchbude und dann ein wenig Schlaf nachholen, bevor ich morgen deiner besten Freundin die Hölle heiß mache!«

Die Treppe knarzt wieder.

Mein Herz schlägt mir bis zum Hals.

Eilig stopfe ich meine Sachen in den Unterschrank des Badezimmers, ziehe den Bademantel enger zu und haste ins Schlafzimmer.

Panisch suchen meine Augen den Raum ab. Ich kann nicht auf den Flur. Penelope würde mich sofort sehen.

Oh Gott, denk nach!

Das Fenster!

Mein Blick bleibt daran hängen. Ja, das ist es. So komme ich wenigstens auf das Dach und kann mich dann davonschleichen. Schnell öffne ich es.

»Penelope, bitte. Das ist doch nicht nötig, oder?«, höre ich Trevor sagen, dessen Stimme hörbar atemlos klingt. Auch ihm ist klar, dass ich hier noch irgendwo sein muss.

Ich schwinge meine Beine hinaus auf das Dach und bleibe mit dem Bademantel hängen.

Argh! Das darf noch nicht wahr sein. Mit beiden Händen ziehe ich an dem Stoff und kann Penelope schon im Flur hören.

»Was sollen denn meine Follower denken, Trevor? Wenn nichts vorbereitet ist und …«

Das Stimmengewirr blende ich vor lauter Panik aus. Ich robbe an dem Bademantel, und in diesem Moment wird die Tür geöffnet.

Ich halte die Luft an.

Oh Gott.

Penelope steht mit dem Rücken zu mir. Sie hebt mahnend den Finger vor Trevor, der nickt. Ich bin mir sicher, er kann mich aus dem Augenwinkel sehen.

Da löst sich endlich der Stoff vom Fensterrahmen und ich purzle gerade auf die Ziegel des Hauses.

»Was war das?«, vernehme ich Penelopes Stimme. »Habt ihr hier Waschbären?«

Ich lege meinen Kopf in den Nacken und starre Hilfe suchend in den Himmel.

Bitte, bitte, lass mich hier wegkommen.

So leise es geht, rutsche ich über das Dach bis zur Regenrinne. Früher haben wir uns meist über das metallne Rosengitter hinausgeschlichen, wenn wir auf unerlaubte Partys in Providence gehen wollten. Genau das werde ich jetzt auch tun, und dann nichts wie weg!

Ich kann aber nicht nach Hause, stelle ich fest, als ich endlich, mit ein paar Kratzern, im Garten ankomme. Wegen dem Verkauf des Hauses waren vor ein paar Tagen Handwerker hier, die einen hohen Zaun um das Grundstück gezogen haben, sodass man nun nicht mehr ganz so einfach zu Polly hinüberklettern kann. Vor allem nicht in diesem Aufzug.

Mein Blick gleitet automatisch zu dem Bademantel, den ich trage.

»Lass mich doch nur kurz aus dem Fenster schauen.«

Was?!

Das war Penelopes Stimme. Offensichtlich hat sie einen Verdacht. Oder schlimmer: Sie weiß es.

In meiner Furcht renne ich hektisch durch den Garten bis zu der Küste und springe auf einen Felsen. Der Zaun ragt nur bis zu den größeren Steinbrocken, dann ist er offen. Mit einem großen Schritt verlasse ich so das Grundstück und komme auf der Straße zum Stehen.

Aufgewühlt renne ich weiter, denn ich höre das Stimmengewirr von Trevor und Penelope näher kommen.

Ich gehe jetzt ganz sicher nicht nach Hause. Das wäre der letzte Ort, an dem ich nun sein wollte. Allein in den vier Wänden, in denen er und ich vor ein paar Tagen noch im Bett herumgetollt haben.

Erst als ich auf dem Kutter zum Stehen komme, halte ich inne. Mein Herz rast, der Brustkorb hebt und senkt sich schnell und meine Lunge zieht hektisch Luft ein.

Was war das denn? Bin ich gerade wirklich, wie die andere Frau, aus dem Fenster geflohen?

Eine Träne läuft über meine Wange. Das kann doch nicht tatsächlich passiert sein?

Schluchzend halte ich mir den Bauch. Verdammt.

Das ist wohl die Sache mit der Verdrängung, irgendwann holt dich die Wahrheit dann doch ein.

Trevor

»Ich habe doch etwas gehört«, beharrt Penelope, die aus dem Fenster sieht.

Mein Herz klopft wie wild gegen meine Rippen. Fuck, wenn sie Abigail sieht, bin ich geliefert. Meine Verlobte ist vielleicht nicht treu, und natürlich machen wir uns da keine Vorschriften, und dennoch würde das zu einer Diskussion führen, für die ich jetzt nicht bereit bin.

Sowieso bin ich total überrumpelt, dass sie hier ist. Niemals hätte ich damit gerechnet, dass sie freiwillig die Kampagne für ein paar Tage verschiebt, um nach Darrywood zu kommen.

Sie wendet sich vom Fenster ab, und ich muss aufpassen, dass ich nicht zu erleichtert aufatme.

Skeptisch mustert Penelope mich. Ihr blondes Haar ist zu einem hohen Zopf gebunden, sie trägt Gucci-Ohrringe und ihr Gesicht ist aufwendig geschminkt. Wenn ich sie ansehe, frage ich mich, was mich vor einem Jahr nur geritten hat, mit ihr ins Bett zu gehen.

»Du verhältst dich noch seltsamer als ohnehin schon, Trevor.« Sie verschränkt die Arme vor der Brust und mustert mich.

»Es ist nur die Arbeit«, murmle ich und stecke die Hände in die Hosentasche.

Schnaubend schüttelt sie den Kopf und kommt auf ihren High Heels näher. »Lass diesen Kinderkram einmal aus dem Spiel. Das kann nicht dein Ernst sein, dass du das einen Job nennst! Disziplin gehört doch ganz offensichtlich nicht zu deinen Stärken, sonst hättest du es auch geschafft, ein paar Entscheidungen für die Hochzeit zu treffen. Du bist seit einer Woche hier!«

Ihre Worte sind giftig. Meine Hände ballen sich zu Fäusten. Mein Kiefer schmerzt. Eilig schlucke ich den aufkeimenden Ärger hinunter. »Wenn du diesen aufwendigen Firlefanz auf deiner Feier haben willst, wieso kümmerst du dich dann nicht darum? Deine Follower würden sich doch sicher freuen, wenn du mal etwas selbst machst, statt es immer zu delegieren.«

Sie schnappt nach Luft, und ihr Mund bleibt offen stehen. Dann fängt sie sich wieder und reckt ihr Kinn. »Deshalb bin ich doch jetzt hier, Baby.« Penelope kommt näher und legt den Kopf schief. »Damit mein armer, überstrapazierter Verlobter mehr Zeit für sein Footballteam hat.«

Ich rolle die Augen. In meinem Inneren tobt ein Sturm. Die Panik von vorhin lässt noch immer einen Haufen Adrenalin durch mich hindurchpumpen. Und

Abigails Blick, wie sie mich ansah, als der Stoff des Bademantels festhing. Fuck, sie wird mir das hier niemals verzeihen.

Wir hätten darüber reden sollen, statt es vor uns herzuschieben. Verdammt, aber die Zeit mit ihr war einfach zu schön.

»Wenn du jetzt gehen könntest? Ich möchte baden«, bestimmt Penelope und wirft mir einen genervten Blick zu.

Ich seufze. Nichts lieber als das.

Kapitel 17

Abigail

Rutherford mustert mich kritisch. »Wie kommscht im Bademantel hier her?«

Wenn ich das wüsste …

Ich habe keine Ahnung. Alles, an das ich mich erinnere, sind Trevors große Hände auf meinem Körper. Seine Lippen auf meinem Mund. Und das Geräusch von Schlüssel … und die Überraschung in Trevors Augen.

Trevor Hill, mein bester Freund.

Trevor Hill, der bald heiraten wird. Nicht mich, sondern eine junge Frau aus New York City, die das komplette Gegenteil von mir ist.

Wie komme ich also im Bademantel hierher?

Ja, das ist eine sehr lange Geschichte.

Mit meinen Füßen streife ich etwas auf dem Boden und erschrecke. Klappernd fallen ein paar Flaschen um.

»Hasch meinsch Schnaps getrunksch?«, stellt Rutherford belustigt fest. »Warsch gesternsch nisch gut mit Trevor aufsch der Mary?«

Er meint sein Segelboot. Trevor und ich waren vor nicht einmal achtundvierzig Stunden noch auf seiner Mary und hatten einen wundervollen Tag.

Oh Gott, gestern war noch alles in Ordnung, und nun ...

Erneut jagt ein Schmerz durch meinen Kopf. Ich schließe die Augen und reibe meine Schläfe.

»Kommsch isch bingsch dich heim«, höre ich Eric sagen.

Nickend stimme ich ihm zu.

Verdammt, das hier ist so peinlich, dass ich ihm kaum in die Augen sehen kann.

Obwohl die Anlegestelle nicht weit von meinem Elternhaus entfernt ist, fährt mich Rutherford nach Hause.

»Das Café«, murmle ich, als mir einfällt, dass ich meine Pflicht schon wieder vernachlässige. Verdammt, Polly bekommt einen Orden, wenn das alles vorbei ist.

Eric grinst mich an. »Isch doch erscht halbsch Acht.«

»Erst halb acht?« Erleichtert stoße ich einen Schwall Luft aus. Also noch anderthalb Stunden, bis ich das Café öffnen muss.

Die Bremsen des Pick-ups quietschen, als Rutherford auf der Bay-Street anhält. Ich bedanke mich bei ihm fürs Heimfahren und stürze praktisch aus dem

Fahrzeug heraus. Ich will so schnell wie möglich diese Situation vergessen. Es ist so unsagbar unangenehm, dass ein Stadteinwohner mich so gesehen hat. Aber ich kann von Glück sagen, dass es Eric war und niemand anders, denn er ist verschwiegen.

Ich höre, dass dieser hinter mir umdreht, während ich durch das weiße Gartentor gehe. Mit schnellen Schritten gehe ich die paar Steinstufen hinauf und gehe in die Hocke, um den Schlüssel unter der Matte hervorzuholen.

»Butterfly.«

Das Blut gefriert in meinen Adern. Augenblicklich beginnt mein Herz sich zusammenzuziehen. Schneller stehe ich auf, um die Tür aufzuschließen. Ich möchte jetzt nicht mit ihm sprechen. Nicht jetzt, nicht heute, nicht morgen – am liebsten nie wieder.

Endlich springt die Tür auf. Hinter mir vernehme ich schon die schnelleren Schritte. Gerade als ich hinter mir zuziehen möchte, stellt Trevor seinen Fuß dazwischen.

»Bitte.«

Mein Blick gleitet automatisch in seine Augen. Das Schwarz darin ist getrübt. Ein Ausdruck liegt auf seinem Gesicht, den ich bisher noch nicht gesehen habe. Ist es Reue?

»Ich kann jetzt nicht mit dir reden«, murmle ich.

Trevor nickt und schiebt sich in die Tür. »Dann lass es mich tun, okay?«

Ich schüttle den Kopf und möchte ihn nach draußen drängen, aber er schafft es in den Flur. Hinter ihm fällt das Holz ins Schloss.

Erneut rollt eine leise Träne über meine Wange. Ich bin wütend, auf mich, auf ihn. Aber auch so enttäuscht, verdammt. Weil ich selbst nicht sehen wollte, was direkt vor meiner Nase lag.

Er macht einen Schritt auf mich zu. Ich weiche weiter in den Flur. »Du hast mich zu der *anderen* Frau gemacht, und ich habe es zugelassen«, schniefe ich. Verdammt, ich bin so dämlich.

Trevor schüttelt den Kopf. »Es tut mir so leid, Butterfly.«

»Hör auf, mich so zu nennen!«, schreie ich, und er zuckt zurück. »Hör auf, das zu mir zu sagen.«

»Okay, ich ...« Er verschwimmt vor meinen Augen. »Ich möchte nur, dass du mir zuhörst.«

»Was könnte denn ungeschehen machen, was gestern beinahe passiert wäre? Selbst wenn da keine Liebe zwischen euch ist, hätte es diese Frau für immer verändert. Es ist furchtbar, so etwas mitansehen zu müssen!« Aus mir spricht die Person, die vor einem Jahr ihren Verlobten beim Fremdgehen erwischt hat. Ich bin für immer gezeichnet und werde es niemals mehr vergessen, dass die beiden in unserem Bett lagen.

»Fuck, Abigail, ich würde dich immer wählen, okay?«, sagt Trevor strenger.

Irritiert lege ich meine Stirn in Falten.

»Du warst es immer. Wirst es immer sein. Ich weiß nicht, wie ich auch nur annehmen konnte, ohne dich glücklich sein zu können«, gesteht er.

Das Pochen meines Herzens ist so laut, dass ich glaube, es nur zu träumen.

»Doch es gibt etwas, das es mir fast unmöglich

macht, mit dir zusammen zu sein. Es geht einfach nicht. Du wirst mich hassen, sobald du es weißt.« Trevors Worte klingen heiser und schmerzerfüllt. »Ich konnte es dir bis jetzt nicht sagen.«

Ich verstehe nicht, was hier gerade passiert. Er will mich? Er will diese Hochzeit abblasen? Aber bekommt er dann nicht Probleme? Was hat er für ein Geheimnis, das mich zerstören könnte? Wovon redet er denn da?

»Dieses Football-Team bedeutet mir so viel, weil ich …« Er atmet hörbar schwer aus. Ich verstehe gar nichts mehr. »Das mit deinem Bruder war kein Unfall, Abigail.«

Was? Was redet er denn da? Hatte er einen Unfall und leidet unter einem Schädel-Hirn-Trauma, das ihn Schwachsinn reden lässt?

Sein Blick trifft meinen, und nun kann ich ganz klar ausmachen, was in seinem Gesicht geschrieben steht. Schuld.

»Ich habe George umgebracht.«

Trevor

Sie taumelt kopfschüttelnd zurück und hält sich am Geländer der Treppe fest. »Nein«, bringt sie erstickt hervor.

Mein Herz bricht bei ihrem Anblick. Ich musste es ihr sagen. Ich konnte es nicht länger vor ihr verschweigen.

Deshalb bin ich damals einfach von heute auf morgen verschwunden. Wie hätte ich ihr denn je wieder unter die Augen treten sollen, mit dem Wissen, ihren Bruder getötet zu haben?

»Es tut mir leid«, hauche ich und spüre, dass sich ein Kloß in meinem Hals bildet. Jahrelang habe ich mich dafür gebeutelt, in jedem Moment habe ich mich dafür verflucht, dass George nicht mehr an meiner Seite ist.

»Aber es war ein Unfall, er ist ... er hat ... ich ...« Sie streicht sich aufgelöst ein paar Haarsträhnen aus ihrem Gesicht. Ihre Wangen sind rot, Tränen laufen darüber und sie zittert.

Wie gerne würde ich sie nun in den Arm nehmen, aber ich weiß, dass sie das nun nicht ertragen könnte. Und das verstehe ich.

»Wie?«, fragt sie und sieht mich aus glasigen Augen an.

Räuspernd möchte ich den Kloß in meinem Hals vertreiben, aber es geht nicht.

»Es war ein Unfall, Trevor! George ist in den Wagen gestiegen! Nicht du! Er ist von den Klippen gestürzt! Daran hast du keine Schuld. Wie ... ich meine ... Wie sollst du ihn umgebracht haben?«

Ich schüttle den Kopf und reibe mir verzweifelt über die Stirn. »Scheiße, er wäre doch niemals gefahren, wenn ich ihn zurückgehalten hätte!«, bricht es aus mir heraus.

Abigails Gesichtszüge verändern sich. Tonlos murmelt sie: »Nein, nein, das ...«

»Doch, verdammt«, versichere ich ihr. »Ich hätte ihn aufhalten können. Verfickte Scheiße! Er fragte mich dreimal, ob wir fahren. Aber weil ich mich so amüsiert habe und ich dich nicht allein lassen konnte, weil dieser komische Ren an dir rumgegraben hat, habe ich ihm die Schlüssel gegeben. Verdammt, ich wusste doch nicht, dass er so voll ist! Niemals hätte ich geahnt, dass er sich mit Polly gestritten hat und deshalb so unbedingt fahren wollte. Ich hatte keine Ahnung, aber ich hätte besser zuhören sollen. Stattdessen habe ich mich nur um dich gekümmert, scheiße!«

Fuck, das lastet so schwer auf mir, dass ich keine Luft bekomme. Wenn ich nur darüber nachdenke, wird mir übel. Ich hätte ihm das Leben retten können und habe es nicht getan. Verdammt, wenn ich doch nur besser hingehört hätte.

Ich spüre Abigails Arme, die sich um mich schlingen. »Das ist nicht deine Schuld, Trevor. Er war verantwortungslos. Er hat nicht darüber nachgedacht, dass er getrunken hat. Dafür kannst du nichts.«

»Aber ich hätte ihn aufhalten können, wenn ich nicht dich gewählt hätte«, murmle ich.

Abigail schüttelt ihren Kopf an meiner Brust. »Hör auf, dir die Schuld dafür zu geben. Wenn ich gewusst hätte, dass du deshalb ...« Sie verstummt und drückt mich fester.

»Ich habe das nicht verdient, Butterfly. Nichts davon. Weder dich noch ein glückliches Leben. Jetzt ist es an mir, Georges Träume wahr werden zu lassen«, sage ich heiser.

»Das würde er nicht wollen«, flüstert Abigail und sieht zu mir auf. »Er würde es nicht wollen. Mein Bruder fände es wundervoll, wenn er uns zusammen sehen könnte. Er wäre stolz, auf alles, was du in deinem Leben getan hast.« Sie lacht leicht. »Aber er würde dich dafür hassen, dass du mir immer wieder das Herz brichst.«

Es tut gut, dass sie mir diese Last von den Schultern nehmen möchte. Dennoch lebe ich schon so lange damit, dass ich nicht weiß, wie es ohne diese Verantwortung ist. Und ich glaube keinesfalls, dass Abigail recht hat. Mein Innerstes sagt mir, dass ich George ein Leben schuldig bin. Ich muss diesen einen Traum, den wir beide hatten, leben, weil er es nicht mehr kann. Auch wenn es mir das Herz zerreißt.

»Ich kann das nicht«, bringe ich kehlig hervor.

Abigail runzelt ihr Stirn. Eine ihrer Augenbrauen hüpft nach oben und sie wirkt total verwirrt.

Langsam schiebe ich sie von mir weg. »Es tut mir leid, Butterfly. Aber ich kann einfach nicht. Hier darf es einmal nicht um mich gehen.«

Viel zu schnell drehe ich mich herum und verschwinde. Dieses Leben hätte ich einfach nicht verdient. Ich hätte Abigail nicht verdient, dieses Glück, diese Liebe.

Kapitel 18

Abigail

Liebeskummer tut weh. Ganz besonders. Es ist die Art von Schmerz, die sich in deine Seele einbrennt und Narben hinterlässt, dich zeichnet und dich nie wieder zu dem Menschen zurückkehren lässt, der zuvor existierte. Bricht dir jemand das Herz und du musst danach die Einzelteile wieder zusammenflicken, ist das nicht mehr das Gleiche. Das Ding in meiner Brust, das fleißig Blut durch meine Adern pumpt, ist nur noch ein Muskel. Bedeutungslos.

Die ersten Tage litt ich am meisten. Trevor war nämlich wieder verschwunden. Von jetzt auf gleich stand der Bentley nicht mehr in seiner Einfahrt. Eine Nachricht auf meiner Mailbox unterrichtete mich darüber, dass Penelope nicht mehr auf meine Dienste angewiesen sei. Trotzdem hat mir Trevor das Geld überwiesen. Allein beim Gedanken daran wird mir wieder übel. Als müsse er mich für die Zeit mit mir bezahlen.

Ich streife meine Finger an der Schürze ab und widme mich der Siebträgermaschine, um den bestellten Kaffee zuzubereiten.

»Geht es dir wirklich gut?« Polly sieht mich besorgt an. Schulterzuckend nicke ich. »Ich kann den Frauen ja nicht ewig aus dem Weg gehen, oder?«

Polly atmet hörbar Luft aus, erwidert aber nichts. Stattdessen wandert ihr Blick an mir vorbei zu den Damen, die an ihrem gewohnten Tisch sitzen und tratschen. Wie die Hyänen warten sie darauf, dass ich ihre Bestellung an den Tisch bringe und sie mich ausfragen können. Wie ein Lauffeuer hat sich herumgesprochen, dass Trevor und seine Verlobte nun doch nicht in Darrywood heiraten, und natürlich wollen alle wissen, warum.

Die letzte Tasse richte ich auf dem Tablett an und hebe es dann auf meine Arme. Egal wie sehr die Unterhaltung mit den Lästerschwestern gleich schmerzen wird, da muss ich durch. Ich habe das vor einem Jahr schon einmal geschafft. Wobei dieser Liebeskummer bei Weitem nicht so sehr wehgetan hat wie das hier.

»Abigail«, begrüßt mich Sonja lächelnd, als ich ihren Kaffee vor ihrer Nase abstelle. »Wir haben es schon vor ein paar Tagen gehört, aber wir wollten dich nicht gleich überfallen.«

Ach, nein?

Ich hebe leicht meine Mundwinkel an und nicke. »Ja, alles okay.«

»Ist es das?«, fragt mich Ayline Strauss und ihre Augen werden groß. Diesen Ausdruck in ihrem Gesicht kenne ich nur zu gut. Da ist wieder dieses Mitleid. Gott, ich hasse es.

»Ja, wir haben gehört, es soll richtig zwischen euch gekracht haben?«, wirft Rebecca ein und streicht sich über das dunkle Haar, das sie in einem Dutt verstaut hat.

Meine Lippen schmerzen, aber ich bemühe mich, weiterhin freundlich und zufrieden auszusehen, und gleichgültig. »Nein, Trevor und Miss Weiss haben sich nur dazu entschieden, die Feier zu verlegen. Das Café und die Höhle sind nun mal nicht groß, und für eine Feier in diesem Ausmaß einfach nicht geeignet.«

»Dann hat es nichts damit zu tun, dass ihr euch nähergekommen seid?«, will Beatrice wissen.

»Ja.« Ayline nickt. »Man soll euch nämlich zusammen auf Erics Segelboot gesehen haben, und auf dem Sommeranfangsfest wart ihr auch sehr vertraut!«

Oh Gott. Bitte, kann mich irgendwer aus diesem Albtraum retten?

Die Glocke des Cafés läutet. Erleichtert, nicht auf die Fragen der Damen antworten zu müssen, drehe ich mich um.

Mom?

Aus meinem gestellten Lächeln wird ein echtes. »Was sucht ihr denn hier?«, frage ich und gehe auf die beiden zu, um sie zu begrüßen. Mom sieht ein wenig gestresst aus, Oma wirkt stattdessen ausgeruht.

»Das ist doch mein Zuhause, oder?«, will meine Mutter wissen und schließt mich in ihre Arme.

Ich kichere. »Das meinte ich doch gar nicht. Wieso habt ihr denn nichts gesagt?« Willow blickt schmunzelnd zu mir auf. »Schätzchen, wieso sollten wir einer Angestellten denn sagen, dass wir nach Hause kommen?«

Mom wirft mir einen vielsagenden Blick zu. Ich ignoriere das schwere Gefühl in meinem Inneren. Es hätte geholfen, Granny in den Arm zu nehmen und mit ihr zu reden. Das konnte ich früher meist besser mit ihr als mit meiner Mutter. Dass dies nun nicht mehr geht, tut in diesem Augenblick besonders doll weh.

»Wie ich sehe, leben die Geranien noch.« Mom blickt zu ihren heiß geliebten Pflanzen, die in der Ecke stehen. »Und meine Erdbeeren?«

Ich rolle die Augen und lache. »Heute morgen erst frisch gegossen.«

»Es ist doch besser, wenn man das abends macht, Abi«, mahnt sie mich, lächelt aber, und ich weiß, dass sie es nicht ernst meint.

»Setzt euch, ich bringe euch einen Kaffee.« Ich nicke zu einem freien Tisch auf der rechten Seite.

»Und dann rufst du Trevor an. Er muss unbedingt vorbeikommen«, ruft mir meine Mutter schon nach, und ich zucke zusammen.

»Der ist doch gar nicht mehr hier«, wirft Sonja von der anderen Seite ein.

»Ist er nicht?«, möchte meine Mutter wissen.

Ich schließe die Augen. Darrywood nervt. Es ist blöd, dass immer alle Bescheid wissen und man nichts in Ruhe berichten kann. Mom möchte ich doch zumindest die halbe Wahrheit erzählen, aber vor den Lästerschwestern werde ich das ganz sicher nicht tun.

»Trevor ist gegangen«, sage ich und drehe mich zu meiner Mutter um. Sie legt die Stirn in Falten, während sie Grandma auf einen Stuhl befördert.

»Meinen Kaffee bitte mit ordentlich Bailys«, plärrt diese, was ich unkommentiert lasse und mich an meine Mutter wende.

»Ich erkläre es dir später, okay?«, sage ich so leise, dass nur sie mich hört. Mom nickt irritiert, willigt aber mit einem Kopfnicken ein und kümmert sich wieder um Oma.

Nachdem wir das Café endlich schließen können, sitzen wir an dem kleinen Tisch in der Ecke. Wir haben Wein geöffnet und Polly serviert ihre berühmten Tortellini. Ich bringe Mom auf den neuesten Stand, unterlasse es dabei aber, von der Sache mit Trevor und mir zu erzählen.

»Dann hast du mit ihm geschlafen?«, unterbricht Granny mich, während ich gerade dabei bin, Mom von Penelopes plötzlicher Absage zu erzählen.

»Was?« Mein Herz beginnt heftiger zu schlagen.

Oma Willow zuckt mit den Schultern. »Schätzchen, du kannst deiner Mutter vielleicht erzählen, dass diese Hochzeit nicht woanders stattfindet, weil das Café zu klein ist. Aber selbst ein Blinder würde sehen, wie sehr du leidest. Und deine Oma erst recht.«

Ein Lächeln bildet sich auf meinen Lippen. »Granny?«, frage ich ungläubig, weil ich das letzte Mal wahrhaftig vor Weihnachten mit ihr geredet habe.

»Nein, der Heilige Geist, Liebes. Natürlich bin ich es.« Sie lacht und schüttelt den Kopf.

Ich verkneife mir die überschwängliche Freude, weil ich sie nicht beunruhigen will. Manchmal weiß ich nicht, ob Willow weiß, wie krank sie ist.

Mom neben mir greift nach Omas Hand. Auch sie scheint glücklich darüber, dass Granny tatsächlich noch in dieser Hülle steckt.

»Also, was ist mit diesem Jungen?«, will sie wissen und nippt an ihrem Glas Wein.

»Ich ... eh.« Diese Situation überfordert mich. »Also ...«

»Du hast mit ihm geschlafen«, sagt meine Oma.

»Hast du?«, wendet sich meine Mutter an mich.

»Komm schon, Olivia. Als würdest du das nicht sehen. Guck dir das Mädchen doch mal an. Sie sieht total abgemagert und traurig aus!«, kontert Granny.

Ich senke meinen Kopf und kaue verlegen auf meiner Unterlippe herum.

»Stimmt das?«, fragt mich Mom und versucht meinen Blick einzufangen.

»Irgendwie schon.«

Erschrocken klappt ihre Kinnlade herunter. Ihre Hand wandert fassungslos zu ihren Lippen, und sie schüttelt leicht den Kopf, als wäre es das Verwerflichste, was sie seit Langem erfahren hat. Klar, für eine Kleinstadt ist das auch der Mega-Skandal. Die total verkorkste Abigail treibt es auf die Spitze und schläft mit ihrem verlobten besten Freund. Ja, ich höre selbst, dass ich damit den Vogel abgeschossen habe.

»Aber ich habe dich doch besser erzogen!« Meine Mutter schnappt nach Luft.

»Ach, Olivia. Bei Liebe spielt die Erziehung doch keine Rolle!«, erwidert meine Oma und wendet sich an mich. »Und, Liebes, sag, wie ging es weiter?«

»Er hat sich für sie entschieden«, flüstere ich und spüre, wie mein Herz wieder ein bisschen bricht.

Neben mir schnappt meine Mutter nochmals nach Luft, als würde sie gerade ertrinken, jedoch schenke ich ihr keine Aufmerksamkeit, da Granny ihre Hand auf meine legt und liebevoll zudrückt.

Ihre hellgrauen Augen versinken eindringlich in meinen. »Dein Opa war auch meine verbotene Liebe.« Ich lege den Kopf schief, während eine kleine Träne an meiner Wange hinunterrollt. Granny nickt eifrig. »Er sollte eigentlich eine Frau heiraten, die in Providence lebte. Sein Vater war sehr streng und zwang ihn dazu. Aber dein Opa riss sich von dieser Familie los und kam zurück zu mir, in mein Café.«

Davon hat sie mir noch nie berichtet.

»Das ist eine schöne Liebesgeschichte«, schwärme ich.

Willow greift nach ihrem Wein und zuckt mit den Schultern. »Man muss auch mal aus der Reihe tanzen, Abigail. Man darf nicht immer alles machen, das von einem verlangt wird. Sonst hätten Opa und ich nicht diese wundervolle, aber total engstirnige Frau gezeugt.« Sie sieht kurz zu Mom, die ihre Augen rollt. Ich muss lachen und wische mir ein paar Tränen von der Wange.

»Es ist okay. Lass die Leute reden. Sollen sie sich

doch das Maul über dich zerreißen. Wir schaffen das schon«, sichert mir meine Oma zu, und Mom schnaubt erneut.

Doch für mich ergeben die Worte von Granny Sinn, denn ich kann nicht mehr der Mensch sein, der alles im Griff hat.

»Ich möchte zur Uni gehen«, platzt es da aus mir heraus. Meine Mutter sieht mich verdutzt von der Seite.

»Damals wollte ich dir ... euch unter die Arme greifen. Aber inzwischen möchte ich unbedingt meinen eigenen Weg gehen. Ich habe sogar eine Universität gefunden, die Abendkurse anbietet, und ich würde mich gerne bewerben.«

Während Trevor und ich uns nähergekommen sind und ich das Kleid in meinem Kinderzimmer fertiggestellt habe, ist mir klar geworden, dass ich unbedingt Modedesignerin werden möchte. Das ist mein Traum, und ich schiebe ihn schon viel zu lange vor mir her. Die Universität in Rhode Island ist nicht weit von hier entfernt. Ich könnte also tagsüber im Café helfen und in der Abendschule lernen. Doch bisher wollte ich mich nicht bewerben, denn Mom muss dem Ganzen zustimmen. Das Geld reicht schließlich vorne und hinten nicht, wir haben noch immer kein Pflegepersonal und sie kann sich nicht zerteilen.

»Aber, Abi, natürlich!«, sagt meine Mutter und dreht sich ein wenig in meine Richtung. »Das wäre doch ganz wundervoll.«

Wir fallen uns in die Arme, und in diesem Moment bringt Polly ihre berühmten Tortellini.

Dieser Abend könnte nicht schöner beginnen.

Trevor

Es grenzt an Wahn, ehrlich. Denn egal was ich mache, egal wo ich bin, ich rieche Abigails einzigartigen Duft, höre ihre Stimme und sehe ihre roten Locken vor meinem inneren Auge. Das macht es mir schwer, mich auf meine Arbeit zu konzentrieren. Gleichzeitig möchte ich mich darin vergraben, um mich abzulenken. Verdammt, dass es so schwer sein kann, seine Aufmerksamkeit zu lenken, hätte ich nicht geahnt.

Knapp eine Woche ist es her, dass Abigail aus dem Fenster geklettert ist. Eine Woche, seit ich ihr gesagt habe, mit welcher Schuld ich lebe.

Mein Herz zieht sich zusammen beim Gedanken daran, dass sie mir einreden wollte, dass ich keine Verantwortung für Georges Tod übernehmen muss. Wieso fühlt es sich dann aber so an?

Fuck. Diese Sache frisst mich noch auf, denn obgleich ich den Traum meines Kumpels leben will, möchte ich auch bei Abigail sein. Doch das eine geht nicht, ohne das andere auszuschließen. Eine ganz schöne Scheiße.

»Wir waren schon ewig nicht mehr hier.« Kyle reißt mich aus meinen Gedanken. Er hat es sich auf dem Sofa in diesem Separee gemütlich gemacht und starrt nach draußen, zu den tanzenden Frauen an den Stangen.

Das *Dirt Candy* ist ein Schuppen, den ich früher oft mit ihm besucht habe. Strip Clubs sind eigentlich nicht so mein Ding, allerdings haben sie nach dem College schon einmal dazu verholfen, meine Gefühle zu verdrängen, und ich bin mir sicher, heute werden sie das wieder tun.

»Was ist heute der Anlass?«, möchte mein Freund von mir wissen und wendet sich an mich. In dem spärlichen Licht des Clubs glitzern seine Augen, die mein Gesicht skeptisch mustern.

Ich greife nach meinem Whiskey, den uns vorhin schon eine der leicht bekleideten Kellnerinnen gebracht hat, und zucke mit den Schultern. »Wer arbeitet, braucht auch ein Vergnügen, oder?«

Kyle gluckst und legt die Stirn in Falten. »Mann, du weißt, ich habe nichts gegen Strip Clubs, im Gegenteil. Aber du bist eigentlich nicht der Typ dafür. Schon früher musste ich dich praktisch dazu überreden, in einen zu gehen, und nun sitzt du hier freiwillig?«

Er hat recht. Diesen Etablissements konnte ich eigentlich nie wirklich etwas abgewinnen. Teure Getränke, Frauen, die sich einem willig anbieten, und dieser komische süßliche Geruch in der Luft, mal ganz zu schweigen von den zahlreichen Geschäftsmännern mit Eheringen an den Fingern, konnten mich noch nie wirklich in Stimmung bringen. Jedoch schafften solche Abende einen Kontrast zu meinem normalen Leben, dass ich in den Jahren ab und an schon gerne hergekommen bin.

»Hat es was mit Penelope und der Hochzeitslocation zu tun?«, fragt mein Freund und sucht weiterhin in meinem Gesicht nach einer Antwort.

Seufzend schnappe ich mir den Tumbler und kippe den Whiskey in einem Zug. Ich verziehe das Gesicht und hebe gleich meinen Finger in Richtung Bar, damit man mir ein Neues bringt. Die Mädels im *Dirt Candy* sind so aufmerksam, dass eine davon sofort nickt und zuckersüß lächelt.

»Nein, es ist einfach viel Stress«, grummle ich.

Kyle schüttelt den Kopf. »Schon klar, aber wieso seid ihr letzte Woche so abrupt aus Darrywood abgereist? Ist etwas vorgefallen? Sie hat die halbe Nacht mit Chrishell geplappert.«

Ich fahre mir durch mein Haar und schließe genervt die Augen. Penelope war nach ihrer Überraschung, einfach in Darrywood aufzutauchen, zum Glück so erschöpft, dass sie praktisch in die Badewanne fiel und mich in Ruhe ließ. Ich blieb auf der Couch, während sie es sich im Schlafzimmer gemütlich machte. Schlafen konnte ich nicht, stattdessen kreisten meine Gedanken um Abigail und darum, was jetzt aus uns werden wird.

Am Tag danach hatte ich meine Antwort. Selbst wenn Butterfly mir verzeiht, heißt das nicht, dass ich mit der Schuld, George auf dem Gewissen zu haben, leben kann. Diese Erkenntnis war hart, aber auch nötig.

Danach ging alles ganz schnell. Penelope log ich vor, dass Abigail und ich alles versucht hätten, die Räumlichkeiten ihres Cafés aber einfach zu klein für unsere Vorstellungen seien. Nach einer scheinbar endlosen Diskussion willigte meine Verlobte schließlich ein. Jetzt bemüht sich Penelope doch um ein Strandhaus in den Hamptons. Sie kümmert sich nun selbst darum, weil sie am besten weiß, was gut für ihre Follower ist, so ihre Worte.

»Penelope möchte woanders feiern«, sage ich zu Kyle, und dieser wirkt noch irritierter als zuvor. Anscheinend merkt er, dass etwas im Busch ist. Klar, wir kennen uns auch schon knapp neun Jahre. Inzwischen sind wir sensibler für die Empfindungen des anderen geworden.

Eine leicht bekleidete Kellnerin tritt an den Tisch. Sie beugt sich nach vorne und gibt damit einen tiefen Einblick in ihr Dekolleté. Und es interessiert mich nicht im Geringsten. Fuck, ich bin echt richtig im Arsch.

Die Frau in dem viel zu kurzen Röckchen grinst süß und schiebt das Glas zu mir. »Darf ich den Herren noch etwas Gutes tun?«, schnurrt sie und zieht eine ihrer gemalten Augenbrauen nach oben.

Kyle lehnt sich ihr ein bisschen entgegen und sieht zu ihr auf. Seine Finger fahren an ihrem Arm entlang, was die Blondine mit einem Kichern belohnt.

»Komm doch später noch mal vorbei und finde es heraus, Courtney«, raunt er. Sie nickt verzückt, und er gibt ihr noch einen Klaps auf den Arsch, bevor sie verschwindet.

Mir ist klar, dass Kyle ständig hier rumhängt. Aber das ist nicht mein Business.

»Also, was ist es wirklich?«, möchte mein Freund wissen und guckt mich erneut an.

Verdammt, ich kann ihm nichts davon erzählen. Die Sache ist schließlich gelaufen. Ich muss Abigail vergessen.

»Sag schon«, fordert mich Kyle erneut auf und legt einen Arm auf die mit rotem Samt überzogene Bank, auf der wir sitzen.

»Es geht um eine andere Frau«, bringe ich heiser hervor.

Seine Augen werden groß. Offensichtlich hat er damit nicht gerechnet. Eigentlich rücke ich auch ungern mit solchen Details aus meinem Leben heraus. Beziehungsweise zuvor hat eine romantische Liebesbeziehung auch nie zu den Top-Themen in unserer Freundschaft gezählt. Wir haben uns beide als ewige Junggesellen gesehen.

»Eine Frau?«, wiederholt mein Freund.

Ich nicke sanft und senke meinen Blick in den Tumbler. Die bourbonfarbene Flüssigkeit schwenke ich ein wenig hin und her, bevor ich sage: »Wir kennen uns seit der Kindheit.«

Kyle nickt und rückt näher an mich heran. Die Musik im Club ist laut, und vermutlich versteht er mich nicht richtig.

»Sie ist die Schwester von George, dem Mann,

dessen Träume ich hier leben möchte«, unterrichte ich Kyle, der erneut aufmerksam nickt.

»Fuck, Mann«, knurre ich und fahre mir erneut durch das Haar. »Ich habe mich in die Kleine verliebt.« Kopfschüttelnd atme ich angestaute Luft aus und sehe meinen besten Freund an. »Nein, fuck, ich bin es schon immer. «

Kapitel 19

Abigail

Trevor streichelt meine Wange. Seine fast schwarzen Augen mit diesen leicht goldenen Sprinklern darin blicken in meine. Ich rieche seinen ledrigen, männlichen Duft und genieße es in vollen Zügen, in seinen Armen zu liegen.

»Das hier habe ich vermisst«, sage ich und kuschle meinen Kopf an seine Brust.

Ich spüre seine Finger, die durch mein Haar streicheln. »Butterfly, du kannst dir nicht vorstellen, wie ich ohne dich gelitten habe.«

Ein Grinsen stiehlt sich auf mein Gesicht. Gott, so viel Glück kann man doch gar nicht in Worte fassen. Das geht einfach nicht. Es ist ein Wunder, dass ich es überhaupt aushalten kann, dieses Kribbeln, das sich durch meinen ganzen Körper bahnt und wie kleine Feuerwerkskörper in meinem Inneren platzt.

»Es ist schön, dass du mich immer noch so nennst«, hauche ich. Er lacht kehlig. »Du sahst nun mal am ersten Tag in der Schule aus wie ein Schmetterling«, stellt er fest.

»Ich war eine Fee!« Augenrollend schaue ich zu ihm. »Da waren nicht einmal Flügel auf meinem Rücken.«

Trevor wiegt mich weiter zur Musik, übt aber einen leichten Druck auf meinem unteren Rücken aus, sodass ich näher an ihn heranrücke. »Aber diesen Blumenkranz im Haar, und du hattest ein aufgebauschtes Kleid an«, erinnert er sich an unseren ersten Schultag.

Wow. Dass dieses Bild sich so in sein Gedächtnis gebrannt hat, ist wunderschön. Ich gehe auf die Zehenspitzen, und mein Blick fällt auf seine Lippen. »Und du hattest dich als Räuber verkleidet«, flüstere ich.

Er nickt. Sein Atem geht flacher. Ich spüre das leichte Knistern zwischen uns.

»Und ich glaube, du hast mir schon damals mein Herz gestohlen«, scherze ich und verschließe seinen Mund mit einem Kuss. Ich möchte den Kopf schief legen und öffne meine Lippen für ihn, aber ... boah ... warum? Mein Gesicht fühlt sich mit einem Mal ganz nass an.

Blinzelnd schüttle ich mich. Was soll denn das? Gemächlich öffne ich meine Augen. Es braucht einen Augenblick, bis ich mich an die Lichtverhältnisse gewöhnt habe. Meine Linsen stellen sich scharf und erkennen die Umrisse, und dann ...

Erschrocken zucke ich zurück.

»Gott, Breaker!« Meine Hand wandert zu meinem Herz, das wild in meiner Brust pocht. »Was suchst du denn auf meinem Bett?« Das macht er eigentlich nie.

Normalerweise geht er mir kilometerweit aus dem Weg, und nun sitzt er mit sabbernder Schnute vor mir und guckt mich an.

Erst jetzt spüre ich, dass mein Gesicht ganz nass ist. »Oh«, stöhne ich und reibe den Sabber des Hundes von meinen Wangen. »Es ist echt lieb, dass du offenbar etwas auftaust mir gegenüber. Aber das mit dem Abschlecken finde ich ...«

Weiter komme ich nicht, da Mr Heartbreaker seine große Zunge erneut an meiner Wange hinaufgleiten lässt.

Ich quietsche auf und falle ein bisschen in die Kissen. »Nein.« Kichernd schiebe ich ihn von mir, was den Hund nur so semi interessiert. Letztlich kriege ich ihn aber dazu, seinen Kopf auf meinen Schoß zu legen.

»Schon wieder habe ich von ihm geträumt«, wispere ich. Breaker gibt ein leises Fiepen von sich, als würde er mir zuhören. Ich lächle und streichle sein Fell. »Ich habe mich an einen Abend erinnert, der vor Kurzem stattgefunden hat«, lasse ich ihn wissen. Erneut gibt er einen Laut von sich.

»Ja, ich weiß, dass das nicht gut ist. Langsam sollte ich echt aufhören, an ihn ...«

»Abigail!« Moms Schrei lässt mich zusammenfahren.

Ist etwas mit Grandma? Oh Gott, ich liege hier selig und denke an Trevor, während meine Mutter hier durchs Haus brüllt. Wenn etwas passiert ist, dann ...

Eilig schiebe ich Breaker von meinem Schoß und möchte schon aufspringen, als meine Tür aufgerissen wird.

Mom steht mit einem breiten Grinsen und weit aufgerissenen Augen im Türrahmen und wedelt mit einem Briefumschlag herum.

Schlagartig pocht mein Herz schneller. Aufregung keimt in mir auf.

»Weißt du, was das ist?«, will meine Mutter ereifert wissen und kommt näher an mein Bett heran. Sie strahlt über beide Ohren.

Zitternd nicke ich. Das kann nur die Brown University sein, an die ich eine Bewerbung geschickt habe. Mom und ich sind alle Kosten nochmals durchgegangen, und Polly hat sich angeboten, meiner Mutter unter die Arme zu greifen, während ich an der Uni bin. Vorausgesetzt, sie nehmen mich an. Klar, die Anforderungen an den GAP konnte ich erfüllen, und die Fachprüfung hatte ich damals, vor Georges Tod, auch schon bestanden, jedoch weiß man ja nie.

Mom fixiert mich gespannt und ihre Wangen sind verzückt gerötet, während sie sich auf meine Matratze setzt und mir den Brief überreicht. Zittrig öffnen meine Finger den Briefumschlag. *Durchatmen, Abigail. Wenn es nicht klappt, ist das auch okay. Dann versuchst du es nächstes Jahr einfach noch mal.*

Ich falte das Papier auseinander und atme hörbar aus.

»Nun mach schon«, feuert mich meine Mutter an und linst über den Rand des Blattes. Aber ich kann ihr keine Aufmerksamkeit schenken.

Mein Blick schweift über die Zeilen und ich lese. Und lese nochmal. Und noch mal.

»Spann mich nicht so auf die Folter, Abi!«, höre ich

meine Mutter wütender sagen. Sie rutscht nervös auf meiner Matratze herum, was selbst Breaker verjagt.

Erneut muss ich die Sätze für mich lesen.

Das kann nicht wahr sein. Das ist … das …

»Ich bin angenommen worden.« Tränen der Freude steigen mir in die Augen.

Jubelnd und viel zu stürmisch fällt mir meine Mutter in die Arme. »Das ist großartig!«

Endlich! Endlich geht ein so großer Traum von mir in Erfüllung.

»Ich rufe Polly an und die Lästerschwestern! Und du kriegst dein Lieblingsessen!« Meine Mutter ist ganz hektisch. Sie klatscht in die Hände und verschwindet mit einem aufgeregten Quieken aus dem Raum, weshalb ich nur amüsiert den Kopf schütteln kann.

Eigentlich sollte ich überschäumen vor Freude, das weiß ich. Doch es gibt zwei Menschen, mit denen ich jetzt am liebsten meinen Erfolg feiern würde. Doch sie sind beide nicht hier. Und dass beide leider so schnell nicht wiederkommen werden, trübt meine Freude.

Ich biege rechts ab, statt nach links, um auf den Kutter zu gehen. Ja, eigentlich ist das Schiff mit seiner leicht wankenden Bewegung das, was mich in diesen Momenten runterbringt, doch heute möchte ich woandershin.

Die spanischen Moosbäume blühen über mir, und zwischen ihnen säumt sich ein kleiner Weg, den ich schon lange nicht mehr gegangen bin. Mein Herz schlägt schneller, mein Mund wird mit jedem Schritt trockener und meine Glieder immer schwerer. Es fühlt sich richtig an, hier zu sein, gleichzeitig erinnert es mich aber auch daran, dass Georges Tod endgültig ist. Er ist nicht auf dem College und lebt auch nicht auf einem anderen Kontinent, so wie ich es mir oft einzureden versuche. Mein großer Bruder ist einfach fort. Für immer.

Die Grabsteine auf dem beschaulichen Friedhof in Darrywood sind klein, aber wunderschön verschnörkelt. Peter Thomerson stellt diese für jeden individuell her, so auch Georges.

Ich schlucke die aufkeimende Trauer herunter, als ich vor dem Sandstein stehe. Mein Blick gleitet über den Engel, der seitlich an dem Block angebracht ist. Er hat die Flügel um den Stein geschlungen und guckt ehrfürchtig auf das Grab.

»Hallo, Bruderherz«, murmle ich. Es ist mir egal, ob es jemand hören könnte. Meine Oma hat recht. Sollen die Leute doch reden. Sollen sie doch denken, dass ich einen an der Meise habe. Könnte doch sein, bei all dem Unglück, das mir in den Jahren widerfahren ist. Schlichtweg werden die Einwohner nie aufhören, sich über mich zu unterhalten. Ich werde es ihnen nie recht machen können, weil sie ein Bild von mir im Kopf haben, das sich nicht mehr ändern wird. Letztlich ist nur wichtig, was ich mir für mein Leben wünsche, und das ist: vorankommen.

»Lange ist es her.« Ich lache, obwohl die Tränen unaufhörlich weiter an meiner Wange hinunterlaufen. »Tja ... Was soll ich sagen?« Nachdenklich kaue ich auf meiner Unterlippe. »Trevor war hier, aber das weißt du wahrscheinlich schon. Und du siehst vermutlich auch das Chaos, das er in mir angerichtet hat.«

Ein Vogel zwitschert über mir eine Melodie. Kurz fordert er meine Aufmerksamkeit. Komisch. Eventuell ist das ja George, der mit mir sprechen möchte? Ein Zeichen?

Okay, sei nicht albern, Abigail.

Ich schüttle meinen Kopf und blicke wieder zum Grabstein. Da fällt mir ein, dass ich etwas mitgebracht habe.

Hastig greife ich in die Tasche, die ich geschultert habe, und ziehe zwei Bierflaschen hervor. »Weißt du, heute muss ich die nämlich nicht mehr klauen«, erzähle ich George und schmunzle. Ich öffne die Flaschen mit Drehverschluss und stelle eine davon auf den Grabstein. »Heute kaufe ich die ganz einfach im Laden.« Nachdenklich lege ich den Kopf schief. »Okay, diesmal hat sie Mom für meine Party gekauft. Wir haben nämlich gefeiert, dass ich auf das College gehen werde.« Stolz reck ich das Kinn. »Kannst du dir das vorstellen? Ich werde tatsächlich Modedesignerin.«

Noch habe ich das nicht verarbeitet, schließlich ging alles, entgegen der eigentlichen Bewerbungsphase an der Brown, ziemlich schnell.

»Wir vermissen dich alle sehr«, gestehe ich und spüre wieder diesen Druck in meinem Herzen. Sehnsüchtig erinnere ich mich an all die Momente mit ihm. Wie wir gemeinsam Sandburgen am Strand gebaut haben, oder wie wir jedes Mal stritten, wenn der eine beim anderen ins Zimmer gestürmt ist, ohne anzuklopfen.

Ich nippe an meinem Bier. »Die guten alten Zeiten, hm?«, murmle ich vor mich hin.

Der Vogel über mir zwitschert wieder. Mein Blick huscht zu ihm hinauf und ich muss schmunzeln. Aus irgendeinem Grund bin ich mir sicher, dass das George ist.

»Du bist jetzt frei, und das ist okay«, hauche ich und sehe den kleinen Spatz an, der zu mir hinunterschaut.

Seit er tot ist, habe ich nicht so empfunden. Ständig wünschte ich mir, dass er nicht in das Auto gestiegen wäre. Ich war wütend, weil George es hätte besser wissen müssen. Weil er eigentlich derjenige wäre, der auf mich aufpassen sollte, statt mich auf dieser Erde allein zu lassen. Doch nun ist es okay.

Ich weiß, dass ich das allein schaffe. Ich brauche George dafür nicht. Mein Leben wird in Ordnung kommen.

Trevor

»Wow.« Kyle stößt einen Schwall Luft aus und greift nach seinem Whiskeyglas, das auf dem hölzernen Beistelltisch steht. »Das ist übel, Mann.«

»Ja«, gebe ich ihm nur recht und schaue in die Menge. Der Club ist inzwischen ziemlich voll und die Stimmung wirkt ausgelassen. Zum Glück sitzen wir in dieser kleinen separierten Nische.

Mein bester Freund schweigt. Er wirkt nachdenklich, aber keinesfalls verärgert. Einen Moment ist es still, dann fragt er: »Was hast du vor?«

Sarkastisch lache ich auf. »Ich werde Penelope heiraten. Habe ich denn eine andere Wahl?« Es ist nun mal nicht möglich, dass ich beides bekomme. Abigail und die Erfüllung eines Kindheitstraums.

Kyles Blick wird ernst. Er beugt sich näher zu mir vor. Der Geruch von Whiskey und seinem herben Parfüm weht mir in die Nase. »Ich würde lügen, wenn ich sagen würde, dass mich das einen Scheiß juckt. Ich sollte sagen, dass du aufhören solltest, an diese andere zu denken, um mit Penelope weiterhin auf glückliches Paar zu machen. Damit wir die Mannschaft nicht verlieren.« Kyle seufzt. »Aber das wäre verdammt falsch, Mann.«

Ich lege die Stirn in Falten und sehe zu ihm auf. Er seufzt und beugt sich noch näher zu mir vor. »Mann, hätte ich gewusst, dass dich diese Sache mit dem Vertrag so zerreißt, hätte ich doch niemals zugestimmt. Ich dachte, ihr versteht euch gut. Ich dachte, du und Penelope geht ab und zu miteinander ins Bett, und das war's. Aber wenn du eine andere liebst, dann ...« Er zischt, als hätte er sich an etwas verbrannt. »Das ist übel, Mann.« Mein Freund nimmt einen kräftigen Schluck Whiskey und kräuselt dann seine Lippen. »Das kannst du nicht machen.«

Irritiert gucke ich ihn an. Was meint er damit?

»Aber wir haben so lange darauf hingearbeitet«, kontere ich schwach, was Kyle nur mit einer einfachen wedelnden Handbewegung abtut. »Ach, hätte uns nicht vorher schon klar sein sollen, dass eine Lüge keine Basis für ein gutes Geschäft ist?«

Damit hat er wohl recht. Vor einem Jahr, als das alles begann, war ich damit einverstanden. Ich hätte alles getan, um mich selbst von dieser Schuld zu befreien. Um Georges Träume zu erfüllen und die Schuldgefühle in meinem Inneren damit abzubauen. Doch nun möchte ich das auf ehrliche Weise tun.

»Fuck, aber wie kommen wir an so viel Geld, Mann?«, überlegt Kyle und schwenkt den Whiskey in seinem Glas. »Hank hat uns hundert Millionen in den Arsch gepumpt.«

Ich schnaube. Das ist verfickt viel. Das können wir ihm unmöglich zurückzahlen, ohne dabei uns selbst und die Mannschaft in Grund und Boden zu wirtschaften.

»Scheiße, dass wir in den letzten Jahren alle Hoffnung in diesen Mistkerl gesteckt haben«, redet mein bester Freund vor sich hin.

In meinen Gedanken beginnt es zu rattern. Wer könnte uns bei diesem Dilemma behilflich sein?

Fuck, ich will beides. Ich will Abigail, und ich will ihrem Bruder gerecht werden. Das muss einfach gehen. Irgendjemand kann uns doch sicher ...

Was, wenn ...

Oh, das ist es!

Mein Gehirn setzt kurz aus und präsentiert mir dann eine eventuelle Lösung auf dem Silbertablett.

»Ich glaube, ich habe eine Idee«, lasse ich meinen besten Freund wissen. Dieser legt die Stirn in Falten. »Muss ich dafür jemanden heiraten?«

Lachend schüttle ich den Kopf. Mit einem Mal bin ich viel besser gelaunt als noch zuvor. »Nein, du Trottel.«

Kyle atmet erleichtert auf und grinst. »Dann darfst du fortfahren.«

~

Mein bester Freund war sofort Feuer und Flamme für meine Idee. Nun hoffe ich, dass diese nicht nur ein Hirngespinst meinerseits bleibt.

Ich habe mich an Jonah Detroit erinnert. Er hatte mir am Sommeranfangsfest in Darrywood doch seine Nummer gegeben, und eventuell hat er Lust, mit uns ein Geschäft zu machen. Schließlich haben Kyle und ich den Code programmiert, der in seinem neuen Spiel verbaut ist.

Da ich derzeit im Büro schlafe, um Penelope aus dem Weg zu gehen, sitze ich nun auf der braunen Ledercouch und blicke hinaus auf die glitzernde Skyline von New York. Wie gerne würde ich Abigail diesen Ausblick einmal zeigen. Sehnsüchtig zieht mein Herz sich zusammen.

Okay, ich darf jetzt nicht darüber nachdenken. Ich habe eine Mission.

Hey, Jonah, erinnerst du dich noch an mich, Trevor Hill? Ruf mich doch mal an, wenn du Zeit hast.

Trevor

Mit zitternden Fingern schicke ich die SMS ab. Viel Hoffnung, dass er sich heute noch meldet, mache ich mir nicht. Wir haben inzwischen kurz vor Mitternacht, und ein werdender Vater hat da sicherlich Besseres zu tun, als einen Anruf von …

Das Klingeln meines Handys reißt mich aus meinen Gedanken.

Überrascht starre ich auf den Namen auf dem Display. Tatsächlich prangt *Jonah* auf dem vibrierenden Smartphone zwischen meinen Fingern.

Ich spüre, wie sich ein Kloß der Aufregung in meinem Hals bildet. Von diesem Anruf hängt eine Menge ab. Ich muss es einfach versuchen.

»Hey, Jonah«, gehe ich ran.

»Total cool, dass du mir geschrieben hast. Wie geht's dir?«, fragt er, als wären wir alte Freunde.

»Scheiße, wenn du so fragst, dann sollte ich wohl sagen, dass ich ein Problem habe«, gebe ich zu und schlucke den Kloß in meinem Hals herunter.

Jonah gluckst. »Ich liebe Probleme, vor allem, wenn sie mitten in der Nacht kommen. Warte«, sagt er, und ich vernehme ein Rascheln, dann, wie eine Tür geschlossen wird, und nur Minuten später klickt Metall. »Dafür brauche ich eine Kippe, und das geht, seit Baby Carlos den Bauch meiner Frau belagert, nur noch vor der Tür.«

Ich lache. »Netter Name«, erwidere ich. Er schnaubt. »Du musst nicht lügen. Dieser Name ist scheiße. Wenn es nach mir ginge, würde das Kind Luke heißen, aber Nataschas Vater hieß Carlos, und da er tot ist, du weißt schon.«

Es überrascht mich, dass Jonah so ehrlich ist. Es ist erfrischend. »Aber ich würde den kleinen Fratz auch lieben, wenn er Spongebob heißen würde«, murmelt er noch. Ich höre, dass er an seiner Zigarette zieht. Während er antwortet, krächzt er: »Also, schieß los.«

Als wären wir alte Freunde, erzähle ich ihm von Abigail und meinem Problem.

»Ah, es geht um deine Muse«, wirft er zwischendurch einmal ein, hört sich aber weiterhin meine Ausführungen an. Wir reden so lange, bis die Sonne schon wieder über New York aufgeht. Und es scheint, als hätten wir eine Lösung für mein Problem gefunden.

Kapitel 20

Abigail

Die Sonne brennt auf meiner Haut. Mittlerweile ist es richtig warm in Darrywood, und deshalb genieße ich meine freien Tage an unserem kleinen Strandabschnitt. Breaker liegt neben mir auf dem Boden und lässt sich von mir kraulen. Polly und ich haben uns Liegen geschnappt, auf denen wir uns sonnen.

Lange kann ich nicht relaxen, denn ich habe einen zweiten Job angenommen. In Rileys Shop, den sie mit Kerzen und anderem Allerlei gefüllt hat, darf ich ein paar meiner Sachen ausstellen, wenn ich ihr im Gegenzug an meinem freien Tag ab und zu unter die Arme greife. So verdiene ich nebenbei noch ein wenig Geld, um mir das Studium überhaupt leisten zu können. Ein halbes Stipendium konnte ich zwar ergattern, aber es ist bei Weitem nicht so lukrativ wie ein ganzes.

»Wie geht es dir?«, möchte meine Freundin wissen.

Ich öffne die Augen und sehe sie hinter meiner

Sonnenbrille an. »Ich überhäufe mich mit Arbeit, und nach diesem Sommer werde ich durch das Studium eine Menge um die Ohren haben, sodass ich gar nicht dazu komme, an Trevor zu denken.« Das Lächeln auf meinem Gesicht ist nicht echt, denn ich denke keinesfalls daran, dass ich jemals darüber hinwegkommen werde, dass mein bester Freund nicht mehr zurückkommt. Das zu akzeptieren hat lange gedauert, und noch immer wünsche ich mir, dass es nicht die Wahrheit ist, aber ... Erst vorgestern habe ich auf Penelopes Instagram-Profil gesehen, dass die Vorbereitungen seiner Hochzeit auf Hochtouren laufen. Er wird also vor den Altar treten, und das schmerzt mehr, als ich es beschreiben kann. Wie alles, was mit ihm zu tun hat.

Polly legt sich auf die Seite, um mich ansehen zu können. »Es tut mir leid.« Sie schnauft laut. »Sein Elternhaus wurde anscheinend verkauft, hast du das gesehen?«

Ich runzle die Stirn. Nein, das ist mir entgangen. Meine Freundin nickt heftig und rollt mit den Augen. »Wenn da eine Familie mit Kindern einzieht, dann muss ich mich leider umbringen.«

Lachend schüttle ich den Kopf. »Darüber macht man keine Scherze!«

»Das war kein Scherz!«, lässt mich Polly wissen. »Damit ich schreiben kann, muss es leise sein.«

»Aber deine Babykatze schreit doch auch«, werfe ich ein und denke sofort an das süße kleine Kätzchen, das meine Freundin sich zugelegt hat. Letzte Woche holte Polly das kleine süße Wollknäuel in Providence ab. Sie ist so süß, aber auch furchtbar arrogant. Anscheinend legt sie sich ständig vor Pollys Laptop, sodass sie nicht schreiben kann, und miaut vor sich hin, wenn sie keine Aufmerksamkeit bekommt.

»Das legt sich noch«, winkt meine Freundin ab. »Es soll ein altes Ehepaar neben mir einziehen. Das fände ich gut.«

Bei dem Gedanken, dass überhaupt jemand anders in dem Elternhaus meines Kindheitsfreundes wohnen könnte, bekomme ich Sodbrennen. Das würde sich einfach nicht richtig anfühlen. Es ist doch sowieso schon komisch, dass er nun ... weg ist.

In diesem Moment klingelt mein Handy.

Seufzend richte ich mich auf und greife nach dem Ding. »Das ist mein Wecker«, teile ich Polly mit. »Ich muss zur Arbeit.«

Sie hebt ihre Hand, um sich zu verabschieden, rührt sich aber nicht. »Na dann viel Spaß. Ich bleibe noch ein wenig in der Sonne.«

Lachend packe ich meine Sachen zusammen. Meine Freundin hat sich das auch irgendwie verdient.

Trevor

Ich schwenke den 1926 Macallan Valerio Adami Whiskey im Tumbler und lasse meinen Blick über die Skyline von New York City schweifen.

Hätte ich mir vor ein paar Tagen selbst prophezeit, dass ich mit Jonah Detroit, dem Erfinder eines international gehypten Spiels, hier sitzen würde, hätte ich gelacht. Schließlich hatte ich seit meinem College nichts mehr mit Programmierern am Hut, und erst recht nicht mit solchen, die unglaubliche Erfolge erzielt haben.

»Ich weiß nicht, was ich sagen soll«, bringe ich deshalb nur hervor. Noch mal schweift mein Blick über die Zeilen in dem Vertrag. Ich kann es nicht glauben, dass das hier tatsächlich passiert. Ich lege das Blatt auf den Tisch und sehe auf.

Jonah Detroit bietet mir einen Platz als Entwicklungspartner an, und im Gegenzug möchte er stiller Teilhaber im Franchise von den New York Fires werden. All meine Probleme wären gelöst. Ich könnte wahrhaftig alle Träume verfolgen, die ich lange aufgegeben hatte.

Ich könnte mir mit Jonah neue Ideen überlegen, mit ihm und Kyle auf der Tribüne unsere Mannschaft bejubeln, und ich könnte ... ich ... Ja, ich würde Abigail wiedersehen wollen. Denn ich habe gemerkt, dass ich ohne sie nicht leben will und nicht leben kann.

»Unterschreib einfach, das reicht.« Jonah lacht und dreht sich in seinem Gamerstuhl hin und her. Sein Büro befindet sich in Soho, einem sehr lukrativen Einkaufsviertel in New York City. Es ist ein Altbau mit wenig Aussicht, aber viel Charme. Ich würde mich hier sofort in die Arbeit stürzen wollen, weil man sich direkt wohlfühlt.

Also gibt es eigentlich nichts, was mich noch aufhält, oder?

Kyle hat mir zugesichert, mir bei jeder Entscheidung den Rücken zu stärken. Der Anwalt hat ebenfalls sein Go gegeben, und auch sonst gibt es nichts, das mich noch aufhalten kann. Zumal wir letzte Woche noch alles mit den Verteidigern der Weiss geklärt haben. Der Vertrag zwischen mir und einem der erfolgreichsten Männer der Staaten ist nichtig. Also ...

Ich greife nach dem Stift, der neben dem Blatt auf dem Glastisch liegt.

»Ach, aber eine Sache wäre da noch.« Jonah hält auf seinem Stuhl inne und sieht mich an.

Was kommt denn jetzt?

Ich lege meine Stirn in Falten und mustere ihn skeptisch.

Jonah verzieht das Gesicht und zuckt mit den Schultern. »Du musst uns ständig in dein Haus nach Darrywood einladen. Meine Freundin hat sich echt in die Kleinstadt verliebt.«

Erleichtert lache ich auf und nicke. »Geht klar. Sobald ich mir dort etwas gekauft habe, werdet ihr es zuerst erfahren.«

Mein Partner nickt freudig, und ich schaue nochmals zu dem Strich auf der unteren Seite des Blattes.

Noch einmal tief durchatmen, dann setze ich schnörkelig meine Unterschrift unter den Vertrag.

Fuck, ich bin frei.

»Oh, das feiern wir! Ich habe deine Stimme in das Spiel programmiert!« Jonah springt auf.

»Wie bist du an meine Stimme gekommen?«, will ich von ihm wissen und erhebe mich ebenfalls.

Jonah zwinkert. »Ach, ein paar Kontakte hier, ein paar da.«

Lachend verlassen wir den Konferenzraum.

Eine sanfte Melodie dringt aus den Lautsprechern und es riecht nach irgendeinem Gemüse.

Zielstrebig und mit schnellen Schritten gehe ich durch den Flur. Mit dem Vertrag zwischen meinen Fingern fühle ich mich endlich wieder stark. Ich möchte nicht länger in der Schuld von Penelopes Vater stehen.

Der Raum öffnet sich, und ich entdecke sie an dem langen, hölzernen Esstisch. Ein Teller Suppe steht vor ihr, und sie pustet gerade auf einen Löffel, um ihn danach in ihren Mund zu befördern. Unbeeindruckt schaut sie dann zu mir auf. Kälte liegt in ihrem Blick. »Oh, schön, dass du auch mal wieder nach Hause kommst«, sagt sie sarkastisch.

Ruhig lege ich den Vertrag neben ihrem Teller ab.

Sie zieht eine Augenbraue nach oben und greift nach ihrem Wein. »Was ist das? Einen Ehevertrag hat Daddy schon vorbereitet, den musst du nicht …«

»Diese Sache hat jetzt ein Ende«, unterbreche ich sie barsch.

Sie lacht und legt die Stirn in Falten. »Welche Sache?«

Hörbar genervt schnaube ich. »Das hier ist meine Wohnung, und ich bitte dich nun höflich darum, zu gehen.«

Penelope kichert spöttisch und isst unbeirrt ihre Suppe weiter. »Liebling, ich bin nicht aufgelegt für Scherze. Wir wissen beide, dass du auf dieses Geschäft mehr als ich angewiesen bist.«

Ich beuge mich zu ihr herab und stütze mich mit der einen Hand auf dem Holztisch ab. »Ich brauche euer Geld nicht mehr.«

Sie guckt zu mir auf. Das Schmunzeln auf ihren Lippen macht mich wütend. »Ach ja? Bist du an ein bisschen Geld gekommen?«, säuselt sie. »Dir ist klar, dass mein Vater über hundert Millio…«

»Ich muss dir keine Rechenschaft ablegen. Dir kann egal sein, ob ich nächste Woche bankrott bin.«

Endlich regt sich etwas in ihrem Gesicht. Sie merkt, dass ihre Drohungen nicht mehr ziehen. Penelope reckt ihr Kinn und schiebt ihren Stuhl geräuschvoll zurück. »Das kannst du nicht machen, Trevor. Es gibt einen Vertrag.«

Ich zucke mit den Schultern. »Ja, und ich werde gegen ihn verstoßen, was deinen Vater dazu bringen wird, sein gesamtes Geld aus meiner Firma zu ziehen.«

»Also«, sagt sie und schaut zu mir auf. Selbst in ihren hohen Schuhen ist sie einen Kopf kleiner als ich. Egal wie gerne sie nun auf mich herabschauen würde.

»Also«, bestätige ich. »Da ich nicht mehr auf das Geld angewiesen bin, möchte ich, dass du gehst.«

Sie schnappt nach Luft. »Das kannst du nicht machen!«

»Doch, wie gesagt, ich möchte ...«

»Trevor!«, unterbricht sie mich, und ihr Blick wird flehender. »Wie soll ich das denn meinen Followern erklären! Sie erwarten eine Bilderbuchhochzeit, verdammt.«

Ich habe Penelope nur selten fluchen gehört. Es ist offensichtlich, dass sie nicht damit gerechnet hat, dass ich aussteigen könnte.

»Wie kannst du mir das nur antun?«, schiebt sie nach, weil ich nicht antworte. Ihre Stimme klingt nun wirklich verzweifelt.

Ein Stück trete ich zur Seite und verschränke die Arme vor der Brust. »Deine Sachen können ab morgen geholt werden. Ich verkaufe das Penthouse und muss es deshalb räumen.«

Immer wieder schnappt sie nach Luft. Ihr Kopf ist hochrot und ihr Atem geht schnell. Hilflos guckt sie mir in die Augen. »Du weißt doch, wie wichtig mir das ist!«

»Deine Freiheit ist dir also egal?«, kontere ich. »Wir werfen unser Leben weg, wenn wir diese Sache hier durchziehen. Verstehst du das nicht?«

Penelope scheint vollkommen irritiert. Sie lacht gehässig. »Gott, wie konnte ich nur mit so einem Schlappschwanz zusammen sein?«

»Wir waren nie zusammen, Penelope«, stelle ich klar und nicke zur Tür. »Also, wenn du jetzt nichts dagegen hättest. Ich möchte packen.«

Einen Moment sieht sie mich noch wütend an, dann stampft sie wie ein kleines fünfjähriges Kind auf. »Du wirst von meinem Vater hören! Und von meinen Anwälten!« Sie greift nach ihrer Tasche, die auf einem der Stühle liegt, und läuft mit schnellen Schritten davon. Ich vernehme ihr Fluchen, bis sich hinter ihr die Aufzugtüren schließen.

Laut atme ich aus und schließe die Augen. Dieser Albtraum ist vorbei. Ich bin frei. Und nun gibt es nur noch eine Sache, die ich tun will.

~

Darrywood war jahrelang meine Heimat, und das soll sie nun auch wieder werden. Ich möchte nie wieder woanders wohnen, weshalb ich mit Jonah einen guten Kompromiss schließen konnte. Ich werde eine Woche im Monat nach New York City kommen. Dafür hole ich mir eine kleine Wohnung in Soho im Altbaustil. Den Rest der Zeit verbringe ich in der Kleinstadt. Vorzugsweise mit Abigail. Doch bevor ich mit ihr sprechen kann, gibt es da noch einen Menschen, mit dem ich reden sollte.

»Hey, George«, sage ich mit rauer Stimme. »Einen schönen Grabstein haben sie dir ausgesucht«, versuche ich es mit Smalltalk und begutachte den Sandstein, an dessen Seite ein riesiger Engel seine Flügel hebt. Er sieht wirklich schön aus, zart und passend. Da hat Peter tolle Arbeit geleistet.

»Es tut mir leid, dass ich so lange nicht hier war.« Eine Gänsehaut überzieht meinen Körper. »Ich ... ich wusste nicht, wie ich ... Ich hätte dich in dieser Nacht nicht fahren lassen sollen.«

»Er ist ein Vollidiot.«

Ich zucke zusammen und wirble herum. Polly steht hinter mir und schmunzelt. »Sorry, ich wollte dich nicht erschrecken.

Eigentlich hatte ich nicht geplant, irgendjemandem über den Weg zu laufen, weshalb ich wieder einmal sehr spät in die Kleinstadt gefahren bin. Allerdings hat das Schicksal wohl ständig andere Pläne als ich.

»Was suchst du so spät hier?«, frage ich sie, nachdem sich mein Herz wieder ein wenig beruhigt hat. Nachts auf dem Friedhof eine Stimme zu hören, macht selbst mich nervös.

Polly zuckt mit den Schultern und stellt sich neben mich. Ihr Blick haftet an dem Grabstein, während sie murmelt: »Könnte ich das dich nicht auch fragen?«

Nickend stimme ich ihr zu. »Ich wollte mich bei George entschuldigen.«

Sie gluckst. »Dafür, dass du ihn mal nicht von einer seiner doofen Ideen abbringen konntest?« Sie seufzt und sieht mich von der Seite an. »Wir haben uns an diesem Abend gestritten. Wenn, dann hätte ich auch ein wenig Mitschuld.«

Ich runzle die Stirn, und Polly hebt den Finger, als würde ihr etwas einfallen. »Ach, und auch Abigail wäre irgendwie an dem Unfall beteiligt, schließlich wollte George gar nicht nach Providence fahren, aber sie hat ihn so lange genervt, bis er letztlich zugestimmt hat.«

Schmerzlich zuckt mein Herz. Ich weiß, was meine Freundin damit sagen will.

»Unfälle passieren, Trevor. Vergib dir endlich. Es macht keinen Sinn, dein Leben lang an einer Schuld festzuhalten, die alle auf ihren Schultern tragen.«

In meinem Kopf wirbeln ihre Worte umher. Ich würde Polly gerne recht geben, aber weshalb möchte ich dann so unbedingt die Verantwortung für den Unfall übernehmen?

»Leid lässt sich leichter ertragen, wenn man es teilt.« Sie kommt näher und schlingt ihre Arme um meinen Körper. Ihre freundliche Umarmung tut gut. Ich atme ihren gewohnten Duft ein und fühle mich um Jahre zurückversetzt.

»Du bist ein Arsch«, haucht Polly gegen meine Brust.

»Ich weiß«, gebe ich zu.

»Möchtest du nicht damit aufhören, einer zu sein?« Sie hebt ihren Kopf und sieht in meine Augen. »Ich möchte nämlich unseren Freund wieder zurückhaben.«

Dieses wohlige Gefühl in meinem Herzen sagt mir, dass ich das unbedingt will. »Ja, ich muss mit Abigail sprechen, und ich weiß auch schon, wie.«

Polly löst sich von mir und sieht mich mit großen Augen an. »Oh, bitte sei nicht zu kitschig!«

»Doch, doch, ich will alle Blumen dieser Halbinsel, bringt mir Kutschen und Pferde, lasst es Rosen regnen«, scherze ich in gestellter Stimme und sie lacht.

»Blödmann.« Sie rollt die Augen.

Ich lege einen Arm um sie. »Wenn du deine berühmte Pizza ohne Thunfisch machst, weihe ich dich in meinen Plan vielleicht ein.«

Polly nickt heftig. »Das hört sich verdammt gut an!«

Kapitel 21

Abigail

»Ich freue mich tierisch.« Meine Mutter wuselt ganz unruhig durch unsere Küche. »Kann ich so gehen?« Sie schaut mich unsicher an und ich lache. »Mom, es ist nur ein weiteres Stadtfest.«

Sie nickt energisch, scheint sich aber nicht von meiner Aussage zur Ruhe bringen zu lassen. »Aber der Bürgermeister macht eine Ankündigung.«

»Das hast du doch nur gehört«, seufze ich und schaue auf die Stofffetzen, die mir Riley zusammengesucht hat, damit ich ihr daraus ein Sommerkleid schneidere. Die Pfarrersfrau war ganz aus dem Häuschen, als ich ihr die ersten Kleidungsstücke für ihren Laden brachte. Sie fand meine außergewöhnlichen Looks bereichernd und zog gleich eines davon an. Vor Stolz bin ich fast geplatzt.

»Ja, von Ayline! Und auf ihr Wort kannst du zählen«, kontert meine Mom.

Grandma sitzt am Ende des Tisches. Sie krault Breaker, und ich beobachte sie dabei scharf, nicht dass sie dem Hund nebenbei zu viele Leckerli gibt. Die Sonne scheint durch die großen Fenster in die Landhausküche. Es sind mit Sicherheit über dreißig Grad da draußen.

»Okay, dann wird der Bürgermeister eben etwas vortragen. Trotzdem kannst du unmöglich mit diesem Mantel da raus«, murmle ich und lege das Maßband an eins der Shirts an, die auf dem Tisch liegen.

Mom seufzt und stöhnt verzweifelt auf. In diesem Moment vernehme ich, dass die Haustür geöffnet wird.

»Und? Seid ihr so weit?« Polly erscheint im Türrahmen. Sie hat ihr schwarzes Haar zu einem hohen Zopf gebunden, einige Schweißperlen stehen auf ihrer Stirn und die gebräunte Haut hebt sich von dem weißen Sommerkleid ab, das ich ihr genäht habe. Es steht ihr einfach hervorragend.

»Selbst Polly schwitzt, und die macht das eigentlich nie! Und du willst mit nem Winteroutfit raus.« Ich schenke meiner Mutter einen vielsagenden Blick, weshalb diese zum Mantel greift und ihn ablegt.

»Wieso bist du noch nicht fertig?«, mischt sich meine Freundin ein. Sie mustert mich von der Seite. »Was soll das hier?«

»Deine Freundin hat beschlossen, das Fest heute zu schwänzen«, erklärt meine Mutter.

Ich antworte nicht darauf, sondern konzertiere mich weiter auf das Abmessen der Stoffe. Daraus wird ganz sicher ein Rock mit unterschiedlichen Blumenmustern. Au ja, ich werde ihn an meinem ersten Tag in der Uni tragen.

Polly greift nach dem Maßband in meinen Händen.

»Hey!«, rufe ich und möchte es ihr wieder abnehmen, aber da sie einsachtzig groß ist und das Ding über ihren Körper hebt, komme ich selbst mit dem höchsten Sprung nicht daran.

Polly schüttelt den Kopf. »Nichts da, hey. Du ziehst dir jetzt etwas an und kommst mit!«

Ich rolle die Augen und verschränke die Arme vor der Brust. Natürlich meinen es alle nur gut mit mir, doch ich habe echt keine Lust, auf das Fest zu gehen. Um ehrlich zu sein, erinnert es mich nämlich viel zu sehr an das letzte mit Trevor.

Ich schlucke hart bei dem Gedanken daran, und schlagartig tut mein Herz auch wieder weh. In den vergangenen Wochen ließ der Schmerz nicht nach. Im Gegenteil, ich hatte das Gefühl, es wurde schlimmer. Als würde mit jeder Sekunde, die er nicht an meiner Seite ist, irgendetwas in meinem Inneren zerreißen. Etwas sagt mir, dass diese Wunde auch nicht mehr heilen wird, egal wie viel Zeit vergeht.

»Polly, ich habe einfach keine Lust, heute zu feiern. Ich habe mir vorgenommen, eine Tiefkühlpizza und Eis zu essen, danach schaue ich mir eine Serie an, während ich weiter an dieser Hose arbeite.«

Meine Freundin schüttelt vehement den Kopf. »Nö«, sagt sie streng. »Weißt du noch, dass du am Anfang von dieser Sache meintest, dass du weißt, was du tust, und ich dir vertrauen soll?«

Keine Ahnung. Schulterzuckend wende ich mich wieder an die Kleidungsstücke auf dem Tisch.

»Ich habe darauf gebaut, weil ich wusste, du wirst das Richtige tun. Jetzt vertrau du mir.«

Was meint sie damit?

»Guck nicht so, Abigail, oder möchtest du Falten, so wie ich?«, wirft meine Granny ein, die noch immer den Hund krault.

Erwartungsvoll landen alle Augenpaare im Raum auf mir. Was wollen sie denn? Dass ich meine Pläne ändere, um auf das Stadtfest zu gehen, auf dem ich sowieso nur mitleidig beäugt werde? Kein Bedarf.

»Ich will nicht allein hingehen«, höre ich meine beste Freundin sagen. »Du weißt doch, dass George und ich uns damals zum ersten Mal dort geküsst haben.«

Mein Herz wird weicher. Verdammt. Es war klar, dass Polly irgendwann die George-Karte zieht.

»Also«, sagt sie, die meine Kapitulation wahrscheinlich schon an meinen Gesichtszügen ablesen kann. »Dann würde ich vorschlagen, du ziehst das gelbe Kleid an.«

Der Marktplatz ist wie immer thematisch geschmückt. An den Bäumen hängen gelbe Girlanden, aus den Lautsprechern dringt gedämpft ein Pop-Song und überall tummeln sich Menschen. Es riecht nach Süßigkeiten.

Allein der Gedanke daran, dass ich hier nur ein paar Wochen zuvor mit Trevor entlanggelaufen bin, verpasst mir einen Stich.

Polly packt meine Hand und zerrt mich mit sich. »Was hast du vor?«, frage ich sie irritiert, schließlich ist unsere erste Amtshandlung normalerweise das Bestaunen der Einkaufsstände.

»Wir gehen zur Bühne«, belehrt sie mich. Meine roten Locken wehen mir ins Gesicht und ich streife sie hinter mein Ohr.

»Zur Bühne?«, wiederhole ich ungläubig. Wir können doch über die Lautsprecher lauschen, wieso müssen wir das denn sehen?

Aber Polly lässt nicht locker, sondern läuft zielstrebig über den Marktplatz und dann in die Seitenstraße, in der auf einem Parkplatz die Bühne aufgebaut ist.

Viele Einwohner haben sich schon davor versammelt. Gespannt blicken sie nach oben auf die Anhöhe, deren Hintergrund mit einem weißen Laken abgedeckt ist, das im Wind weht. Davor stehen zwei Stühle und etwas, das auch von einer Decke abgeschirmt wird.

Stirnrunzelnd lasse ich meinen Blick über die Kulisse schweifen. Was auch immer der Bürgermeister hier gleich sagen will, ich bin mir sicher, dass es etwas mit den Baggern auf dem Grundstück rechts neben dem Leuchtturm zu tun hat. Es liegt fast gegenüber von unserem Haus und hat einen schönen Strandteil, den ich öfter mit Mr Heartbreaker entlanggelaufen bin. Bevor die Bagger dort auf einmal standen und mir ein komisches Gefühl gaben. Wenn irgendein Investor dieses Ding gekauft hat, verheißt das eigentlich nie etwas Gutes.

Polly bleibt stehen und starrt auf die Bühne. Ich

sehe sie von der Seite an. »Was machen wir jetzt hier? Wollten wir nicht shoppen?«

»Psst«, macht meine beste Freundin da auch schon, denn im gleichen Moment beginnt der Bürgermeister zu sprechen.

Seufzend gebe ich mich geschlagen. Wenn sie das hören will, muss ich mich dem eben beugen.

»Ich begrüße Sie ganz herzlich zu unserem alljährlichen Sommerfest«, donnert die Stimme von Mr Mc'-Coil durch die Lautsprecher und die Kleinstadteinwohner jubeln. »Wieder ein Jahr ist vergangen, in dem wir viele neue und auch bedeutende Erfolge erzielt haben. Angefangen bei den Clarks, die ihre eigene Kuhzucht auf ein neues Level gehievt haben.« Die Menge klatscht anerkennend und ich mache mit. Gott, es ist ja schön, dass er jeden von uns ehren möchte, aber müssen wir uns das wirklich anhören? Sobald diese Rede fertig ist, werden zwei-drei Menschen sehen, dass ich hier bin, und mich sofort überfallen.

Der Bürgermeister schwafelt weiter und macht erst eine Pause, als er der Menge ein Lächeln schenkt und seine Hand hebt. »... Aber die wohl bedeutendste Sache ist vor einer Woche passiert.«

Was kommt jetzt? Haben die Peters eine neue Dachrinne an ihrer Stallung bekommen?

»Und zwar, dass ein Investor unserer Stadt ein wundervolles Denkmal schenken möchte.«

»War doch klar, dass irgendein Arsch etwas auf diesem Grundstück bauen will und es dann als Denkmal betitelt, um noch dafür bejubelt zu werden«, flüstere ich Polly zu, die aber nur grinst, als hätte ich den besten Witz aller Zeiten erzählt.

Okay, was ist hier los?

»Sie kennen den jungen Mann, der unserer Stadt etwas ganz Besonderes geben möchte. Begrüßen Sie mit mir Trevor Hill.«

Ich verschlucke mich an meiner Spucke.

Bitte was?

Polly steht seelenruhig neben mir und klatscht, als hätte Mr Mc'Coil nicht gerade von meinem besten Freund gesprochen, der vor ein paar Wochen abgehauen ist.

Mein Blick gleitet zur Bühne.

Augenblicklich setzt mein Herz aus. Ich höre auf zu atmen. Die Menschen um mich herum verblassen. Alles, was bleibt, ist Trevor, der in einem schwarzen Anzug auf die Erhebung tritt und sich neben unseren Bürgermeister stellt. Er schüttelt seine Hand.

Wie in Trance beobachte ich ihn dabei, wie er zum Podium tritt. Sein Blick schweift über die Menge und ...

Oh Gott.

Erneut setzt mein Herz aus. Ich zucke zusammen und spüre die kleinen Schmetterlinge in meinem Bauch, die wild umherflattern, als hätte sie jemand zum Leben erweckt. Mir wird heiß und kalt und mein Mund ist staubtrocken.

Was passiert hier?

»Meine Damen und Herren.« Er lächelt, und in meinem Magen hüpft etwas auf und ab. »Einigen von Ihnen bin ich sicher noch bekannt.«

Die Menge jubelt, was an mir vorbeigeht. Alles, was ich höre, sind seine Worte und mein Herz, das hektisch gegen meine Rippen hämmert.

Verdammt, ich sehe Trevor nur an und vergesse sofort, dass er nicht mit mir zusammen sein wollte. Egal wie viel Schmerz da in meinem Inneren ist, offenbar scheint mein Herz diesen komplett zu ignorieren.

»Ich bin in Darrywood aufgewachsen, unten an der Bay-Street, zwischen der Anlegestelle und dem Leuchtturm, dem wohl schönsten Ort auf dieser Erde. Meine Kindheit war der Hammer. Aber nicht nur, weil die Kleinstadt ihren gewissen Charme hat. Auch, weil ich fantastische Freunde hatte. Mit einem davon habe ich oft Football gespielt und mir dabei auch diese Narbe zugezogen.« Trevor zeigt auf seine Stirn und die Menge lacht.

»Da habe ich dich verarztet«, ruft Daniel, der Kleinstadtdoktor, ein, und die Menge lacht wieder. Ich aber nicht.

»Doch es gab einen Vorfall, der mir eine Narbe zufügte, die Sie nicht sehen können. George Evans, mein bester Freund, kam mit gerade einmal neunzehn Jahren bei einem Autounfall ums Leben.«

Die Einwohner Darrywoods seufzen leise und tuscheln, ich aber nicht.

»So viele Gefühle hatte ich, um ehrlich zu sein, bis dato noch nie gefühlt. Ich war überfordert, fühlte mich schuldig und … Ich entschied mich zu gehen. Im College stürzte ich mich in den Lernstoff und riss mir den

Arsch auf und entwarf etwas, das mich zum Millionär machte.«

Pfiffe und Raunen gehen durchs Publikum.

»Erst kürzlich konnte ich Georges großen Traum erfüllen. Ich investierte in die New York Fires und hoffe darauf, diese Mannschaft zum Erfolg zu bringen. Für ihn. Für uns.«

Heftig klopft mein Herz. Ich bekomme keine Luft und spüre, wie eine Träne an meiner Wange entlangläuft.

»Auf Umwegen landete ich aber wieder hier, an dem Ort, den ich nie wieder in meinem Leben besuchen wollte. Denn er hatte mir vieles genommen.« Trevors Blick huscht über die Menge und hält bei mir an.

»Aber ich hatte vergessen, was Darrywood mir gegeben hatte.«

Oh Gott. Ich bekomme gleich einen Herzinfarkt.

Polly legt einen Arm um mich, sodass ich den Halt nicht mehr verlieren kann. Ich würde mich gerne bei ihr bedanken, aber ich kann nicht.

»Und nun möchte ich etwas zurückgeben.« Trevor zeigt mit dem Finger auf die Abdeckung neben den Stühlen, die vor der Leinwand stehen. Er nickt dem Bürgermeister lächelnd zu, und dieser zieht das Tuch herunter. Zum Vorschein kommt ein Sandstein, auf dessen oberes Ende ein Football gehämmert wurde. Er trägt eine schöne Gravierung, die ich leider von hier nicht sehen kann.

Die Leute tuscheln, jauchzen und freuen sich offensichtlich über die Statue. Ich kann mich noch immer nicht rühren.

»Ich möchte dieser Kleinstadt ein Footballfeld schenken und einen echten Star als Coach, der nach diesem Sommer die Kinder in der Grundschule trainieren wird.«

Jetzt bricht endgültiger Jubel aus.

Trevor räuspert sich und zeigt nochmals auf den Sandstein. »Da Sie wahrscheinlich nicht lesen können, was in den Stein eingraviert wurde, möchte ich es Ihnen kurz vorlesen. Dann bin ich auch schon weg.« Er lächelt schief und atmet hörbar aus. »Echte Freundschaften sind genauso selten wie die große Liebe. Sie sind keine Selbstverständlichkeit. Für George, einen echten Freund«, liest Trevor heiser vor und mein Herz zerspringt vor Glück. Sein Blick gleitet zu mir. »Ja, Freundschaften sind so selten wie die große Liebe. Aber ich habe beides gefunden.«

In meinen Augen baut sich ein Druck auf. Dieses verdächtige Brennen kenne ich nur zu gut. Hastig blinzle ich gegen die aufkeimenden Tränen an. Heute will ich nicht weinen. Nicht hier. Nicht in aller Öffentlichkeit.

»Wusstest du das?«, presse ich zwischen zitternden Lippen hervor, während Trevor von dem Pult zurücktritt und ich Polly ansehe. Diese lächelt mich nur verschwörerisch an und zuckt mit den Schultern. »Habe ich nicht gesagt, du kannst mir vertrauen?«

Trevor

Der Weg zu ihr scheint der längste Marsch zu sein, den ich je in meinem Leben absolviert habe. Meine Hände schwitzen, mein Herz wummert hart in meiner Brust und ich fühle mich ein wenig benommen.

Als ich Polly auf dem Friedhof getroffen hatte, erzählte ich ihr von meiner Idee. Ich sagte ihr, dass Penelope Geschichte sei und dass ich einen neuen Investor an meiner Seite habe. Dass Kyle einverstanden mit der Umstrukturierung war und dass es eigentlich nur eine Sache gibt, die nun noch in meinem Leben fehlt.

Jetzt hier zu sein und meinen Plan Wirklichkeit werden zu lassen, ist aufregend und wunderschön zugleich. Einen Teil habe ich ja auch schon geschafft, jetzt folgt der schwierigere.

»Klasse Leistung«, klopft mir einer der Peters-Söhne auf die Schultern. Ich nicke ihm kurz zu, halte aber nicht an. Denn ich möchte zu jemand ganz Bestimmtem.

Ich schiebe mich an einer weiteren Menschentraube vorbei. Da sehe ich sie. Abigail steht in einem gelben Sommerkleid neben Polly. Ihr Blick ist undurchdringlich noch immer nach oben auf die Bühne gerichtet, während ihre Freundin mit ihr spricht. Offensichtlich kann sie immer noch nicht glauben, was sie gerade gehört hat.

Umso näher ich ihr komme, desto mehr zieht sich mein Magen vor Aufregung zusammen. Ein Schwall ihres Duftes weht mir bereits in die Nase. Gott, wie sehr ich ihn vermisst habe!

»Butterfly«, bekomme ich nur heiser heraus, als ich neben ihr zum Stehen komme.

Sie zuckt zusammen und dreht sich zittrig zu mir um. Ihre hellgrauen Augen verankern sich schlagartig in meinen. Dieser Ausdruck auf ihrem Gesicht jagt eine süße Gänsehaut auf meinen Körper. Verdammt, wie konnte ich vor ein paar Wochen nur so dumm sein und sie zurücklassen?

»Du bist hier«, wispert sie atemlos.

Nickend fasse ich nach ihren Fingern. Sie lässt es zu. »Wie soll ich denn ohne Pollys Kochkünste leben?«, scherze ich.

Abigail lacht, und eine Träne verirrt sich auf ihrer Wange. Meine Finger streicheln sie davon.

»Verzeihst du mir, dass ich so ein Idiot war, Butterfly?« Ich spüre den Druck auf meiner Brust. Sie muss einfach Ja sagen. Bitte lass sie einfach nur Ja sagen, damit ich sie endlich wieder in meine Arme schließen kann.

»Gibst du dir denn noch immer die Schuld an dem, was vor Jahren passiert ist?«, möchte sie von mir wissen.

»Ich arbeite daran«, antworte ich wahrheitsgemäß.

Sie nickt. Die Verbindung an unseren Fingern

kribbelt. Ich möchte sie an mich ziehen, sie küssen und sie nie wieder loslassen.

»Ich war ein Idiot, Abigail. So ein verdammter Idiot, dass ich nicht gesehen habe, welches Glück direkt vor meinen Augen lag. Ich war feige und hätte mich dir damals schon öffnen sollen. Wir hätten durch diese Zeit gemeinsam gehen sollen, stattdessen habe ich dich einfach sitzenlassen. Ich war dumm und hatte Angst, verdammt. Aber ich liebe dich. Mehr, als es Worte beschreiben könnten. Mehr, als ich es vielleicht einsehen wollte. Aber du bist es. Immer. In jedem erdenklichen Szenario. Vom ersten Moment an, als ich dich mit diesem Kleid in der Klasse gesehen habe. Scheiße, du sahst so gut aus.«

Sie kichert, trotzdem verirren sich noch mehr Tränen auf ihren Wangen.

»Ich will dich. Dieses Leben hier. Das Kleinstadtgerede und unsere Höhle, deine Shirts tragen, auch wenn sie noch so verrückt sind, und Pollys Essen essen, auch wenn ich Tunfisch nicht leiden kann. Ich will mit Mr Heartbreaker spielen und die Sonntage mit dir im Bett verbringen. Mit Erics Segelboot rausfahren und Muscheln sammeln oder dich mit zu einem Spiel der Fires nehmen. Das alles und von mir aus noch viel mehr. Keine Geheimnisse mehr. Keine Lügen. Kein Weglaufen und kein Du und Ich mehr. Nur noch wir.«

Abigail lässt meine Finger los. Ihre Augen glitzern.

»In der ersten Klasse fandest du schon, dass ich gut aussehe?«, wiederholt sie neckisch und legt ihre Hände auf den Anzug.

Ich lache rau und ziehe sie enger an mich heran. »Verdammt gut.«

»Dann sind wir jetzt ein Paar?« Ihre Stimme klingt süß und unschuldig. Fuck, ich habe sie so unfassbar vermisst.

»Aber so was von«, entgegne ich und verschließe ihre Lippen mit meinen.

Und es ist, als könnte ich wieder atmen. Als würde all der Druck von mir abfallen und die Ruhe in meinem Inneren einkehren. Als würde die ganze Welt stillstehen und es nur noch uns geben.

Damit weiß ich es.

Der Rest ist bedeutungslos. Alles, was zählt, wiege ich hier in meinen Armen.

Epilog

Abigail

1 Monat später

»Er geht mir auf die Nerven.« Polly rollt die Augen. »Ständig hört er laute Musik und donnert seinen Ball gegen die Hauswand! Ich dachte, er ist Footballer und kein Basketballspieler.«

Kichernd greife ich in die Popcorntüte und stecke mir ein paar davon in den Mund.

»Und das ist alles nur deine Schuld!«, blökt Polly. Sie sieht an mir vorbei und schnaubt. »Und seine!«

Ich drehe mich herum und entdecke Trevor, der sich gerade noch durch den Gang der Lounge kämpft und dabei ständig angesprochen wird. Schlagartig entsteht ein Grinsen auf meinem Gesicht. Ich kann noch immer nicht glauben, dass dieser wundervolle Mann zu mir gehört. Einen Monat ist es her, dass er mir auf dem Sommerfest gestanden hat, dass er mich liebt, und in der Zwischenzeit ist so viel passiert, dass es sich anfühlt, als wäre eine halbe Ewigkeit vergangen.

Trevor hat meiner Oma einen Tagespflegeplatz in Providence besorgt, was diese anfänglich ziemlich wütend machte, aber inzwischen findet sie es sogar ganz cool. Mom hat so mehr Zeit für das Café, und da mein Freund uns finanziell etwas unter die Arme greift, hat sie angefangen, es zu renovieren.

»Kyle ist ziemlich aufgeregt.« Trevor grinst schief und setzt sich neben mich. Dass wir tatsächlich im Fires Stadium in einer super schicken Lounge sitzen und dem hiesigen Footballteam bei ihrem ersten Spiel in dieser Saison zuschauen, ist fast genauso surreal wie die Tatsache, dass ich nun mit Trevor zusammenwohne. Noch in meinem Elternhaus, aber das wird sich bald ändern.

»Und du? Bist du nicht aufgeregt?«, will ich von meinem Freund wissen und gehe auf die Zehenspitzen, um ihn zu küssen.

»Jetzt geht das schon wieder los«, mault Polly von der anderen Seite, die sicherlich ihre Augen rollt. Das macht sie in letzter Zeit immer, wenn sie mit uns zusammen ist. Meine Freundin gönnt mir zwar mein Glück, ist jedoch zurzeit ziemlich gereizt, weil Drake Dawn, der ehemalige Quarterback der Fires, in Trevors Elternhaus eingezogen ist. Angeblich benimmt er sich nicht, was ich mir bei diesem netten Kerl aber nicht vorstellen kann.

Mein Freund lacht, ignoriert Pollys Anmerkung aber und legt einen Arm um mich. Er verschließt meine Lippen mit seinen und schüttelt dann den Kopf. »Nein, ich habe kein Lampenfieber. Die Jungs werden das schon machen.«

»Oh! Hey, Trevor!«

Mein Kopf schnellt herum und entdeckt Jonah Detroit und seine

Inzwischen hochschwangere Frau sofort. Sie winken uns schmunzelnd zu und steuern unseren Tisch an.

Kaum zu glauben, dass Trevor nun in seiner Firma arbeitet. Die beiden haben ein cooles Verhältnis miteinander, und erst vor Kurzem waren die beiden da, um in unserem Café mit uns zu frühstücken.

»Wie läuft es mit dem Hausbau?«, will Jonah wissen und setzt sich neben Trevor. »Als wir das letzte Mal bei euch waren, bestand das Grundstück ja nur aus Acker.«

»Erst gestern haben wir die Pläne mit dem Architekten besprochen«, sage ich und strahle über das ganze Gesicht. Ich kann es nicht glauben, dass wir tatsächlich gegenüber von meinem Elternhaus ein Haus bauen werden. Vor ein paar Wochen dachte ich noch, dass ein Investor in diese Fläche investiert hätte, und hatte Angst davor, dass er ein Hotel darauf bauen würde. Dass ich nun selbst bald dort wohne, fühlt sich genauso unwirklich an wie der Rest meines Lebens.

»Und dein Studium? Wann geht das noch mal los?«, klinkt sich Jonahs Freundin Clara ein. Ihr blaues Haar hat sie in einem Dutt verstaut.

»In zwei Wochen, und ich bin schon ganz aufgeregt«, eröffne ich ihr. »Meine Schulzeit ist so lange her, da hoffe ich einfach, dass ich mich schnell wieder daran gewöhne.«

Clara nickt. In diesem Moment ertönt die Melodie, die das Spiel einläutet. Augenblicklich wird es stiller in der Loge.

Trevor verschränkt meine Finger mit seinen und streicht liebevoll über meinen Handrücken. Automatisch schweift mein Blick in seinen.

Die Schmetterlinge in meinem Bauch drehen durch. Gott, wie sehr ich diesen Mann liebe. Ich kann nicht in Worte fassen, welches Glück ich habe. Hätte man mir vor einem Jahr, als Jake mich hintergangen hat, gesagt, dass ich die Liebe meines Lebens schon lange gefunden hatte und sie nur auf den richtigen Zeitpunkt wartet, um wieder in mein Leben zu treten, hätte ich lauthals gelacht. Doch es stimmt. Es passiert alles zu seiner Zeit, und das ist meist gut so.

Trevor beugt sich zu mir, und wir küssen uns. Ein Feuerwerk der Gefühle bricht über mich herein.

»Ihr habt den Kerl auch eingeladen?«, höre ich Polly sagen. »Sag bloß nicht, der sitzt neben mir!« Ihr Blick gleite zum Eingang und ich sehe ihr nach. Der breitgebaute Ex-Quarterback Drake Dawn hat den Raum betreten.

Ich löse mich lachend von Trevor.

»Keine Ahnung, wieso ihr euch nicht versteht, aber ihr werdet euch in Darrywood noch oft über den Weg laufen, also bereinigt ihr das am besten bei einem Footballspiel und Bier«, empfiehlt mein Freund neben mir, was ihm einen giftigen Blick von Polly einbringt.

Es ist wie früher. Auch wenn George nicht an unserer Seite ist, sind wir immer noch die drei besten Freunde. Und das wird auch für immer so bleiben.

Danksagung

Ich weiß nicht, was ich sagen soll. Denn das hier ist das Ende von Trevor und Abigail – einem Paar, mit dem ich so, so gerne Zeit verbracht habe. Gleichzeitig ist es aber auch ein Anfang, schließlich ist Secret oft the Millionaire mein Debüt. Es ist unglaublich, dass mein großer Traum vom Schreiben wahr geworden ist, und deshalb widme ich den ersten Dank an mich selbst. Natürlich ist das ungewöhnlich, aber ich möchte mir danken, dass ich nie aufgegeben habe und an meine Träume glaube. Es lohnt sich, für die Dinge zu kämpfen, die man wahrhaftig will. Du kannst wirklich alles schaffen!

Mein nächster Dank geht an den Menschen, der tagtäglich an meiner Seite ist. Du hast dem Begriff Liebe für mich erst eine Bedeutung gegeben. Neun wundervolle Jahre an deiner Seite und ich habe noch immer nicht genug von dir. Danke, dass du immer die Liebe in meinen Büchern bist.

Neben meinem Lieblingsmenschen gibt es da aber noch Patricia. Vor allem in der letzten Phase waren die langen Sprachnachrichten mit dir ein Segen. Danke, dass wir uns so wundervoll austauschen.

Ein riesiges Dankeschön geht an meine Testleserinnen. Ich kann nur sagen: Wow. Was ihr leistet, ist grandios. Ohne euch wäre ich verloren. Julia, Fiona, Stefanie, Sabrina, Stefie, Sophia, Viola, Vivien, Ramona, Saskia, Lena, Mariangela, Katrin, Virginia, Emily, Tabea und Zane, ihr seid einfach großartig!

Eine Testleserin fehlt hier, denn Eleonora möchte ich ein separates Dankeschön widmen. Mit deinen Sprachnachrichten hast du mich unheimlich berührt. Danke!

Eure Anmerkungen sind mir das Wichtigste, und ich kann gar nicht beschreiben, wie dankbar ich euch dafür bin!

Meiner Korrektorin Michelle gebührt nicht nur mein Dank, sondern auch ein echtes Lob. Wie schafft man es innerhalb von zwei Tagen, ein Buch Korrektur zu lesen und mir gleichzeitig noch Anmerkungen zu Logik, Schnipsel etc. zu machen? Du bist eine Heilige, wirklich.

Der letzte Dank geht ganz klar an das gesamte Team des Federherz Verlags. Es gibt kein besseres Zuhause für meine Bücher. Es ist schön, dass ihr solch einen unermüdlichen Einsatz zeigt, immer ein offenes Ohr habt und ich in jeder Hinsicht beteiligt bin.

So ... Zu guter Letzt möchte ich dir danken. Du als Leser bist es, der meine Geschichten erst lebendig und zu etwas Besonderem macht. Ich hoffe, Trevor und Abigail konnten dich genauso fesseln wie mich. Hör nicht auf, an die Liebe zu glauben. Sie ist kein Mythos. Man bekommt sein Happy End ... auch wenn es dafür ein paar Umwege braucht.

Eure Jody

Kennst du schon ...

... die Bücher von Patricia Christina?

Winter Fairytale
Eine Prinzessin für den Playboy-Prinzen

CEO of Second Chances
Baby vom Boss

Don't kiss the Millionaire
Gefühlschaos mit Folgen

Don't kiss the Groom
One-Night-Stand mit Folgen

Don't kiss your best Friend
Babyüberraschung mit Folgen

Kennst du schon V. J. Phoenix?

V. J. Phoenix schreibt Romance-Romane,
von süß romantisch bis knisternd heiß,
immer mit viel Humor und aktuell am liebsten
über Sportler und Millionäre.

Bisher erschienen:

MILLION DOLLAR NIGHT
One-Night-Stand mit Folgen

–

THE FOOTBALL DEAL
Ein unmoralisches Angebot

–

THE ONE NIGHT DEAL
Touchdown mit Folgen

Weitere Bücher …

aus der Feder von Mica Healand

Velvet-Reihe
Darker Than Night
Brighter Than Light

Isle-Reihe
Isle of Darkness – In die Dunkelheit entführt
Isle of Sin – Ins Licht gerettet

Spin-Off zur Isle-Reihe
Cold Eyes – Wir dürfen uns nicht lieben
Weihnachtsspecial (mit Alessia Gold)

Seattle-Reihe
Boss Kisses in Seattle
Bad (Boy) Deal
Broken Memories

Sammle Herzpunkte und sichere dir

kostenlose Wunschbücher

Du hast Lust, Feedback zu den Verlagstiteln des Federherz Verlages zu geben? Du möchtest dabei Punkte sammeln, von denen du dir in regelmäßigen Abständen Wunschbücher aussuchen kannst?

Dann mach mit beim Herzlesen. Alles, was du dafür brauchst, ist ein Konto auf unserer Federherz-Homepage. Sobald du dieses hast, kannst du direkt damit loslegen, Herzpunkte zu sammeln.

Wir freuen uns, bald mehr von dir zu lesen!

Dein Federherz Verlag